KAHENA
la magnifique

Paul Serge Kakon

KAHENA
la magnifique

ROMAN

Du même Auteur

La Porte du Lion *(éditions Souffles)*

Maquette de couverture : Evelyne Selves

Illustration : Combat du Giaour et du Pacha - Delacroix

50, rue du Faubourg-Saint-Antoine
75012 Paris

à Coco
à Madeleine

Pour Raquel

I

TARD le matin, Khalid ouvrait les yeux sur le rai de lumière qui passait sous la porte de sa chambre, mais il lui tournait aussitôt le dos, découragé par une grande fatigue. Certains jours, il se précipitait dans les rues grouillantes, contraignant les gens à s'écarter sur son passage, sans même daigner leur jeter un regard. Il s'arrêtait brusquement, avait peine à repartir et se hâtait à nouveau pour tomber en arrêt, tel un chien qui retrouve soudain l'odeur de son maître égaré. Le plus souvent, ses pas le conduisaient jusques aux berges du fleuve où se rejoignent chaque jour les disgraciés et les désœuvrés. Il errait parmi eux, fouillant dans sa mémoire, triturant quelques souvenirs qui s'échappaient aussitôt, comme s'enfuient, sous le mouvement de la rame, les tourbillons de l'eau emportés par le courant du Nil. En se promenant au soleil, il regardait s'éloigner les felouques des pêcheurs durant de longs moments où alternaient silences et délires, sursauts de raison et imprécations. A l'appel de la prière, la voix du Muezzin s'élevait puissante et solennelle. Khalid tressaillait, puis se taisait pudiquement en pensant qu'elle venait du ciel. Mais aussitôt après, la révolte montait en lui contre ceux qui se prétendaient les servants de Dieu sur terre. Alors il se tournait vers quelques mendiants assis au soleil, pour reprendre, à peu de chose près, la même harangue :

– Ils seront châtiés par l'immanent, celui qui est le seul grand. Et d'ailleurs Médaoui qui voulait ma mort : les chacals noirs se sont repus de ses entrail-les. Quant à el-Ghassani, il comparaît devant le juge suprême pour m'avoir dépossédé, pour avoir menti, lui qui vous a exhibé la tête d'une malheureuse inconnue, en clamant triomphalement que c'était la tête de la Kahéna. J'en sais quelque chose, moi. Et je peux vous dire qu'il ne l'a jamais seulement vue. Tout ce qu'on vous a raconté, rien : mensonges, gribouillis de scribes qui n'allaient certes pas oser consigner devant l'histoire la gloire d'une femme, guerrière, juive et berbère qui nous a boutés hors du Maghreb. Non, ils n'auraient pas osé, ces scribes-culs-de-jatte, peloteurs de petits garçons ; ils se seraient fait couper la main par le général el-Ghassani qui est revenu à la tête d'une armée victorieuse – grâce à qui, croyez-vous?... – Grâce au traître, à la déjection que j'étais devenu, moi, Khalid, en trahissant, mon amour, ma mère, mon amante ; elle qui m'avait appris l'arrogance de la virilité quand je ne me croyais homme qu'à demi.

Et Khalid se taisait tout à coup, haletant, au seul souvenir de la Kahéna : sa peau d'ambre et de soie, nacrée comme une dune en plein midi ; l'orgueil qui gonflait sa poitrine quand elle donnait l'ordre de prendre d'assaut une forteresse ou de décapiter un criminel ; la flèche qui jaillissait d'elle, comme un désir, pour transpercer le flanc d'un mouflon fulgurant entre les pics des djebels ; ses longs cils palpitants quand elle lui disait : "Khalid, viens"; et le soir, ses yeux noirs et violets, qui embrasaient d'un seul regard de feu tous les djebels de l'Aurès.

Trente ans plus tard, d'accalmies en tempêtes, la folie avait fini par cerner Khalid. Chez lui, il arpentait le patio du pas imperceptible et traînant d'un héron entre les herbes d'un invisible marécage. Brandissant un poing menaçant à l'adresse d'interlocuteurs imaginaires, un matin, il se mit à hurler :

– Imposteurs, maintenant que vous êtes morts, vous serez jugés et vos péchés retomberont sur la tête de vos enfants.

– Comment? Pourquoi les morts? répondit la vieille servante à demi-sourde qui s'occupait de lui, espérant une fois de plus qu'il s'adressait raisonnablement à elle.

– Les enfants, rétorqua-t-il en pointant l'index.

– Quels enfants? Et n'obtenant aucune réponse, elle murmura en soupirant : " Si seulement il en avait eu. Il n'en serait peut-être pas là. " Et une fois de plus, elle se renfrogna en se disant : " Tout ça va mal finir. "

Moins de deux mois plus tard, elle devait le trouver étendu au milieu du patio, les yeux figés dans le néant. Pendant qu'elle s'était absentée pour em-prunter un peu de levain à sa voisine, il s'était battu contre d'invisibles agresseurs en se heurtant aux colonnes qui entouraient le patio avant de s'écrouler, prostré, les membres raidis. Elle le crut mort, mais ce n'était guère mieux, puisque, jusqu'à la fin de ses jours, il allait s'emmurer de silence, dans cette vaste et triste maison, qu'on déclara maudite, à deux pas de la mosquée du Caire.

Quelle fin tragique pour Khalid, " le Prince fou ", comme le surnommaient ces nombreuses femmes du voisinage qu'il troublait récemment encore. " Ah, soupirait l'une, quelle peine que la folie l'ait pris pour elle toute seule. " " Donnez-le moi tel quel, même avec son beau désordre ", murmurait une autre. " C'est un sort qu'on lui a jeté, vociférait une troisième, qu'on me laisse l'exorciser. "

Après sa dernière grande crise, les rares voisines autorisées par la servante à entrebâiller la porte pour l'apercevoir avaient été bouleversées. Sa superbe s'était changée en absence, à sa prestance s'était substitué ce corps inepte, affalé sur un matelas entre deux grands oreillers affaissés. Khalid à qui la destinée avait pourtant souri quelques fois.

Orphelin de mère, ignoré par un père vagabond, il avait été recueilli à l'âge de trois ans par un commerçant sans descendance qui l'avait ramené, sautillant comme un serin dans une cage, pour tenter d'égayer sa maison sans joie. Surprenant chez cet enfant une distinction naturelle, il s'en attribua le mérite et clama un peu trop vite que ce petit deviendrait son héritier. Quelque temps plus tard, il déchanta amèrement et se mit à confier à son entourage que ce gosse portait en lui, par quelque malédiction héréditaire, un irrépressible désir de détruire. Ravi d'obtenir enfin le jouet demandé, le petit Khalid s'acharnait à le casser les jours suivants. Heureux de partir en promenade, il s'amusait, riait, puis tout à coup impatient de rentrer, il se mettait à pleurer sans raison.

–La fortune lui a pourtant tendu la main en l'envoyant chez nous, marmonnait le père adoptif, mais rien n'y fait, toujours insatisfait. Et d'ajouter d'un ton fielleux: "C'est pour leur peine que Dieu donne parfois des ailes à ceux qui n'imaginent même pas le bonheur de voler."

L'enfance de Khalid se déroula, ponctuée de crises et de fugues qu'on dissimula aux proches. Toutefois, le précepteur chargé de son instruction se félicitait de lui avoir insufflé une véritable fascination pour la lecture et l'écriture. On se mit à espérer que cette attirance le conduirait au négoce ou à des fonctions dignes de son honorable famille. Il n'en fut rien.

A dix sept ans, insouciant et oisif, Khalid promenait la beauté du diable dans les rues du Caire. D'instinct il jouait de sa séduction avec ce naturel qui participe du prodige et de la provocation, comme un poulain superbe qui se sait regardé. Parmi la foule matinale qui se pressait aux étalages des boutiques, il prenait un air absent, perdu dans une infinie langueur, inspirant aux passants on ne sait quelles tentations que la pureté de son visage rendait encore plus troublantes. De même, il savait surprendre le regard qu'il avait captivé, en se tournant soudainement, les yeux de braises, pour le seul désir de provoquer le tumulte dans le cœur d'une voisine, l'une ou l'autre, sans distinction d'âge.

Le père, désespéré, appréhendait chaque jour le scandale et la honte que ce fils allait attirer sur lui, sur sa maison que son épouse, affligée, interdisait aux visites, l'entretenant dans une atmosphère confinée, dans un silence languissant. Mais la bannière de l'Islam qui préparait sa troisième tentative pour envahir le Maghreb vint inopinément au secours de l'un et de l'autre. Nombre de jeunes Cairotes se pressaient déjà pour prendre part à cette nouvelle conquête.

En l'apprenant, Khalid courut à son tour et, tout un matin, il s'impatienta devant le Palais du gouverneur pour être enfin reçu. L'officier un peu sournois, à moitié grec, qui servait de secrétaire au général el-Ghassani le fit entrer en annonçant:

–Voici un jeune homme d'une grande famille, bien fait et instruit, qui vient aussi se joindre à nous.

–La ville du Caire peut être fière de ses notables et de sa jeunesse, apprécia le général.

Khalid, gêné par l'insistance de ces regards qui le déshabillaient, l'évaluaient, détourna les yeux et balbutia:

–Je suis à vos ordres.

–Nous sommes tous aux ordres du Prophète, reprit le général. C'est pour Dieu seul que nous allons combattre l'infidèle. Je vais avoir besoin d'aides de camp pour les liaisons. Tu pourras être du nombre.

Comme Khalid demeurait perplexe, il poursuivit:

–Nous serons près de quarante mille, avec la grâce de Dieu, dont plus de douze mille cavaliers, deux mille chameaux, des centaines de mules. On ne s'aventure pas avec un tel équipage sans recourir à quelque prudence; nous avons besoin d'éclaireurs pour découvrir le terrain, nous prévenir des positions de l'ennemi, évaluer sa force, prévoir le bivouac, l'eau et les provisions. Ce sont donc des hommes comme toi qu'il nous faut pour rédiger les ordres, les messages et assurer les liaisons entre l'avant et l'arrière des troupes.

–Je comprends, dit Khalid. Je suis très honoré. Je suis à votre disposition.

–Dès demain matin, conclut le général qui sourit en découvrant ses belles dents.

Le secrétaire se hâta de lui ouvrir la porte en retenant une expression ironique presque cruelle. Khalid se retira en saluant obséquieusement. Mais, aussitôt dehors, il bomba son torse de bonheur en imaginant sa nouvelle vie.

Il allait enfin se défaire de ce père anguleux et livide qui traînait sa morgue de la maison à la mosquée et de la mosquée au négoce, de cette mère hébétée par l'insomnie, terrassée par la ménopause qui venait de boucler le cycle de ses désillusions. Le métier de soldat allait durcir les formes arrondies de son corps sur lesquelles s'attardaient lourdement les regards de certains hommes. Il allait se détacher enfin de cette ombre féminine qui naissait de sa démarche quand il se promenait en tunique dans les jardins de Ganar. Il sourit à une passante et rentra chez lui en bondissant de joie.

Quelques jours plus tard, l'armée du Jihad se mettait en route, au cri de Allahu-Akbar. A sa tête le général Hassan Ibn No'man-el-Ghassani, gouverneur du Caire, chargé par le Khalife de la constituer. Tous les moyens mis à sa disposition: les meilleurs stratèges et les mercenaires les plus rompus pour commander cette formidable cohue de volontaires. Pour assister à son départ, la population afflua de partout. Bénédictions, exhortations résonnaient comme des défis aux oreilles des soldats. Ivre de fierté, le menton en avant, droit et pâle sur un alezan frémissant, les doigts crispés sur les rênes,

Khalid se sentait prêt à mourir sur-le-champ pour mériter la clameur fervente qui s'élevait de la foule.

Les chevaux harnachés de neuf piaffaient en secouant leur crinière avec orgueil tout en se serrant les uns contre les autres, comme au départ d'une course, excédés par la marée humaine qui se refermait sur eux.

Les cavaliers s'avancèrent enfin les premiers, détachement après détachement, puis les fantassins par bataillons, encadrés de mercenaires à cheval. Ensuite venait un long convoi de chameaux et de mules lourdement chargés, suivi par d'autres unités de fantassins et de cavalerie qui constituaient l'arrière-garde.

Ce déploiement prit bientôt l'allure d'un fleuve en crue qui déferla pendant des heures jusqu'à l'horizon. Entre les pyramides illuminées par un grand soleil d'hiver, des vols d'ibis et de flamants roses se succédaient dans le ciel éblouissant comme une lame de sabre. Des nuées d'enfants se ruaient derrière le cortège, puis renonçaient, désappointés, chassés par le nuage de poussière qui tirait un gigantesque rideau ocre et rouge sur les derniers cavaliers.

II

AU-DELÀ des déserts, des fleuves, de Trebolos et de Carthage, sur les contreforts de l'Aurès, la Kahéna attend l'envahisseur, furieuse d'impatience.

Les ordres qu'elle donne résonnent comme des rugissements dans les couloirs de son château fortifié. Elle s'enquiert de tout. Que mangent mes soldats? Quels exercices font-ils? Les chevaux sont-ils bien soignés? Tard dans la nuit, on aperçoit encore de loin les flammes tremblantes des torches qui éclairent la forteresse; on dirait une trouée de feu dans le ciel, entre les cimes noires des djebels.

Au pied du château, dans la vallée, des milliers d'hommes armés sont déjà rassemblés et leur nombre ne cesse d'augmenter.

– Tu es notre reine à présent, lui ont dit les chefs des tribus qui sont arrivés avec leurs guerriers. Nous voilà tous unis autour de toi pour empêcher les Arabes de prendre notre pays.

Elle a répondu sans détacher son regard de l'horizon, hautaine, débordante de beauté:

– Ils ne le prendront pas. Nous les pourchasserons et, s'il le faut, nous porterons la guerre jusque chez eux.

La Kahéna est dans sa trente-cinquième année et son seul nom envoûte le Maghreb tout entier. Devineresse, depuis l'enfance elle annonce les calamités ou les faveurs du ciel. Ses paroles magnétisent. Sa beauté intimide et fascine. Sa réputation de redoutable guerrière la précède et la suit. Voilà la reine que le général el-Ghassani devra affronter s'il veut prendre cette contrée.

Fillette déjà, elle était entourée de ce respect teinté de crainte qu'inspirent les fous ou les enfants prodiges, comme si quelque pouvoir surnaturel et malin commandait à leur destin. De plus, elle était la fille du prince Tabet qui se trouvait à la tête des Djéraouas cette tribu de Berbères judaïsés que leur isolement, seul, avait préservés des envahisseurs qui s'étaient succédé dans le pays comme des luttes meurtrières qui l'avaient souvent divisé.

La naissance même de la Kahéna avait été précédée de signes et d'événements dont l'écho troublant s'était transmis de village en village à tout le peuple berbère.

On savait que Dvora, la femme du prince Tabet, perdait ses enfants, quelques jours ou même quelques instants après leur naissance. Le premier n'eut pas même le temps de pousser un cri. Le second, prématuré et faible se laissa emporter par le malaise qui suivit sa première tétée ; on incrimina le lait de la mère. Le troisième se montra vigoureux. Pourtant il refusa de s'alimenter, et, vite aussi, fit douter de son désir de vivre. Il fut celui qui laissa le souvenir le plus navrant. Par prudence, Tabet décida de ne pas donner d'enfant à une concubine malgré l'insistance de Dvora, sa femme. Il s'était dit que si, par malheur, l'enfant ne survivait pas, on en conclurait rapidement que c'était par sa faute que sa descendance se tarissait ainsi. Ce sujet fut proscrit et, dans l'entourage, chacun s'évertua à ramener le sourire sur les lèvres de Dvora qui ne voulant plus tomber enceinte, dépérissait et se croyait maudite.

On se mit à consulter sorciers et guérisseurs. Un certain Imic, célèbre pour la connaissance des plantes médicinales, prescrivit des infusions de Tacouyli. Un jeune médecin israélite de Babylonie, en chemin pour la Tingitane consentit à s'arrêter au château et recommanda la mandragore en décoction, à jeun. Enfin un ancien esclave, affranchi grâce à ses dons de sorcier, se présenta à son tour et demanda à s'entretenir avec le prince. A l'insu de Dvora, il fut introduit, visita la chambre à coucher d'un air circonspect et ordonna les mesures à prendre pour mener à bien la prochaine grossesse. Quand cet homme réapparut plusieurs mois plus tard dans le sillage d'une caravane qui transportait le sel vers les pays noirs, Dvora était à nouveau enceinte, mais cette fois confiante, épanouie.

Dès les premières douleurs on suivit rigoureusement les conseils du sorcier. En aucun cas Dvora ne devait accoucher dans le château. Elle fut transportée dans une maisonnette située non loin de là, à flanc de montagne, sur une aire assez vaste qui servait habituellement au rassemblement du bétail pour la tonte. C'est là qu'elle mit au monde, une jolie petite fille potelée, aux cheveux noirs si longs, aux yeux si grands, si effrontés que les femmes qui l'assistaient se regardaient ébahies en se disant : " Celle-là, elle vivra. "

Dvora ne devait pas allaiter l'enfant, si bien qu'on installa près d'elle, à demeure, la nourrice, son mari et leur petit garçon, Issachar, âgé de huit jours à peine. Petite, boulotte, la nourrice souriait tout le temps, extasiée de vivre cette aventure. Quant à son mari, il était filiforme et si grand de taille qu'il avait pris l'habitude de marcher voûté, de peur de heurter la tête contre le bâti de portes invisibles. Les enfants de l'entourage les surnommèrent ; Kiko et Kouikette.

La petite Dahia posa ses mains minuscules sur le sein volumineux de sa nourrice et se mit aussitôt à téter goulûment. Dvora la reprit, muette d'émotion. Puis ce fut au tour du petit Issachar, toujours affamé, qui tétait, excédé, n'importe quelle partie du sein de sa mère, et qui, sitôt le mamelon en bouche, paraissait s'enivrer. Les deux femmes les regardaient émerveillées, loin de se douter que les destins de leurs enfants venaient de se nouer pour toujours, qu'ils grandiraient doués d'un même appétit insatiable de tout ce que la vie peut offrir à goûter, à sentir, à toucher et à voir.

A l'apparition des premiers signes de l'accouchement, Tabet redoutant un échec de plus, avait prétexté une partie de chasse pour se soustraire à l'anxiété. En compagnie de quelques hommes, il s'épuisa toute la journée en de longues chevauchées, à la poursuite de grandes antilopes zébrées. Mais dès son retour, il se rendit à la maisonnette et, à la vue de sa fille, demeura saisi, les yeux brillants. Après un long silence, il eut un sourire crispé et dit en hochant la tête d'un air entendu :

– Nous célébrerons la cérémonie du sabre pour cette petite, comme nous l'aurions fait pour un garçon, afin d'éloigner d'elle les esprits maléfiques.

Il attendit la fin du jour avant d'entrer, accompagné de Kiko, dans la chambre de l'accouchée. Après avoir fermé les fenêtres, la porte et toutes les autres issues, ils passèrent leur sabres sur les parois de la pièce : murs, sol et plafond pour tuer les démons qui pouvaient s'être introduits dans la chambre.

Quand ils sortirent enfin pour rejoindre le château en compagnie des hommes qui les attendaient devant la maisonnette, il faisait pleine lune. Tabet se plaça en avant et la procession se mit en marche gravement, en silence. Soudain, sur le bord du chemin, sous un grand figuier, apparut un Noir de taille colossale, le torse nu et luisant. Tabet s'immobilisa, calme et droit. Les autres, en quelques bonds formèrent un cercle autour de l'homme, brandissant déjà leurs sabres brillants qui aimantèrent aussitôt les rayons de la lune. Le géant noir redressa ses épaules frémissantes de puissance et déclara d'une voix tranquille :

– Poursuivez en paix votre chemin. Je veillerai sur elle qui sera la reine de ce pays.

– Qui es-tu? demanda Tabet non sans une certaine hauteur qui fit impression sur l'assemblée.

– Je serai son gardien, déclara-t-il. Elle n'aura à craindre ni homme, ni démon.

– Tu es le bienvenu. Mais...

Tabet n'eut pas le temps de finir sa phrase. Le Noir fendit le cercle hypnotisé, contourna le figuier et disparut dans la nuit.

Ils se regardèrent les uns les autres, interloqués. Puis quelqu'un osa :

– Voici un bon augure pour la naissance de notre future princesse.

Tabet lui jeta un regard en coin inexplicablement sévère. Sans répondre il se remit en marche, lentement, comme pour éprouver leur impatience d'arriver au château.

La famille, les gardes et les serviteurs les accueillirent dans la cour avec des exclamations de joie. Contrairement à son habitude, Tabet but en compagnie deux gobelets de vin. Il y eut des chants et des danses jusque tard dans la nuit. Au matin, de village en village, on apprit qu'une reine venait de naître qui commanderait un jour au destin des tribus berbères.

Le château du prince des Djéraouas domine tout le village de Baraïa accroché aux contreforts de la montagne. Il se compose d'une immense cour carrée qui dessert tout autour d'elle de grandes pièces pour la plupart indépendantes les unes des autres. Le mur d'enceinte est crénelé pour permettre aux gardes de se poster sur les toits d'où l'on aperçoit, fermée par une gorge, une grande vallée. Une rivière y coule abondamment été comme hiver ; ses berges sont verdoyantes et par endroits touffues de lauriers roses. A faible distance du château, légèrement en contrebas, s'agglutinent bâtiments, cours, enclos, étables, écuries ou bergeries qui abritent les animaux domestiques et une partie du bétail qui transite pour être vendu ou soigné. Entre ces bâtiments et le château, tout un dédale d'habitations conduit jusqu'au village de Baraïa.

Des essaims de gosses de tous âges courent, se battent, dans les venelles et les encoignures qui offrent mille cachettes à leurs jeux, à leurs conjurations et à leurs amours. Des générations d'enfants s'y sont déjà succédé, mais la nature veille à ce que chacune d'elles s'ingénie à réinventer le monde.

Seuls les rires et les cris des enfants enfreignent la régle de gravité que le prince Tabet, malgré lui, instaure dans le château. Droit, sec, il va à grands pas silencieux, les traits fins, encadrés par un collier de barbe qui lui donne son air sévère. L'austérité qui émane de sa personne se répand dans le château et feutre le ton de toutes les conversations. Sans inspirer de véritable crainte, ce brave homme provoque un sentiment de respect et de dévouement par lequel, chacun, en sa présence, se veut pareil à lui, abattu par un ennui profond. Il s'absente souvent pour se rendre auprès de ses troupeaux, à la recherche de nouveaux pâturages. D'autres fois, il rend visite à l'un ou l'autre des clans de la tribu des Djéraouas dont il est le prince, comme son père l'avait été avant lui. Dès qu'il quitte le château, son absence est ressentie, même par les personnes qui ignoraient son départ et le ton des conversations devient aussitôt plus hardi. S'il lui arrive d'être le témoin d'une situation qui provoque des éclats de rire, ses yeux s'égayent d'un sourire timide, sa barbe frémit, ses pommettes se colorent, mais il s'esquive aussitôt, embarrassé par l'exubérance de sa réaction.

Lorsque Tabet revient de voyage, il se dirige en hâte

vers la maisonnette. Kouikette y prodigue la joie de vivre. Quant à Kiko, souvent debout au milieu de l'aire, il surveille Issachar et Dahia qu'il surnomme "Moitié-Pomme". Ils grandissent, rient, jouent et s'aventurent parfois jusqu'au dédale entre le château et le village pour se mêler aux autres enfants. Tabet s'étonne comme un grand coq, il esquisse un sourire et s'en retourne à son château.

Les Djéraouas, comme nombre de tribus voisines, sont en train de vivre une période heureuse. Ils mènent leurs troupeaux au gré des saisons, vers les montagnes où l'herbe sent le thym et l'origan qui subliment le goût de la chair des agneaux. Au printemps, dans la vallée, les prairies sont parsemées de coquelicots, de marguerites, de boutons d'or, parmi de longues fleurs violettes. Au soleil de midi, les yeux se troublent de toutes ces couleurs à perte de vue ; comme un vertige.

Les jours sont sans crainte, les augures favorables, les esprits maléfiques occupés à semer des fléaux chez les ennemis, s'il en est encore car pour l'instant les chrétiens s'en tiennent au littoral. Quant aux arabes, ils semblent avoir oublié cette contrée et depuis longtemps ne sont pas venus y répandre la guerre.

Les mouflons se multiplient entre les fronces des djebels ; les antilopes de toutes espèces de plus en plus nombreuses s'aventurent jusqu'à la vue des villages, les fauves repus se tiennent à l'écart des troupeaux et se méfient des jeunes gens qui les provoquent par défi. Les hommes sont vigoureux et fiers. Ils bavardent entre eux les soirs d'été, évoquent des souvenirs pendant que tournent les odeurs et les senteurs avec la brise ; la cannelle se mêle dans l'air aux fumées exquises des agneaux et des antilopes en train de rôtir ; un souffle de jasmin tout à coup vous grise et s'évanouit.

Les nuits sont belles, les femmes rieuses, nues sous leurs tuniques de laine, parées de ceintures, de colliers et de bracelets sertis de turquoises, de lapis-lazuli et d'agates vertes et jaunes. De grandes boucles finement ouvragées pendent à leurs oreilles. Elles sont élancées, leurs attaches sont fines, elles ont le regard majestueux de grandes antilopes et leur taille a la cambrure de la lionne.

Kiko joue très souvent avec les petits pour les empêcher de faire des sottises. Il les poursuit, courbé en avant, mimant de ses longs bras les ailes d'un grand et méchant oiseau, les surprend dans leurs cachettes et fait mine de les corriger à coups de bâton. Il les soulève en l'air, tour à tour, en menaçant de les lâcher. Kouikette, ameutée par leurs cris, sort de la maisonnette pour lui répéter :

– Ca suffit! Arrête de les faire rire, tu vas leur faire mal, ils sont trop petits.

– C'est quand ils sont petits qu'il faut leur apprendre à rire, après c'est trop tard, le visage devient dur, on essaye mais on n'y arrive plus. répond-t-il, et il éclate d'un grand rire solitaire et profanateur, tout en retenant les enfants qui veulent lui échapper pour courir après l'un de ces chiens roux qui traversent l'aire en catimini

– Grand fou! se contente de lui rétorquer Koui-kette, délicieuse de naïveté, sans même saisir l'allusion faite à la gravité de Tabet.

Kiko la regarde, ses yeux remplis de tendresse, réfrénant une terrible envie de se jeter sur elle, de l'étreindre dans un coin, de l'embrasser furieusement pour la remercier d'être ainsi, gorgée de bonheur de vivre. Mais les enfants avaient grandi : à présent, pour ces choses-là, il fallait attendre la nuit. De plus, les Tabet n'allaient pas tarder à venir, comme chaque jour.

Dvora se montrait généralement la première, suivie

d'une servante qui portait un panier de victuailles et de fruits. Tabet apparaissait à son tour et s'installait sous le grand olivier qui ombrageait l'entrée de la maisonnette. Il caressait les cheveux de Dahia, pinçait la joue d'Issachar, essayait timidement de les retenir auprès de lui, demeurait là un petit moment, silencieux, mangeait calmement un fruit et repartait à grands pas souples vers le château.

Dvora, elle, s'attardait à les regarder jouer, s'émerveillait de la grâce de sa fille ou d'un mot d'Issachar, embrassait furtivement l'un ou l'autre. Elle rougissait de bonheur lorsque Dahia, poursuivie par Issachar, venait se réfugier dans ses bras au lieu de se blottir, comme elle le faisait le plus souvent, entre les seins de Kouikette. Vers le soir, elle se résignait à rentrer, appliquant sans faillir les consignes du sorcier selon lesquelles la petite devait être élevée en dehors du château, par une nourrice, jusqu'à l'apparition de ses premières règles.

Si Tabet n'était pas mécontent de cette situation qui tenait sa fille éloignée de ce qu'il nommait " les mièvreries des femmes du château ", Dvora déplorait en silence de voir Dahia se mêler aux enfants du village, préférer le plus souvent la compagnie des garçons à celle des filles et partager leurs jeux parfois violents et dangereux.

Imitant les adultes, ils confectionnaient à leurs mesures, selon leur âge, des frondes, des arcs avec leurs flèches et leurs carquois, et aussi des pièges et des collets dont ils se servaient avec adresse.

Au début, désespérés de ne pouvoir se joindre aux plus âgés pour chasser lièvres ou pintades sauvages, Dahia et Issachar se contentaient de clouer au sol d'infortunés crapauds. Parfois ils s'en prenaient à des corbeaux occupés à becqueter quelque charogne et qui, tout en les épiant d'un air narquois, faisaient mine de les ignorer, mais sautillaient juste à temps pour esquiver le caillou d'une fronde qu'ils savaient encore maladroite.

Mais très vite Dahia se mit à se distinguer non seulement par un sens aigu de la chasse mais aussi de la bataille. A l'âge où les petites filles jouent avec des chiffons, elle est à la tête d'une petite bande qui s'attaque à des animaux parfois dangereux et cherche en toute occasion à provoquer d'autres groupes d'enfants souvent plus âgés.

Depuis que le monde est monde, la nature marque d'un signe magique l'enfant appelé à devenir un chef ; elle le dote de charisme, d'audace, du sens du commandement et surtout de l'art de saisir ou de provoquer les circonstances pour servir son destin. Un jour, Dahia a l'idée de s'attaquer à l'une de ces nombreuses familles de babouins qui peuplent le versant d'une grande colline, à droite du village. Elle réunit alors en secret, outre Issachar et sa camarade Tamou, six autres garçons.

Affublés du parfait attirail du guerrier – bouclier, arc et flèches – ils contournent le château et arrivent discrètement jusqu'à la colline pour se rapprocher d'une famille de singes. Deux grands mâles mènent la bande d'une trentaine de babouins de toutes tailles, pour la plupart occupés à cueillir des petits fruits rouges. Tout en grappillant dans les arbustes, des femelles portent les tout-petits agrippés à leur dos ou à leur ventre pendant que des jeunes se poursuivent en zigzaguant entre les uns qui s'accouplent et d'autres qui s'épouillent et croquent leurs poux. Trois ou quatre babouins se dressent de temps à autre, aux aguets, l'œil méchant, pour humer le vent et scruter alentour d'un air soupçonneux. Peut-être ont-ils senti quelque danger. Les enfants ont avancé et se tiennent assez près, cachés derrière des buissons. Ils vont passer à l'attaque et ils ont dans l'idée de provoquer la panique chez les singes pour capturer quelques petits qui seront leurs « prisonniers ». Au signal de leur « chef », ils tirent. Mais dans la hâte, toutes les flèches ont raté leurs cibles sauf deux d'entre elles qui se sont plantées en même temps dans le dos d'un vieux mâle. On aurait pu croire qu'il ne s'en était même pas rendu compte, mais il fit volte-face en poussant un hurlement terrifiant pendant que toute sa bande s'enfuyait dans une cacophonie de cris d'indignation. Des singes de toutes tailles fusent comme des étincelles pour se réfugier plus loin dans les buissons. Le grand mâle qui s'avance en hurlant, s'écroule heureusement à quelques pas des enfants. Mais les cris ont alerté d'autres familles de babouins disséminés sur la colline. Un peu partout, on les voit se dresser, outrés. Un grand singe à l'air dubitatif semble tout à coup avoir compris. Il a repéré les enfants. Il grogne, se baisse, ramasse une pierre, la jette dans leur direction et c'est le signal. Les babouins les plus proches l'imitent aussitôt en lançant des pierres sur les enfants abrités derrière un grand massif d'épineux. Bientôt c'est une avalanche.

Les enfants qui s'étaient trop engagés sur la colline ne peuvent plus battre en retraite. A présent ils sont terrorisés, entourés de singes vociférant qui, tout en les attaquant à jets de pierres, s'avancent prudemment dans leur direction. Si les singes s'emparent d'eux, ils vont les déchirer à coups de dents. On leur a dit maintes fois que les grands fauves eux-mêmes se méfient de la colère des babouins. Alors ils se serrent les uns contre les autres pendant que les singes progressent. Mais voilà que, soudain, ils s'arrêtent, seuls les plus petits lancent encore quelques pierres, mais de loin. Tous les autres se tiennent sur leur séant, comme une assemblée de gens graves et solennels, avec des regards infiniment tragiques, les bras ballants, la tête légèrement penchée de côté ; on dirait qu'ils attendent quelque signal immanent.

Le galop d'un cheval au loin semble se rapprocher. Issachar qui est le plus grand de taille, se redresse avec beaucoup de discrétion et réalise que le cavalier, ne s'étant aperçu de rien, poursuit son chemin.

Pendant tout ce temps Dahia n'a pas cessé de fixer intensément les quatre babouins qui sont devant elle et qui semblent commander tous les autres. Derrière eux, elle remarque une grotte où les bergers enferment le bétail le soir, à l'aide d'une haute barricade de buissons épineux. Issachar est droit comme un pieu à côté d'elle, les autres enfants sont pétrifiés. Soudain elle parle, d'une voix posée qui réveille ses camarades hypnotisés et les réconforte comme un onguent soulage la douleur. Elle dit :

– A mon signal, nous allons foncer sur eux en criant, pour arriver jusqu'à la grotte là en face ; il y a un trou sur le côté.

Elle réalise que les singes sont intrigués par la parole ; cela ne correspond à aucune conduite chez eux : Alors elle les harangue avec une conviction toute naturelle :

– Babouins, dispersez-vous. Qu'est-ce que vous avez à nous regarder comme ça? Allez, rentrez chez vous au lieu de rester là à ne rien faire. Puis elle prolonge son discours de phrases sans queue ni tête d'une voix autoritaire, persuasive. Ses paroles et ses intonations ont décontenancé les quatre grands babouins ; ils sont perplexes. Elle parle encore. Les mots sont longs, alternés de brefs silences. Les singes sont à présent tous subjugués, leurs épaules tombent, leur dos s'arrondit. Alors, sans s'interrompre, elle lance le cri de guerre des Djéraouas : " A nous! Berbères, en avant! "

Les enfants foncent, les singes s'écartent, surpris en reculant les uns à la suite des autres. Les gosses filent comme une portée de lièvres et les babouins, désappointés, qui les voient se glisser dans la grotte font une grimace qui semble dire : " Ils sont fous, ces enfants! "

Les quatre vieux mâles se lèvent avec un haussement d'épaules et aussitôt tous les babouins se remettent à leurs occupations ordinaires. Les uns cueillent déjà les petits fruits rouges qu'ils mangent avec précipitation, de plus jeunes se sont remis à jouer, se poursuivent avec des feintes cocasses. A quelques pas de la grotte, un grand mâle se saisit d'une jeune femelle et ils s'accouplent, debout. Cachés derrière le mur de broussailles, les gosses les épient, haletants, au bord du fou rire. Heureusement, les singes n'ont pas de suite dans les idées. Quant à l'enfance, elle ne s'étonne jamais des miracles, elle croit qu'ils lui sont dus.

III

ASSISE sur la marche de la porte d'entrée de la maisonnette, la tête légèrement penchée, Dahia observe une hirondelle qui vient nourrir ses oisillons en se maintenant par des battements d'ailes précipités, devant son nid, au bord du toit.

Soudain, son regard se trouble, ses cils se mettent à battre de plus en plus vite, elle voit jaillir du nid des gerbes d'hirondelles qui décrivent des cercles vertigineux dans lesquels se succèdent des images : sur le chemin du château, un cobra se dresse devant elle, puis retombe, la tête écrasée par une pierre ; un homme vêtu d'une tunique blanche sur un beau cheval gris et à ses côtés deux femmes tiennent des ombrelles ; apparait alors un cavalier barbu à l'air féroce qui tranche la tête de l'homme et se dirige, triomphant, suivi de soldats vers la maisonnette. Puis elle s'évanouit.

Kouikette la découvre, hébétée, trempée de sueur.

– Qu'est-ce tu as? lui demande-t-elle, la voix tremblante d'inquiétude.

– Rien, murmure Dahia qui reprend connaissance. C'est comme si j'avais rêvé.

– Mais tu es pâle. Tu t'es endormie?

– Non. J'ai vu un serpent, des guerriers qui voulaient attaquer la maisonnette. Je crois que je suis mouillée.

– Ce n'est rien, lui répond Kouikette pour se rassurer elle-même, c'est un cauchemar.

Dvora, prévenue, accourt haletante et apprend avec un grand soulagement que Dahia vient d'avoir ses premières règles. Un peu plus tard, en présence de Tabet et de quelques hommes de l'entourage, Dahia reprend le récit de ses images. Si le serpent ne suscite aucune interprétation immédiate chez les Djéraouas, les autres visions trouvent rapidement leur signification. Les anciens de Baraïa, qui les commentent, sont unanimes pour déclarer :

" Cette enfant porte déjà en elle la mémoire de notre peuple... ". Ils affirment que Dahia évoque des faits qui se sont déroulés dix-huit ans plus tôt, lors de la première tentative d'invasion du Maghreb par les Arabes. A cette époque, Grégoire, étendait son autorité sur une partie du pays. Pour s'opposer aux arabes, il réunit autour de lui, Berbères, Francs, Roums et Grecs de Carthage. Il y eut de sanglants combats où périrent des milliers d'hommes des deux camps. Les affrontements commençaient le matin, cessaient vers midi et chaque armée se retirait dans son camp pour se reconstituer jusqu'au lendemain. Grégoire avait une fille d'une rare beauté. Dans son impatience d'en finir avec cette guerre, il annonça à ses soldats :

– Celui qui tuera le chef des Arabes aura la main de ma fille.

En l'apprenant, le chef des musulmans déclara très habilement à ses guerriers :

– Mes frères, celui d'entre nous qui tuera ce Grégoire aura sa fille en récompense.

Un après-midi, pendant la trêve, Ibn-ez-Zobeir, un des hommes qui commandaient les arabes est tout à coup inspiré. Il remet sa cotte de mailles, passe une robe par-dessus et, habillé comme un ambassadeur, accompagné d'une trentaine de soldats, se présente au camp adverse. On croit qu'il vient parlementer. Profitant de la confusion, il se dirige vers Grégoire qu'il surprend en compagnie de deux jeunes filles qui l'abritent du soleil avec des ombrelles en plumes de paon. Grégoire le prend d'abord pour un messager, puis se ressaisit. Mais trop tard, Ibn-ez-Zobeir lui tranche la tête, la place au bout de sa lance et s'enfuit.

A l'idée qu'on pourrait lui prendre sa fille, Tabet se renfrogna, puis demanda :

– Que signifie, d'après vous, la « vision » des guerriers qui attaquent la maisonnette?

– Elle représente probablement l'intention des arabes ou d'un autre peuple d'envahir notre pays, encore une fois, dit un rouquin au regard d'illuminé.

– Il ne peut s'agir que des Arabes, ajouta un autre ancien, ils reviendront, et n'auront de cesse que lorsqu'ils nous aurons convertis jusqu'au dernier.

Un vieillard borgne répliqua d'une voix haineuse :

– Ca ne serait qu'un demi-mal. Ils s'attaqueront aux chrétiens qui m'ont crevé l'œil, qui ont ruiné et divisé ce pays. Il faut se renseigner, ils ont peut-être de bonnes intentions à notre égard.

– Les gens qui ont de bonnes intentions restent chez eux, répondit un autre.

Il éclata de rire en toussant et l'assemblée approuva en riant.

– Bien, dit Tabet en se levant, pour l'instant, l'ennemi n'est pas à notre porte, mais il est vrai que celui qu'un serpent a piqué doit se méfier d'une simple corde. Nous devons être vigilants.

La période de la tonte vient de commencer. Les bergers ramènent tour à tour leurs troupeaux qu'ils enferment dans un enclos dressé au milieu de l'aire, non loin de la maisonnette. Dès le matin, des hommes aiguisent de longs couteaux sur des pierres lisses, quelques femmes préparent de grands chaudrons de ragoût pour le repas, d'autres s'apprêtent à rassembler les touffes de laine, Dahia et Issachar, ravis, se mêlent à eux parmi de nombreux enfants. On pousse les moutons un à un vers des travées reliées à l'enclos ; aussitôt leurs pattes ligotées, ils s'étendent en poussant d'affreux bêlements comme si on les égorgeait. Puis ils se résignent ; la tête en arrière, le cou offert, ils se tiennent prêts à un sacrifice imaginé d'eux seuls. Après avoir été tondus et désentravés, ils se relèvent maigres et nus, puis croyant encore leurs pattes ficelées, ils s'éloignent en bondissant, endiablés et grotesques.

Les enfants s'amusent autour de l'enclos, quelques-uns se croient utiles et incitent maladroitement les moutons qui se bousculent, à pénétrer dans les travées. Au milieu de cette agitation, Dahia échappe à la vigilance de Kiko. Elle rejoint deux jeunes garçons sur le chemin qui descend vers le village. Mais à peine a-t-elle fait quelques pas qu'un cobra se dresse devant elle en sifflant. Les yeux de la fillette se clouent dans ceux du serpent. La tension est telle entre eux qu'elle sent que quelque chose va se rompre dans sa tête. Ils sont tous les deux immobiles, fascinés l'un par l'autre. Simultanément, Kiko se rend compte de la disparition de Dahia et se dresse de toute sa hauteur tel un héron inquiet. Il a le pressentiment qu'elle court un danger. Il scrute anxieusement l'espace autour de lui et l'aperçoit tout à coup, près du grand figuier, face au cobra. Il pousse un cri. Hommes et femmes suivent son regard et saisis, eux aussi, ils se rapprochent sur la pointe des pieds, muets, de peur de briser ce charme qui sépare la fillette et le cobra. Mais subitement, c'est Dahia qui semble dominer le serpent du feu de son regard. Il ne se dresse plus menaçant, il s'aplatit. Alors, Dahia pousse un cri qui donne le frisson et, le temps d'un clin d'œil, surgit du figuier une silhouette noire qui écrase la tête du serpent et disparaît. L'assistance est médusée. Dahia continue de fixer le cobra et murmure avec une moue à la fois puérile et cruelle :

– C'est bien fait!

Des gosses se sauvent déjà pour porter les premiers la nouvelle. On pousse des cris de joie. Kiko porte Dahia triomphalement sur ses épaules et tous descendent en procession, s'arrêtent devant le château qui se vide de ses habitants pour les suivre. Dans le village averti du prodige qui vient de s'accomplir, c'est l'effervescence. La fête s'y installe qui durera deux jours et deux nuits. Les Djéraouas sont au comble de la fierté. Pour imposer désormais à tous leur princesse, ils la surnomment : "La devineresse", que les Arabes traduiront plus tard par "La Kahéna". Les femmes jubilent ; à travers cette fillette quasiment désignée reine, ce sont elles toutes que l'on couronne. Dvora et Kouikette sont en larmes. L'émotion donne à Kiko un air renfrogné et susceptible. Tabet, ému mais toujours circonspect, s'évertue à retenir la petite sur ses genoux. Chacun veut la toucher, la bénir. Elle appartient désormais à tous ; on le dépossède un peu de sa fille et, déjà un peu aussi, de ses prérogatives de prince.

Les anciens ne se sont pas trompés dans leur interprétation des visions de la Kahéna. Quelques jours viennent à peine de s'écouler et l'on apprend déjà que les Arabes sont entrés dans le pays. Pour leur seconde tentative d'envahir le Maghreb, ils sont arrivés en force, ont attaqué les provinces maritimes et assiégé la ville de Djeloula. Les Berbères du littoral sont divisés. Après de durs affrontements, ils capitulent. Leur chef n'échappe à la mort qu'en acceptant de se convertir à l'Islam et une paix tacite s'établit qui semble convenir aux uns et aux autres, surtout aux Djéraouas que leur éloignement a épargnés. Les Arabes veulent en profiter pour asseoir leur influence et pénétrer davantage à l'intérieur du pays. Quant aux tribus berbères, cette trêve va leur permettre de s'allier à nouveau, d'organiser une résistance dans les campagnes et, qui sait, de reconstituer une armée.

Trois années se passent ainsi. Puis des changements interviennent. Tout d'abord Moaouia-Ibn-Hodeidj, le chef des Arabes qui s'est montré d'un caractère plutôt conciliant, vient de rentrer au Caire. Il est remplacé par le général Oqba, intraitable, peu enclin à comprendre les faiblesses humaines et décidé à ouvrir à l'Islam une voie souveraine et irréversible à travers tout le Maghreb. Il sait pourtant que ni le christianisme ni aucune autre religion ne sont parvenus à infléchir la ténacité de ce lacis de croyances et de superstitions dans l'âme du peuple berbère. Il déclare à ses troupes :

– Les habitants de ce pays se mettent à l'abri du danger en se convertissant à l'Islam, mais aussitôt qu'on leur tourne le dos, ces gens-là retombent dans l'infidélité. Je suis donc d'avis de fonder une ville qui puisse servir de base et d'appui à l'Islam.

C'est ainsi que la ville de Kairouan fut dotée d'une grande mosquée et d'écoles coraniques.

En attendant, son armée traverse le pays, s'attaquant aux chrétiens et aux Berbères qui opposent résistance ou refusent de se convertir, s'emparant de leurs biens, souvent de femmes qui sont si belles qu'on dit qu'une seule jeune fille de seize ans fut vendue en Orient pour plus de mille pièces d'or.

IV

Années d'amertume pour les Djéraouas. Ils se sont coupés du reste du pays et ne communiquent plus que secrètement avec les autres tribus, pour éviter d'attirer sur leurs montagnes les foudres du général Oqba que grisent de plus en plus ses inspirations prophétiques et les victoires récemment remportées.

Autour de Tabet, les clans sont unis, se consacrent aux troupeaux, constituent des réserves de céréales et d'huile d'olive. S'il le faut, ils iront se réfugier sur les pics mêmes des djebels d'où personne ne pourra impunément les déloger.

Aux réunions, le soir, dans les villages, les anciens sont parfois taciturnes, mais peu à peu leur cœur se résigne et leurs regards se tournent vers la jeunesse pour lui dire : “ Va, ton tour est arrivé. Prends la relève. ”

L'épreuve réconcilie. Les jeunes mettent en pratique les conseils des anciens et s'exercent au combat. Les femmes et les jeunes filles forgent et assemblent cuirasses, boucliers et cottes de maille.

A Baraïa, Kiko dirige les séances de dressage des chevaux. Un fouet à la main, il prodigue ses recommandations. Les jeunes l'écoutent avec une patience feinte mais s'empressent d'enfourcher des poulains furibonds pour galoper à perte de vue.

– Si les chevaux n'étaient pas aussi idiots, forts comme ils sont, ils ne permettraient à personne de leur grimper sur le dos, aime à dire Issachar qui montre peu d'enthousiasme à ces séances.

Les jeunes gens ont du mal à contenir leur ardeur. Ils chassent les bêtes féroces, se croient invulnérables ; c'est à qui s'en approchera le plus pour sentir un peu le goût de la mort.

La Kahéna est leur égérie, elle a seize ans. Ses visites en compagnie de son père aux autres clans de la tribu sont l'occasion de festivités où les jeux et les joutes sont d'une telle violence que les adultes les observent avec une certaine âpreté dans l'âme : " Qu'importe, se disent-ils au fond, qu'ils se durcissent. Nos garçons ne nous défendrons que mieux contre l'ennemi. "

Avec Issachar, la Kahéna organise des réunions au château d'où partent des émissaires pour se concerter avec les autres tribus. Elle attise les cœurs, participe aux exercices de combat, aux joutes et aux parties de chasse. Dans les environs du village, on l'aperçoit depuis quelque temps avec Mamoukh, chassant à cheval des antilopes.

Elle galope à cru, sa longue chevelure noire et bouclée flotte sur ses épaules, sa taille est fine et cambrée. Ses belles cuisses sont à moitié nues, elles ont le hâle du cuivre et ses mollets étreignent le cheval ruisselant. Mamoukh galope à ses côtés. C'est un homme élancé, tout en muscles et, dans ses yeux châtains comme ses cheveux, luisent des reflets mordorés. Devant eux, une antilope superbe s'enfuit, folle de frayeur. Le martèlement de ses sabots, mêlé à ceux de ses poursuivants résonne d'une frénésie qui vient du fond des âges. La terre bat comme un cœur affolé, comme celui de la bête terrorisée et comme ceux des chevaux. Les deux cavaliers s'observent, haletants, grisés déjà de posséder leur proie.

L'antilope à bout de souffle est prise en étau entre leurs chevaux qui se rapprochent, s'allongent et la précèdent d'une encolure. Alors d'un seul regard, ils se sont compris ; d'un même mouvement, la Kahéna et Mamoukh répètent le geste ancestral de tuer et plantent leurs lances dans les reins de la bête qui s'écroule, foudroyée, le regard halluciné.

Emportés par leur élan, ils décrivent un large cercle, chacun de leur côté, pour revenir sur leurs pas. Mamoukh met pied à terre le premier, entrave son cheval, s'approche prudemment, se saisit d'une corne de l'antilope, lui vrille le cou et l'achève en lui tranchant la gorge d'un geste vif. Ensuite, il essuie posément la lame de son grand poignard sur le pelage et se relève.

La Kahéna l'observe. Il s'éponge le front du revers de la main, s'approche, s'arrête, la regarde des pieds à la tête et, au moment où leurs yeux se rencontrent, il sourit, s'avance et la serre contre lui encore palpitante. Elle rejette la tête en arrière et promène sur le ciel ses grands yeux pleins de bonheur. Leurs corps en sueur sont brûlants. Mamoukh la soulève, la dépose délicatement allongée et s'étend à côté d'elle. Ils se tiennent par la main, respirent lentement, les paupières baissées. Soudain ils vont s'entrelacer, s'aimer, et s'étendre, épuisés, remplis de gratitude envers on ne sait quels dieux, à quelques pas seulement de l'antilope qui semble paisiblement endormie. Sous le soleil éblouissant, des petits miroirs d'eau se reflètent à l'infini sur la terre haletante. Le monde est aveuglé, mais au loin, perchés sur les plus hautes branches d'un bosquet, de grands vautours au cou déplumé, les observent, impassibles.

Tabet n'apprécie guère ces jeux et ces chasses en compagnie de Mamoukh dont la jeune épouse est morte en couches, il y a quelques mois à peine. Il n'est pas le seul à penser que Mamoukh ferait mieux de se consacrer aux troupeaux de son père, à moitié paralysé, au lieu de se mêler aux jeunes gens qu'il impressionne par ses exhibitions de force. La Kahéna comprend bien que c'est de cela qu'il s'agit dans le regard de son père qui lui dit :

– Les bêtes sauvages tiennent à leur vie autant que nous mais elles ne se posent pas de questions ; elles doivent vivre coûte que coûte leur part d'existence. Elles font parfois payer très cher leur peau. On ne saurait s'y risquer impunément chaque jour ; le malheur guette comme le fait un voleur.

– Mais je ne chasse pas tous les jours. Et tu le sais bien, sans prendre quelques risques, on ne ferait plus rien.

– Tout est affaire de pondération. Notre rôle est de commander les hommes, non pas de nous mesurer à eux ; et tu es une femme.

– Et alors? Tu vois, je fais aussi bien qu'eux ; parfois mieux, et je suis une femme.

– Je veux dire que tu es aussi une princesse et que tu dois te préserver, tu as un rôle à tenir.

– Pour l'instant, tu voudrais que ce soit mon rôle qui me tienne.

– L'un ne va pas sans l'autre, dit-il sèchement.

– Soit, céda-t-elle. Que dois-je faire de plus?

– Il s'agit de ce que tu dois faire en moins, conclut Tabet en se levant, les narines frémissantes ; et il ajouta, nous avons des visiteurs, deux hommes de la tribu des Aurébas. Allons les accueillir.

Bien plus jeunes qu'ils ne voulaient le paraître, les deux émissaires prenaient un même ton cérémonieux pour parler de choses graves ou anodines. Leur attitude amusa la Kahéna qui réprima un sourire qui pouvait passer pour moqueur. Le plus petit, râblé et malicieux, réagit aussitôt en déclarant d'un air candide :

– Nous n'avons pas l'habitude de ce genre de mission. Et puis votre présence nous impressionne, prince Tabet, celle de la princesse aussi.

– Il ne faut pas, répondit Tabet d'un ton rassurant. Il est vrai que, depuis un certain temps, nos tribus se rencontrent si peu.

L'autre, qui avait pour nom Tanan, devait se savoir très beau et se tenait immobile avec cette distinction mêlée d'arrogance que possèdent les félins. Il ne se doutait pas que ses grands yeux sombres venaient d'empoigner le cœur de la jeune femme. Elle-même ne pouvait deviner la tendresse qu'il dissimulait sous ses airs dominateurs, ni combien il était à la fois vexé et transi d'amour pour elle.

Enfin il redressa les épaules comme pour répon-dre à une provocation et dit :

– Les Arabes nous ont contraints à pactiser avec eux. Notre chef, Koceila, a même consenti à se déclarer converti à l'Islam, et nous espérions ainsi avoir un répit. Et maintenant, ils viennent de mettre Koceila aux arrêts et l'emmènent partout avec eux pour le montrer aux populations, en disant : " Inutile d'opposer la moindre résistance, votre chef le plus glorieux est notre prisonnier. "

Son regard qui allait de l'un à l'autre, par timidité, se résolut enfin à s'attarder sur celui de la Kahéna qui semblait sous le charme. Alors il poursuivit d'une voix plus assurée :

– Tout récemment, dans le seul dessein d'humilier Koceila, ils lui ont ordonné d'égorger et d'écorcher un mouton à l'occasion d'une fête. Koceila aurait alors répondu : " Que Dieu vous dirige vers le bien! Mais j'ai avec moi mes serviteurs qui pourront m'éviter cette peine. " Alors ils se sont montrés plus offensants et l'ont obligé à accomplir lui-même cette besogne.

– C'est indigne, articula Tabet d'un ton presque neutre…

Une lueur de violence passa dans ses yeux et un lourd silence s'ensuivit. Troublés, les deux jeunes émissaires accrochèrent leurs regards aux flammes des torches qui éclairaient faiblement la pièce en projetant des ombres tremblantes sur le masque sévère de Tabet et sur le visage de la Kahéna magnifiquement outrée.

– Que comptez-vous faire? dit enfin Tabet.

– Libérer Koceila avant tout, intervint le petit. C'est pourquoi nous sommes venus vous consulter.

– Nous sommes à votre disposition, dit Tabet. Avez-vous informé d'autres tribus?

– Des nôtres s'entretiennent en ce moment avec d'autres chefs. Nous voulons former une petite armée qui sera composée des garçons les plus vaillants de nos tribus, suivre Oqba à la trace et libérer Koceila à la première occasion. Dès qu'il sera en liberté, les Berbères s'uniront autour de lui et nous chasserons les Arabes.

– C'est une excellente résolution, dit Tabet, consentant à se tourner enfin vers sa fille. Qu'en penses-tu?

Elle s'éclaircit la voix et fit comme si elle ne s'adressait qu'à Tanan :

– Chez nous, ils seraient tous prêts à partir, les garçons. Mais moi aussi, avec eux, si tu me le permets, père, conclut-elle en se tournant vers Tabet.

Il apprécia de la tête, en pensant qu'il s'agissait là d'une simple formule destinée à impressionner les visiteurs.

En effet, le petit demeura béat d'admiration, l'autre se tassa dans les coussins, en lutte contre lui même, n'ayant plus qu'un but dans l'existence : se jeter à ses pieds, lui appartenir, mourir pour elle. comme elle le voudrait.

Tabet se leva, les pria de l'excuser, se retira en ramenant autour de lui les pans de sa cape, et s'éloigna, droit comme une lance.

Issachar qui s'était absenté pendant trois jours pour porter les messages du prince à des clans de la tribu, arriva presque au même moment. Le visage de la Kahéna s'illumina en le voyant entrer.

– Te voilà enfin " mon demi ", s'exclama-t-elle.

C'est devenu un grand et long garçon, Issachar. Il se tient un peu voûté. Son intelligence est fine, persuasive ; son sens de la dérision est pointu.

" Je ne suis peut-être pas beau, mais tu vois comme je suis efficace et multiple ", disait-il parfois. Il est vrai que, sans se faire remarquer, où qu'il se trouvât, il troussait les jeunes femmes avec une habileté de magicien, si bien qu'elles s'innocentaient en se disant qu'il les avait hypnotisées. La Kahéna ne se confiait qu'à lui seul et l'écoutait toujours en roulant de grands yeux impatients, en retenant des cascades de rires. " Toujours complices comme la chair et l'ongle, ces deux-là," aimait à se dire Kiko en les observant discrètement.

Le rouge envahit les pommettes de Tabet lorsque sa fille vint lui annoncer son départ. D'une voix où perçait l'inquiétude, il s'enquit des noms des garçons désignés par elle à Baraïa. Elle cita dix noms, dont Issachar, sans mentionner Mamoukh dont elle venait de découvrir le caractère fruste et jaloux et qu'elle n'eut aucun mal à effacer de sa pensée dès la venue de Tanan. Le visage de Tabet se détendit.

Il y eut une veillée solennelle, au cours de laquelle se réunirent tous les hommes du village. On prépara les armes, quelques provisions et les anciens citèrent chacun par son nom les dix braves qui allaient " venger l'honneur de notre peuple ".

Après la veillée, profitant d'une belle lune, ils se mirent en route pour se regrouper avec plus de cent-vingt guerriers de différentes tribus, sous les ordres de la Kahéna, de Tanan et de sept autres jeunes chefs.

Chevauchant la nuit, se dissimulant le jour pour dormir dans les bois ou les montagnes, les guerriers berbères se retrouvèrent à moins d'une demi-lieue des troupes ennemies et se mirent à les suivre, en retrait, pas à pas, ainsi que les chacals, sans relâche, suivent les troupeaux. Mais comment attaquer l'armée du général Oqba, nombreuse et rompue à la guerre pour libérer Koceila? Ils savaient d'instinct qu'il se cache toujours dans le fil même de toute puissance, un point de rupture, ce "moment "propice à l'audace du plus faible ; qu'il faut seulement le guetter sans cesser.

Les premiers renseignements qui leur parvinrent faisaient état de deux villages saccagés sur le chemin de la ville de Bâdis où le général Oqba établissait une garnison, à partir de laquelle il comptait attaquer l'importante cité de Tehouda. On apprit également que Koceila, quoique maintenu sous bonne garde, disposait encore de trois de ses serviteurs, auprès de lui. Par un incompréhensible revirement, il était traité avec une certaine considération à présent. Cela pouvait être dû au succès qui étourdissait Oqba, mais également à la comédie que lui jouait Koceila en se montrant de plus en plus enclin à la pensée de l'Islam. Tout en affichant un air insoumis, il ne manquait aucune des cinq prières de la journée ; laissant croire qu'il n'obéissait qu'aux seules règles de sa nouvelle foi.

Les missions qui entraînaient souvent la Kahéna et Tanan leur offraient rarement l'occasion de se retrouver en tête à tête. Peu sûr de lui, par couardise d'amoureux, Tanan retardait à souhait le moment de lui tenir la main pour lui demander de devenir sa femme. Elle, non sans tendresse, pressentait en cet amour quelque chose de tragique et de pourtant inévitable, comme on s'entête à croquer jusqu'au bout une amande amère.

– C'est "le dévolu", on n'y peut rien, soupirait-elle avec un petit sourire carnassier.

– Ah! quand le sort désigne ensemble l'innocent et le prédateur, persiflait Issachar.

Cependant, elle réfrénait ce désir peuplé d'étrein-tes insensées qu'il avait fait naître en elle. Quand l'occasion se présenterait, elle saurait précipiter les choses. Seule femme parmi les chefs au milieu de tant d'hommes, elle avait un rôle à tenir et comptait bien le jouer jusqu'au bout. Aux regards criants d'amour de Tanan, elle opposait des sourires ambigus qui, sans lui interdire d'espérer, ne l'encouragaient en rien à y croire. Issachar observait malicieusement le manège, en pensant : "Pauvre Tanan, à force d'hésitation, il se noiera avant de boire."

Plus d'un mois venait de s'écouler, les troupes du général Oqba avançaient lentement, islamisant, s'emparant des villages avec une voracité qui décuplait leurs forces.

Cachés sur les hauteurs, les jeunes Berbères bouillonnent. Après le passage de l'ennemi, la Kahéna, Issachar, Tanan et deux hommes sont chargés de descendre vers la plaine pour se renseigner. Ensuite, ils devront se rendre dans les villages de la tribu des Nefouças à laquelle appartiennent les deux hommes qui les accompagnent. Il s'agit de demander aux Berbères de la région de mobiliser leurs hommes, de les concentrer dans les montagnes qui entourent Bâdis, afin de les associer à un assaut éventuel contre les troupes d'Oqba.

Issachar réveille ses compagnons au milieu de la nuit et, à moitié endormis, ils enfourchent leurs chevaux pour quitter le camp.

Une vaste plaine s'étale devant eux, espacée de bosquets entre lesquels s'étendent des champs de pierres, parsemés de buissons arrondis d'où s'envolent parfois, en poussant un cri plaintif, des oiseaux effrayés, et si désorientés dans l'obscurité qu'ils viennent se heurter au poitrail des chevaux. A l'approche des bosquets, on tend l'oreille. Qui sait? Des retardataires arabes ou des mercenaires déserteurs pourraient s'y trouver. De temps à autre, la Kahéna s'assoupit sur son cheval qui franchit tout en souplesse les accidents du terrain, si bien qu'elle sursaute lorsqu'il s'arrête brusquement pour imiter celui de Tanan qui le précède. Un peu avant l'aurore, ils abordent des champs de hautes herbes, courbées, alourdies par la rosée. Ils vont au pas. Le bruit des sabots est absorbé par la terre humide ; seul l'éternuement d'un cheval rompt le silence et fait détaler devant eux une portée de marcassins dont la mère surgit, grommelle, furieuse, et s'enfuit à son tour, à quelques pas du cheval d'Issachar qui fait un écart, désarçonne son cavalier, le jette à terre et s'éloigne au galop. Les autres parviennent à retenir leurs chevaux et accourent vers Issachar qui se relève en riant :

– Quel froussard! Tous les prétextes lui sont bons pour se débarrasser de moi. Je n'aime pas beaucoup les chevaux, c'est vrai et ils me le rendent bien. Mais comment se passer d'eux? Je ne crois pas qu'on soit mieux sur les sangliers.

La Kahéna le prend en croupe puis ils repartent à la poursuite du cheval échappé qu'ils aperçoivent à longue distance, minuscule, arrêté à la vue d'un hameau.

– La solitude lui pèse déjà, plaisante Issachar, il est comme tant d'autres qui croient pouvoir se passer de moi, regarde, il m'attend.

En se rapprochant lentement pour l'attraper, ils comprennent que seul la crainte l'avait empêché d'aller plus loin. Car du hameau tout près qui devait abriter quelques de familles, arrive une odeur nauséabonde, répulsive. De nombreux habitants ont été massacrés, les autres ont dû fuir. Plusieurs meutes de chacals noirs rôdent dans les ruelles. Des vautours sont installés sur les toits et des nuées de corbeaux se disputent ce qui reste des corps devant les portes des maisons. Issachar et Tanan se concertent du regard, puis mettent pied à terre. Les autres en font autant. Et c'est seulement lorsqu'ils entrent à l'intérieur du hameau, le sabre à la main, que les chacals consentent à s'en retirer, par petites meutes, poussant des grognements, comme des malédictions. Les vautours, hors d'atteinte, demeurent indifférents sur les toits. On entend braire un âne et hennir un cheval, enfermés dans une écurie. L'odeur qui parvient des maisons est insupportable. Ils les visitent une à une, à la recherche d'éventuels survivants : aucun ; deux femmes et une jeune fille éventrées, plusieurs hommes jeunes et vieux, les mains liées derrière le dos et décapités. Le bétail a été emmené. L'âne et la jument oubliés dans l'écurie bondissent dehors, aussitôt la porte ouverte et s'enfuient du hameau habité par la mort.

– Partons, éloignons-nous pour réfléchir, dit la Kahéna, en enfourchant son cheval.

Les autres font de même et sortent du hameau, muets, moites de sueur, pâles, s'essuyant le visage pour se débarrasser de l'odeur poisseuse qui colle à leurs narines.

Dans un champ, tout près, la jument et l'âne broutent paisiblement côte à côte, avec un air complice, tournant déjà le dos à la détresse du monde. "Ils se sont vite remis, ces deux-là", pensa Issachar avec un goût de bile dans la bouche ; il cracha et murmura : "Pourquoi ne suis-je pas né cheval ou âne, ou les deux à la fois, plutôt que d'être homme? "

Sans un mot, la Kahéna glissa de sa monture, s'adossa contre un arbre, puis s'affaissa doucement le long du tronc, la respiration saccadée, des gouttes perlées sur le visage comme la rosée sur une fleur. Tanan se précipita, sans même confier son cheval à l'un de ses compagnons. Mais Issachar le devança, s'assit à côté d'elle, le cœur serré, lui prit la main et murmura excédé à l'adresse de Tanan qui manifestait quelque affolement :

– Ca va passer, du calme, du calme.

Enfin elle secoua la tête, ouvrit les yeux, regarda autour d'elle, étonnée, s'appuya sur l'épaule d'Issachar, se leva et annonça d'une voix pleine de force :

– J'ai vu les Arabes, mes frères, j'ai vu leur chef, ils reviennent en arrière, d'autres choses encore, et le feu! Le feu! Et les chacals qui s'en vont.

Les quatre hommes paraissaient hypnotisés ; Issachar assis, la tête entre les mains, Tanan penché en avant, immobile, pareil à un chien devant un terrier, les deux autres attentifs, les yeux écarquillés comme des hiboux. Les paroles de la Kahéna pénétraient dans leur tête comme un fluide enivrant et ils acquiesçaient sans comprendre. Elle ajouta :

– Avant de repartir il faut brûler tous ces cadavres dans les maisons ; ça peut engendrer une épidémie.

Issachar approuva :

– Le feu... Le feu.... Mes frères, en se tournant vers ses compagnons. Allons-y, il faut brûler non seulement tout ce hameau mais le monde tout entier avec. "

La Kahéna retint Tanan par le bras et lui dit :

– Tanan, pourrais-tu nous trouver de l'eau par ici?

Il laissa les autres s'éloigner vers le hameau, jeta un vaste regard circulaire autour de lui, aperçut l'âne et la jument qui se dirigeaient vers des arbres et desserra enfin les dents.

– Il devrait y avoir un point d'eau dans ce petit bosquet à droite.

– Allons voir, lui répondit-elle. Je t'accompagne.

Elle avisa Issachar qui approuva d'un signe de la main puis elle s'éloigna avec Tanan encore irrité par ces événements, qui avaient tous échappé à son intervention. Il ne s'était pas trompé; un ruisseau coulait, vif et glacé, à travers le petit bosquet.

Leurs chevaux tendirent le cou, effleurant de leurs naseaux la surface de l'eau, avant de boire délicatement.

– Je vais les entraver, dit Tanan. C'est plus sûr, avec cette jument à proximité.

La Kahéna s'approcha du ruisseau, y trempa sa main et s'y engagea jusqu'aux genoux en relevant sa tunique. Puis regardant autour d'elle avec une expression coquine elle dit :

– Je vais me baigner.

– Va, lui dit Tanan en tournant le dos, heureux de tenir un rôle enfin. Prends tout ton temps, je surveille.

Elle fit un pas en arrière, ôta sa tunique, défit ses cheveux, s'étira frileusement, entra dans l'eau, s'y plongea brusquement, se releva en bondissant et recommença plusieurs fois. Ensuite, elle se laissa glisser lentement sur le dos, les pieds opposés à une grosse pierre pour mieux résister au courant.

Elle sortit enfin en se trémoussant, sautillant sur l'herbe pour se réchauffer, puis se mit à essorer ses cheveux, les vrillant en une longue tresse.

– Je ne vois toujours pas de fumée, remarqua Tanan qui continuait à lui tourner le dos.

– Fais confiance à Issachar, il doit avoir conçu un plan pour mettre le feu simultanément en plusieurs endroits du hameau.

Malgré le soleil, elle tremblait de froid. Aussi sans attendre de se sécher complètement, elle enfila sa tunique en la laissant flotter sur son corps et avant même de ramasser sa ceinture elle dit :

– Tu peux me regarder maintenant.

Il se retourna, sourit un peu gêné par ce regard qu'elle posait sur lui.

– Tu es un beau gardien, dit-elle en souriant. Mais est-ce que tu saurais m'aider à démêler ces mèches de cheveux qui se sont enroulés sur les anneaux de mon collier?

Il s'avança et commença à s'exécuter les mains hésitantes. Comme il se raidissait, elle passa ses bras autour de sa taille et lui donna un baiser dans le cou. Tanan se tint médusé, fondant de gêne. Alors elle l'embrassa fiévreusement, se glissa lentement le long de son corps et l'entraîna avec elle sur le sol. Il se reprit quelque peu enfin et l'embrassa en essayant de répondre à son attente. Mais il était trop troublé. Ses gestes gauches et incertains agaçaient sa partenaire qui tenta vainement de le diriger pour captiver son désir. Rien n'y fit. Brus-quement, il se dégagea, se roula de côté et demeura étendu près d'elle, à la fois outré et confus.

– Il est trop fatigué, mon beau gardien, murmura-t-elle d'une voix où se cachait le dépit.

– Je ne m'y attendais pas, balbutia-t-il.

– Moi non plus, répliqua-t-elle en se relevant, pour ajouter aussitôt, très attentionnée : Faisons comme si rien ne s'était passé.

– Nous n'aurons pas de mal à nous en convain-cre, soupira Tanan en se relevant à son tour.

– C'est oublié, n'en parlons plus jamais, conclut-elle. Partons, j'aperçois de la fumée.

Ils repartirent silencieux et quittèrent le bosquet, suivis par l'âne et la jument qui s'étaient habitués à la compagnie de leurs chevaux et gambadaient joyeusement derrière eux.

D'épaisses fumées s'élevaient du hameau. Les vautours s'envolaient lourdement vers la plaine. De grandes flammes se montraient déjà par endroits, léchaient les toits, hésitantes, s'engouffraient par les portes et réapparaissaient plus vigoureuses.

– Je resterais des jours ainsi, à regarder brûler le monde, jusqu'à ce qu'il achève de périr tout entier, dit Issachar aux deux Néfouças qui doutèrent de sa raison et se dévisagèrent, en riant. A distance derrière eux, la Kahéna semblait, elle aussi, fascinée par le feu qui embrasait le hameau tout entier. Les toits s'effondraient dans un souffle lourd comme un râle ; mais aussitôt après, jaillissaient des gerbes d'étincelles, puis de belles flammes torsadées de bleu et de rouge.

Tanan lui, s'en détourna d'un air triste et, tout en suivant distraitement des yeux le chemin qui passait derrière le hameau, il crut voir la terre onduler au loin et s'écria :

– Voyez-vous, comme moi, ce qui bouge à l'horizon?

Un des Néfouças, qui avait une vue d'épervier, se dressa debout sur son cheval, fixa le lointain malgré l'éblouissement du coucher du soleil et affirma :

– C'est une armée. On distingue des cavaliers innombrables.

– Ce sont les troupes du général Oqba, confirma la Kahéna, sans cesser de scruter les flammes, comme si elle y captait des images fugaces. Puis elle ajouta : Ce sont eux, mais sans leur chef. Il est resté là-bas. Il campe sous les arbres. La terre se dérobe à lui. il s'y engouffre.

– Que faut-il faire? osa enfin Issachar.

Elle baissa les paupières et se passa la main dans les cheveux ; une profonde respiration soulevait lourdement sa poitrine.

– Séparons-nous, dit-elle. Issachar, prends avec toi un de nos compagnons, galopez jusqu'à Bâdis pour vous renseigner sur l'importance des troupes ennemies restées là-bas et revenez vite au camp, nous n'en sommes qu'à une demi-journée. Tanan et l'autre compagnon iront prévenir les chefs des villages les plus proches ; à leur tour, ils passeront la consigne à leur voisins : “ Les Arabes sont là. Ralliez-vous à nous pour libérer Koceila. Acheminez vos hommes armés par la montagne, jusqu'à Tilit, au-dessus de Bâdis. ”

– Mais toi, que vas-tu faire toute seule?

– Je retourne au camp pour donner l'alerte. Vous m'y rejoindrez dans deux jours au plus tard et vous nous trouverez prêts à partir.

Comme Issachar la fixait d'un air inquiet, elle ajouta :

– J'y arriverai. Ne t'inquiète pas, mon demi. S'il le faut j'enfourcherai un sanglier. Eh bien quoi? Ne restez donc pas là à me regarder. Nous avons à faire. En route!

Elle partit d'un merveilleux éclat de rire et s'enleva au galop.

Deux jours plus tard, au milieu de la nuit, Issachar et son compagnon, épuisés, franchissaient l'entrée du camp. La Kahéna se réveilla, hagarde en sueur :

– Il est arrivé quelque chose à Tanan?

– Mais non. C'est seulement ton demi qui est de retour, plaisanta Issachar.

– Oh, mon demi! murmura-t-elle, la voix cassée par ce réveil brutal, en le rejoignant dehors.

Issachar et son compagnon s'assirent affamés. Tout en mordant dans la galette arrosée d'huile d'olive et saupoudrée de sel, ils rapportèrent que l'ennemi se trouvait bien aux portes de Bâdis qui s'était soumise après avoir parlementé. Fort de ce nouveau succès, le général Oqba avait ordonné à la majeure partie de ses troupes de repartir à Tébessa, puis à Kairouan où elles devaient reprendre des forces. Avec moins de cinq cents cavaliers restés auprès de lui, il comptait assiéger Téhouda, soumettre rapidement toute la région de Biskra, puis rejoindre Kairouan, y regrouper ses régiments pour entreprendre en profondeur sa campagne d'islamisation. Pour l'instant, il établissait sa garnison dans une forêt, au bord du fleuve Agmou, aux portes mêmes de Bâdis.

– Voilà tout ce que nous avons appris, conclut Issachar.

Les visages se tournèrent alors, intimidés, vers la Kahéna, dont les prédictions venaient de se vérifier une fois de plus. A la faible lueur de la torche qui les éclairait, ils ne voyaient pas que ses cils battaient comme son cœur, précipitamment ; qu'une autre et terrible prémonition hantait son esprit.

– Nous pourrons nous remettre en route dès le retour de Tanan, suggéra un des chefs.

– Tanan ne reviendra plus. Il n'est plus de ce monde.

La voix de la Kahéna n'autorisait pas de doute. Issachar, peiné, se retira discrètement. Les autres, muets, commencèrent une veillée funèbre.

A l'approche de l'aube, l'homme de la tribu des Néfouças qui avait accompagné Tanan se présenta la mine défaite, le regard effaré, pour leur raconter ce qu'ils avaient déjà consenti à admettre :

– Il faisait nuit quand nous sommes repassés près d'une petite rivière, devant le hameau incendié. Nous entendions les hurlements des chacals et les rires effrayants des hyènes à quelques pas seulement derrière nous. Tanan dit : “Dépassons vite ces lieux maudits” et il se mit à galoper furieusement. J'avais peine à le suivre. Je talonnais de toutes mes forces pour le rattraper lorsque, tout à coup, j'ai vu devant moi, son cheval arrêté. En le dépassant je me suis rendu compte qu'il était sans cavalier. Je suis reparti en arrière et j'ai trouvé Tanan, étendu, inanimé. Sa tête avait heurté une pierre, il ne respirait plus. Les bêtes sauvages s'approchaient déjà si près. Alors j'ai pris le sabre de Tanan que voici.

Les regards se tournèrent à nouveau vers la Kahéna. Sans mot dire, elle se leva, fit toute droite les quelques pas qui la séparaient de la tente en peau qu'elle partageait avec Issachar et s'y glissa pour pleurer.

Les chefs qui se trouvaient là, réunis, s'accordèrent sur les derniers détails pour faire avancer, par petites sections, tous leurs effectifs en direction de Bâdis où le général Oqba espère prendre un peu de répit après ses courses exténuantes.

La ferveur du général ne se contient plus. L'inspiration divine a guidé ses actions et, à présent, les villes et les campagnes parlementent avant même d'être assiégées. Epuisé, maigre, livide, il ne tient que par ce feu qui brûle à son regard et désincarne toutes choses autour de lui. On le dit désenchanté, à cause de la cupidité de certains de ses hommes.

Avec les cavaliers restés à ses côtés et quelques deux cents chameaux, il compte soumettre sans difficulté cette région de Biskra qui semble pourtant trouver quelque grâce à ses yeux. La vue de ces palmeraies étendues à l'infini, sous le ciel bleu, apaise les saccades de son souffle véhément. Assis à l'ombre, il grignote quelques dattes et boit un peu de lait, le plus souvent recueilli, pensant à de prochaines batailles contre tout ce qui s'opposerait à l'instauration de la loi de l'Islam dans ce pays où il est l'envoyé du seul prophète. A sa grande fatigue s'ajoute l'amertume d'on ne sait quelles désillusions dans ses rapports avec le Khalifat. On croirait même par moments, qu'il voudrait hâter sa comparution devant le Tout-Puissant et s'entendre dire : “ Toi seul as été mon serviteur fidèle, les autres ne sont que des imposteurs. ”

Les espions qui se sont introduits dans son camp grâce à la complicité des berbères qui servent d'intermédiaires à l'officier chargé de l'intendance, disent de lui : “ Il semble las. ”

Koceila, lui, se promène librement dans le camp. La surveillance très stricte dont il a été l'objet s'est relâchée. Ses serviteurs n'ont pas tardé à remarquer la présence des espions et à l'en informer. C'est pourquoi il s'évertue à se montrer fervent et si près d'être acquis à la cause de la conquête, alors que son cœur fulmine, fou d'espoir. Lorsqu'il marche sous les arbres, les mains derrière le dos, des éclairs traversent à nouveau ses yeux que la captivité a ternis. Ces mois de détention ont creusé ses traits. C'est un homme proche de la quarantaine. Sa silhouette est imposante, large d'épaules, ses longs cheveux sont noirs. Il a l'allure d'un grand aigle, comme il en a le regard chargé de cet intraitable orgueil qui confine au mépris. Si Oqba avait écouté la colère que lui avait inspirée parfois ce regard, il lui aurait fait crever les yeux. Mais quelque chose au fond de lui s'y oppose, car il émane de ce Berbère une noblesse et une force incorruptibles où il reconnaît le contraire de certains de ces hommes de la cour du Khalife, avec leurs intrigues et leurs convoitises. Au fond, le général Oqba ne sait comment s'interdire de voir dans son prisonnier un frère exemplaire.

Les deux hommes se croisent, se saluent de quelques mots, mais jamais ne se parlent. Chacun, à son idée, pense que le temps joue en sa faveur. Koceila a été prévenu de l'intervention imminente de l'armée berbère, cachée dans les montagnes de Tilit. De quelle façon va-t-elle s'y prendre? Il n'en sait rien. La forêt où il est détenu est entourée des sentinelles, sauf du côté du fleuve dont le lit est large et profond pour interdire toute attaque surprise. Les chevaux, les chameaux et le bétail destiné aux troupes sont entravés, parqués dans un vaste champ qui jouxte la forêt et la sépare de la ville assez proche. Jour et nuit les gardes surveillent les animaux au milieu desquels s'élèvent des meules de paille et des monticules d'avoine fournis par les habitants de la région.

En face, sur les hauteurs qui entourent Tilit, la jeune armée berbère observe l'ennemi sans relâche. Ses chefs, réunis en permanence, commentent les renseignements récoltés par leurs espions tout en étudiant les moindres détails du plan établi. La Kahéna ne s'absente de ces réunions que pour exhorter les guerriers et les montagnards qui sont venus, en nombre considérable, se rallier à eux.

– D'abord nous allons libérer Koceila, ensuite nous attaquerons nos ennemis. Tenez-vous prêts à leur faire payer les crimes, à les chasser du pays, à leur ôter toute intention d'y revenir.

Elle raconte ce qu'elle a vu ; les hommes décapités, les femmes éventrées. Elle invente, elle vocifère et enflamme. Les cœurs sont bouillonnants de rage et la nuit tombe, épaisse sur Tilit, pendant que le bleu du ciel se perce d'étoiles fines, pareilles aux pointes des épées.

En amont du fleuve qui borde Bâdis, cachés dans les roseaux, des Berbères mettent à l'eau deux petits radeaux sommairement confectionnés à l'aide de troncs et de cordages. Sur le premier, s'entassent six hommes que le courant assez faible va conduire lentement, jusqu'à cette partie touffue de la forêt, à quelques pas de la tente de Koceila. Ils devront se tenir là, invisibles et attendre le signal convenu pour intervenir. Trois hommes prennent place sur l'autre radeau, emportant avec eux une outre pleine d'huile, ainsi qu'un petit brasero recouvert d'une peau tendue et percée de quelques trous pour aérer les braises. Ils dérivent lentement, jusqu'à la jonction de la forêt et du vaste champ où sont rassemblés les animaux. Ils accostent, tirent le radeau presque au sec, au milieu des joncs et s'avancent en rampant entre les hautes tiges de menthe sauvage.

Devant eux, les animaux sont immobiles, presque irréels, mais par instant on les entend souffler de profonds et longs soupirs. Leur ventre émet de lourds borborygmes. Peu à peu, les yeux s'habituent à l'obscurité et l'on distingue, à quelque distance de la berge, les silhouettes encapuchonnées de deux gardes qui bavardent. Leurs paroles sont absorbées par l'épaisseur de la nuit. Les aboiements de quelques chiens errants aux portes de la ville de Bâdis parviennent, lointains, et puis plus rien. Le silence, celui qui précède la peur, qui annonce l'imminence d'un danger et démasque enfin la mort. Tout à coup elle n'effraie plus personne.

Celui des trois hommes qui est le guetteur se tient près du radeau. Si besoin est, il attirera l'attention sur lui, en s'enfuyant vers le village comme le ferait un vulgaire voleur de bétail. Les deux autres se confondent aux ombres et contournent un groupe de chameaux qui observent la berge d'un air inquiet. Chacun choisit le cheval qui lui semble le plus tranquille, lui passe une cordelette autour de la bouche, le désentrave et s'y hisse déjà pour repérer les meules de paille. Ils se suivent en se faufilant entre les bêtes jusqu'à la première meule. L'un arrose la paille d'huile, l'autre répand quelques braises et ainsi de suite ; ils mettent le feu à de nombreuses meules et se retirent tout aussi discrètement pour rejoindre le radeau et se laisser à nouveau emporter par le courant. Pendant ce temps, l'armée berbère est descendue de Tilit et s'est déployée au pied de la montagne.

De longues flammes s'élèvent soudain des meules. Les bêtes se bousculent, beuglant, ruant, sous l'œil des sentinelles affolées qui accourent pour les écarter des flammes. Simultanément, on entend venir de trois côtés à la fois des charges de cavaliers berbères. La Kahéna les conduit et simule une attaque qui attirera toute l'attention des arabes. A l'approche de la forêt, elle pousse un cri qui déchire la nuit et hurle : “A nous, Berbères, en avant! ” L'appel est aussitôt repris par tous ses cavaliers. C'est le signal qu'attendent les six hommes du premier radeau pour traverser l'écran de branchages qui les sépare de la forêt. Ils se jettent sur les deux gardes restés près de la tente du chef berbère et leur tranchent la gorge. La confusion est telle dans le camp que personne ne les voit embarquer Koceila et ses trois serviteurs sur le radeau que le courant éloigne déjà.

Le bétail s'éparpille, désemparé, dans la plaine. Chevaux et chameaux entravés se traînent péniblement pour fuir. Les Berbères, quand ils le peuvent, sectionnent leurs entraves et les orientent vers la montagne. Ils savent qu'en privant les Arabes de leurs chevaux, ils vont les réduire à leur merci. Quelques cavaliers se détachent à la suite de la Kahéna pour s'assurer que Koceila est bien en liberté. Ils contournent la forêt, longent le fleuve, rattrapent le radeau et le guident vers un espace dégagé de la berge où se forme une petite plage de cailloux qui crissent odieusement sous les sabots.

Le débarquement se déroule avec des gestes et des mouvements que l'obscurité atténue ; les corps s'estompent et se frôlent, les murmures s'évaporent, les visages se distinguent avec peine. Koceila ouvre largement ses grands bras lorsqu'il apprend que la Kahéna, est venue l'accueillir. Ils se devinent, leurs regards se cherchent, ils s'enlacent, émus. Blottie contre son torse puissant, elle éprouve une sensation qui la grise, mais elle se ressaisit et se dégage avec une expression d'orgueil que nul n'aperçoit.

– Partons, dit-elle.

Elle lui tend son cheval et monte en croupe. Ses serviteurs sont également enlevés et ils foncent vers la plaine.

Malgré le désordre dû à l'obscurité, les soldats du général Oqba tentent de se réorganiser pour se défendre. Mais personne ne les attaque pour le moment et les berbères s'acharnent seulement à disperser irrémédiablement leurs chevaux.

L'annonce de l'arrivée de Koceila et de la Kahéna sur un même cheval, provoque une houle d'acclamations. Ceux qui distinguent leurs silhouettes, ont les yeux embués de larmes, d'autres poussent des cris de joies. Chacun veut les admirer. Alors on allume un grand feu au pied d'un monticule pour les apercevoir enfin ;

Koceila agite le bras en signe de remerciement la Kahéna se serre contre son dos. De longues flammes les illuminent, la foule les acclame encore puis se tait gravement, comme recueillie. Le moment de se battre est arrivé.

Dans la forêt, un silence terrible annonce déjà le pire. Mais la Kahéna se sent gagnée par une profonde lassitude ; elle voudrait que cesse toute cette colère qui n'a plus de sens ; que les guerriers berbères s'en retournent dans leurs villages, que les soldats arabes se retirent dans leur pays ; que cette plaine, cette forêt, ce fleuve soient tout à coup désertés de tous pour la laisser seule avec cet homme. Elle voudrait s'endormir, blottie contre l'épaule de Koceila, comme une petite fille. Cet instant, elle ne saura jamais ce qu'il aura duré. Mais pour elle, il sera la révélation désormais ; ce repère nécessaire à tout un chacun pour aborder les épreuves ou les ivresses, pour ressentir la précarité des choses.

Les Berbères scandent en tapant des mains : " La la la, il est revenu, Koceila. " Ils sont déchaînés, excités et poursuivent : " la la la, il est revenu, Koceila. " Comment faire pour retenir de ses deux seuls bras cet être qu'elle vient à peine de connaître mais que tout ce peuple réclame et porte déjà aux nues? Lui ne cesse de lever les bras pour répondre aux acclamations, gonfle son torse large et puissant et semble même vouloir ignorer que l'inspiratrice de tous ces événements est là, pressée contre son dos.

Quoi? Va-t-on la réduire au seul rôle de mascotte, à celui de petite princesse ingénue, assise à l'ombre d'un arbre, en représentation, offerte aux sollicitations de quelques villageois inquiets pour leur récolte? Non. Son instinct de guerrière se réveille en sursaut ; elle se redresse, lève le bras pour obtenir le silence et crie de toute la puissance de sa voix :

– Voilà Koceila rendu à la liberté grâce à nous tous.

Maintenant c'est notre pays et notre peuple qu'il faut libérer. Prenons l'engagement de rester ensemble vous, moi, et Koceila avec nous, pour chasser les Arabes jusqu'au dernier.

Dans la pénombre, elle devine que Koceila fait une moue désabusée et presque ironique. Tout en hochant la tête il lève un bras paresseusement. La foule reprend : " La la la, il est là, Koceila ", mais enchaîne aussitôt : " La la la, elle est là, la Kahéna ", et continue de scander : " la Kahéna, la Kahéna. "

La nuit s'achève, magique, pour les Berbères devant ces bûchers où dansent encore les flammes rouges et bleues et la fierté retrouvée. Impercep-tiblement, l'aurore même se répand flamboyante sur la terre. C'est à cet instant que va commencer le massacre des troupes retranchées dans la forêt soudainement cernée par des hordes hurlantes de Berbères exaltés. Les Arabes se battent vaillamment, mais à quoi bon? Les Berbères en plus grand nombre ont refermé sur eux un piège sans merci. Le général Oqba est tué parmi les tout premiers. En voyant décapiter ceux de leurs compagnons qui se sont rendus pour avoir la vie sauve, quelques-uns tentent de s'enfuir, mais à peine sortis de la forêt, ils sont piétinés par les chevaux et achevés sans pitié. Parmi ceux, peu nombreux qui se sont jetés dans le fleuve, certains sont rejoints en aval, au passage d'un gué et exterminés. D'autres, pris par un courant rapide, voient leur chance inouïe les soustraire à la mort pour les emporter vers quelque destin d'errance ou de fortune.

Du sommet du monticule où il avait été acclamé dans la nuit, les cheveux lâchés sur les épaules, Koceila assiste, impassible, à la fin du carnage sans détourner son regard couleur de miel des rayons du soleil qui transpercent les cimes des arbres. A ses côtés, la Kahéna est épuisée ; on dirait qu'elle attend la fin d'une cérémonie ennuyeuse. Comme si toutes ces années d'adolescence, vécues dans la peur et la haine de l'ennemi, n'aboutissaient à présent qu'à cette grande fatigue doublée d'un doute insondable. Etre seule et dormir, et rêver un instant à cet homme qui vient de surgir dans sa vie comme un lion au détour d'un sentier.

– Voilà, c'est fini, soupire-t-elle en voyant revenir les derniers cavaliers berbères.

– Ce n'est jamais fini, murmure Issachar.

– Explique-toi.

– Un si beau jour se lève et des hommes achèvent de tuer des hommes qui, eux, mêmes, en ont tué tant d'autres sur leur chemin pour arriver jusqu'ici. Tu crois que ça va s'arrêter? Si oui, les uns et les autres seront morts pour rien.

– C'est fini pour aujourd'hui, conclut-elle, à bout de forces.

V

Les lendemains de bataille ne sont jamais beaux ; ils laissent à l'âme un goût de cendre. Pour repartir à l'aube, l'armée berbère se regroupait aux portes de Bâdis qui dormait sans dormir, pour oublier son long cauchemar.

Une brise venue des montagnes parcourait la plaine d'un frisson qui courbait les herbes et vous glaçait le dos avant de se perdre parmi les feuilles des arbres en bruissant d'un souffle lugubre.

Dans la forêt, rôdaient encore les ombres de la mort. En face, des soldats se tenaient à cheval, les épaules rentrées, la mine grise et détournaient pudiquement le regard.

Des meules incendiées dans le champ, il ne restait que de grands cercles noirs. Quelques chevaux, trop maigres pour fuir, se tenaient tête baissée, dans un état d'accablement presque humain. Parmi eux, un chameau blessé, lui aussi abandonné, observait d'un air désabusé le départ des hommes, dans l'absurdité d'un jour ordinaire qui se levait à l'horizon.

Composée au départ de quelques dizaines de jeunes guerriers, l'armée berbère se retrouvait gonflée de ces centaines de volontaires qui avaient afflué pour le combat de la veille et n'entendaient plus s'en retourner chacun dans son village.

– Ils n'ont plus envie de retrouver leurs chèvres, persifla encore Issachar. La fraternité se réveille aussitôt qu'il s'agit de se partager une victoire ou un héritage. Et cette ivresse, quand on y goûte...

– Et quand on y goûte qu'arrive-t-il? maugréa la Kahéna.

– On devient un guerrier, et...

– Et on en meurt. Puis elle ajouta tout à coup songeuse : un jour il y aura la paix dans ce pays. Je le sais.

– Pourquoi ne la fait-on pas avant?

– Avant quoi? Et avec qui? Tu sais bien, la paix n'est pas l'affaire des guerriers.

– D'ailleurs la guerre non plus, jeta Issachar en faisant pivoter son cheval pour s'éloigner vers le village.

Il fallut une bonne partie de la journée pour mettre cette armée en bon ordre, prendre congé des notables et de la population de Bâdis. Enfin, Koceila vint tout naturellement se placer en tête des rangs. Derrière lui, sont alignés les jeunes chefs, au milieu desquels se tient la Kahéna et, à côté d'elle, légèrement en retrait, entre les lignes d'un protocole tacite, Issachar se profile comme une ombre. Toujours en retard, il ne vint se placer qu'à l'ultime instant du départ, se frayant péniblement le passage entre les cavaliers.

En la surprenant échevelée, les traits tirés, sa beauté saisie dans une expression de défi, presque tragique, Issachar eut un pincement de cœur. Il pensa que Koceila devait en être un peu la cause, et s'entendit murmurer : “ Il va nous faire un beau désordre celui-là. ”

– Où étais-tu encore, mon demi? Je te cherchais, lança la Kahéna s'efforçant de sourire.

– Oh, Tu sais bien, je suis multiple, c'est la cause de tous mes maux ; je veux toujours être autre part et ailleurs. en tous cas loin d'ici. Alors je cherchais.

– Ah, et quoi donc, mon demi? fit-elle avec ironie.

– Les bras d'une femme pour se refermer sur moi, ses seins, ses hanches, ses yeux et les mots de la tendresse, fussent-ils menteurs.

– Tu trouves encore le temps de penser à tout ça, aujourd'hui?

– Parfaitement. C'est le seul refuge quand le monde est trop laid et il l'est tout le temps d'ailleurs.

– Puisque tu le sais, ça devrait te calmer.

– Me calmer? fit-il pensif. Même quand le singe veut se faire beau, il grimace. C'est dans sa nature.

Ce qui devait être le long et fatigant chemin de retour devint route de gloire. La Kahéna captivait les regards des foules, comme un éclat de verre les rayons du soleil. Sa présence ralliait à nouveau les Berbères qui n'avaient pas encore pardonné à Koceila de s'être converti à l'Islam, lui qui avait, quelques années auparavant, annoncé son adhésion au christianisme.

Maintenant qu'Oqba était éliminé, Koceila savait la suite qu'il donnerait aux événements. Il réglerait ses comptes plus tard avec ses ennemis. Pour l'instant, il fallait profiter de l'euphorie générale pour asseoir son autorité. La bonne étoile qui s'était éclipsée de son firmament, brillait à nouveau de tous ses feux. Grâce à cette armée enthousiaste, à l'aide de ces nombreuses tribus réconcilliées et l'appui des chrétiens de Carthage, il allait pouvoir défaire les troupes arabes privées de leur chef, à Kairouan même, et prendre en main tout le pays.

Seule la présence de la Kahéna qui accapare de plus en plus l'attention des populations, dérange ses projets. Mais peut-être qu'en devenant sa maîtresse, elle cesserait d'être une rivale pour devenir aux yeux de tous une simple et faible femme. Il ne savait pourtant pas que le cœur de la jeune femme battait rageusement pour lui. Qu'elle n'en dormait pas certaines nuits de cet amour, qu'il confisquait toutes ses pensées dans un tel désordre que sa raison vacillait. Par moment, dans le désarroi, elle se sentait prête à se rendre les bras ouverts pour lui dire : "Je t'aime, Koceila, depuis le premier instant de ma vie, je suis née pour t'aimer, prends-moi, blottie contre ton torse, emmène-moi, serrée contre ton dos. Mais, brusquement, elle sentait durcir un noyau dans son cœur et la gorge submergée d'orgueil elle s'entendait murmurer : "Disparais, Dahia, va te cacher pour mourir. Tu es la Kahéna et une reine ne se rend pas. Patience, Dahia et tous les hommes, les plus braves, les plus puissants seront à tes pieds et lui aussi se livrera pour te dire : "Je suis ton serviteur. "

La Kahéna ne laissait rien paraître de tout cela, au contraire, certains de ses sourires, quelques petites phrases, ses regards parfois, tendaient à laisser croire à Koceila qu'il atteignait son but. Et lui tout en se disant : "Patience, je finirai bien par lui lester les ailes, à cette belle aiglonne", se surprenait à la regarder intimidé, oppressé tout à coup par sa beauté. Durant ces mois de captivité il n'avait ni approché ni touché une femme ; par moment il ressentait un désir pareil à un vertige qu'il réprimait d'abord pour aussitôt s'adresser à lui même : "Mais enfin Koceila! Tu as vu la mort de près, tu sais bien à présent le peu que vaut une vie, et voilà que la femme la plus belle de la terre est là devant toi et qu'au lieu de prendre la main du bonheur, tu choisis la guerre, les rivalités, les trahisons. Avance-toi vers elle et dis lui : "Reine du monde je veux que tu sois mienne, je serai ton serviteur. " Mais le visage de Koceila se durcissait. Les veines de son cou palpitaient de ressentiment et la colère montait à ses lèvres : Allons, Koceila, ce qui t'obsédait quand tu étais l'otage d'Oqba, ce n'était ni femme, ni bonheur, c'était la vengeance des Arabes, de ceux qui t'ont vendu à eux, de quelques-uns qui ne vont pas tarder à payer. Patience! en tenant le pays, tu la tiendras aussi.

Les jours passaient et les renvoyaient dos à dos ; chacun pour soi voulait gagner du temps. Mais le temps se gagne-t-il ?...

A l'approche des territoires Djéraouas, les clans désertèrent les villages pour accueillir, leur princesse, l'armée victorieuse et Koceila, leur faisant une impressionnante escorte jusqu'au château.

Tabet, toujours aussi droit, les pommettes en feu, serra sa fille dans ses bras, puis hâtivement, il prit ses mains dans les siennes et lui sourit, le collier de barbe frémissant, l'œil brillant. Puis ce fut le tour d'Issachar qui eut droit à une accolade chaleureuse accompagnée de quelques mots à peine chuchotés qui les firent sourire l'un et l'autre. Il se tourna enfin vers Koceila et, après le cérémonial des retrouvailles, on les vit s'écarter de la foule en bavardant.

La Kahéna retrouvait les siens, plaisantait avec l'un, forçait la timidité de l'autre tout en observant d'un œil pointu cette connivence subite entre son père et Koceila qui, malgré une estime réciproque, ne s'étaient jamais bien entendus.

– Les grands chefs complotent fit-elle à Issachar. C'était à prévoir. L'un voulait me réduire au rôle de maîtresse-fétiche, l'autre est si pressé de me marier pour voir enfin son petit-fils à la tête des Djéraouas.

– Tu leur fais ombre, moitié-pomme. Ces choses- là ne se partagent pas.

– Koceila voudrait maintenant, pour lui tout seul, cette route de gloire jusqu'à Kairouan. Mais il ne me prendra pas ma part.

– S'il ne voulait que cela!

– Ah, et quoi d'autre?

– Il veut tout. Comme toi aussi, je pense, tu voudrais tout.

– Oh! Moi, si tu savais... Nous en reparlerons, conclut-elle, énigmatique haussant les épaules, avant de se jeter dans les bras de son amie Tamou.

Au cours de la fête donnée par les Djéraouas, elle se retrouva assise entre Koceila et Tabet, en compagnie d'Issachar et des jeunes chefs qui faisaient désormais à Koceila une escorte d'honneur en toute occasion.

Tout en économisant ses paroles, Tabet orienta très astucieusement la conversation, se fit violence et déclara comme dans le seul but de lui rendre hommage en public :

– Notre tribu est fière de toi, ma fille. Elle aura besoin de ta présence ici désormais.

– Tu peux être fier de ta fille, renchérit Koceila. Elle s'est montrée digne de ses ancêtres. Mais la guerre va se poursuivre maintenant ; ce n'est pas un état pour une princesse. Nous devons la préserver pour tout notre peuple qui espère ses prophéties et ses oracles.

– Je vous remercie de l'honneur que vous m'accor-dez, répondit-elle en se tournant vers chacun. Soyez rassurés, je ne souhaite pas prendre part aux combats à Kairouan. Je ferai seulement route avec vous afin de faire connaissance avec les tribus de mes compagnons, avec notre peuple qui m'honore dans sa pensée. Quant à toi, cher Koceila, la fierté que j'éprouve d'avoir participé à ta libération serait incomplète si je ne t'accompagnais, avec les honneurs qui te sont dus, jusqu'à la porte de la guerre. Je n'en franchirai pas le seuil, ce n'est guère convenable pour une femme, je le sais. Me supporteras-tu encore quelques jours? conclut-elle, sur un ton qui se voulait taquin.

– Ce serait pour moi un privilège.

Sans plus attendre, elle se leva en s'adressant à Issachar qui était assis à la gauche de Tabet :

– Et toi, mon demi, viendras-tu avec moi saluer nos invités?

Dans le vaste salon, sur des tapis, adossés à des coussins, sont réunis les notables. Dans la cour illuminée, autour des musiciens, on chante et on danse. Les femmes ont mis leurs belles parures et se mêlent aux jeunes filles déjà possédées par les battements des terbougas et des tambours. Les hommes boivent, s'esclaffent et se passent des gobelets de robb ou de vin. La fête commence à peine. Des bœufs entiers, des antilopes et des agneaux rôtissent lentement. Des esclaves découpent des lamelles de viande qui sont servies croustillantes, sur des feuilles de figuier. Dans de grands chaudrons, des volailles mijotent dans la graisse aromatisée d'herbes. Dès qu'elles auront pris une belle couleur dorée, elle seront servies après les viandes. On voit passer des plats de fèves vertes fumantes, saupoudrées de gros sel et de cumin, et de grandes jattes de semoule d'orge, roulée à l'huile d'olive.

Issachar qui n'en est pas à son premier gobelet de vin entraîne la Kahéna vers les danseuses :

– Viens, j'aperçois la grande Tamou. Celle-là, au moins, je peux compter toujours sur elle. Et se croyant drôle, il ajouta dans un rire un peu sot : " Elle peut aussi compter sur moi. "

En s'approchant, la Kahéna fut happée par les danseuses que les esclaves éclairèrent aussitôt de longues torches. Elle voulut résister, mais apercevant sa mère et Kouikette, elle les entraîna, se plaça au milieu et le cercle s'ensorcela.

Les jeunes gens tapaient des mains. Alors, pendant que les femmes entraient dans la danse, l'une après l'autre, les cheveux lâchés, les yeux dans les étoiles, les hanches vibrantes, des hommes ivres se mirent à trépigner tout en scandant des phrases à la fois amoureuses et guerrières. Sous les flammes des torches vacillantes, dans la nuit bleue, on pouvait croire par moments, que les djebels austères titubaient légèrement.

Entre deux danses, Issachar réussit à entraîner la grande Tamou vers la sortie du château. Kiko qui dominait les hommes d'au moins une tête, ne perdait pas un détail de leur manège. Il les vit s'éclipser dans la pénombre et grimaça une moue en déplorant : “Quand va-t-il se décider à prendre épouse et à nous faire quelques petits, celui-là ? ”

Alors que tous dansaient, la Kahéna se retira discrètement, essoufflée, en sueur. Quelques jeunes gens, que le vin rendait audacieux, s'approchaient d'elle, osaient un compliment et se retiraient, saouls de bonheur. Seul, Mamoukh se tenait dans un coin, complètement ivre, ressassant sa rancœur. Lui, qui se croyait le plus fort, le plus valeureux de tous, il avait été froidement écarté, renvoyé à de vagues besognes pastorales, blessé au plus profond de son orgueil. Comme dans chaque chien il y a toujours un loup qui sommeille, dans tout homme se réveille parfois le démon de la mort. Mamoukh voulait saccager la terre à entière à présent. En apercevant soudainement la Kahéna, seule, il la suivit alors qu'elle sortait du château. Elle fit quelques pas en direction de la maisonnette lorsqu'à hauteur du figuier, elle eut le sentiment d'une présence derrière elle. En se retournant, elle distingua la silhouette d'un homme qui avançait en hâte. Mamoukh titubant se détacha de la pénombre.

– Oh, Mamoukh! dit-elle, d'une voix qui se voulait agréablement étonnée. Que fais-tu là ?

Avant même de répondre, il lui saisit le bras en l'attirant à lui et pinçait déjà ses hanches, s'enhardissant de paroles grossières.

Elle se débattit et le giffla de toutes ses forces, en lui criant :

– Tu es devenu fou, Mamoukh!

Plutôt que de se ressaisir, il entra dans une fureur violente et immobilisa dans ses bras la Kahéna, l'embrassant avec bestialité alors qu'elle essayait de se dégager. Son haleine était si forte que, à elle seule, la sensation de sa bouche la couvrait de dégoût, comme si ses baisers répugnants allaient à tout jamais la marquer de leur empreinte. Au lieu de tenter d'écarter les bras puissants de

Mamoukh, elle se relâcha subitement, se glissa vers le bas et s'échappa. A la troisième enjambée, elle comprit que Mamoukh la retenait par sa tunique et qu'il allait la ramener vers lui. Alors elle sentit sa force décupler ; d'un même mouvement, elle ramassa une grosse pierre et le frappa au visage. Puis, pour se dégager, elle lui décocha un coup de pied dans le bas-ventre. Le visage ensanglanté, grimaçant horriblement de douleur, fou de rage, il l'attira à lui tout en dégainant son poignard qu'il leva de toute sa hauteur pour le planter dans sa poitrine. Elle poussa un cri féroce accompagné d'une détente de son bras et dévia le poignard. En même temps, elle entendit un " han! " rauque, puissant, et elle entrevit une silhouette noire abattant une grosse pierre sur le crâne de Mamoukh. Il s'affaissa comme la flamme soufflée d'une bougie et roula par terre, la tête brisée, au bord du chemin qui surplombait la vallée, à quelques pas du précipice.

Sans reprendre son souffle, comme s'il n'en pouvait être autrement, et que l'issue de ce combat avait été ainsi prévue, elle alla vers Mamoukh et, d'un coup de pied méprisant, elle le fit rouler dans le vide. Puis elle poursuivit sa marche vers la maisonnette, sans même s'attarder à écouter l'écho du bruit sourd que fit le corps en s'écrasant plus bas dans le ravin.

A quelques pas de là, dans la maisonnette, Issachar et la grande Tamou se trouvaient déjà aux confins du désir, seuls au monde, gémissant de plaisir. Elle tendit l'oreille : des chuchotements, puis le silence, une solitude qui vous blesse, puis des chuchotements à nouveau et l'amour qui recommence.

Quel silence! La violence et la mort s'épousaient au fond de l'abîme alors qu'à quelques pas seulement, une femme et un homme s'aimaient à l'infini. Que n'aurait-elle donné, la Kahéna, à cet instant, pour se réfugier dans les bras d'un homme, blottie contre son torse, serrée contre son dos.

VI

KOCEILA leva un bras résolu pour donner le signal du départ.

Parmi la petite foule amassée à l'entrée du château, la grande Tamou, levait elle aussi le bras, un sourire émerveillé aux lèvres, à l'adresse d'Issachar. Tout en répondant à ses signes, Issachar échangeait des regards complices remplis de gratitude, avec Zazou, la jeune veuve au visage pur et grave mais aux hanches épanouies et provocantes. Certains jours elle s'était dérobée à lui avec l'aisance d'une belle truite en eau profonde. D'autres fois elle s'était hérissée, prête à griffer. Mais, ce matin-là, il l'avait croisée par miracle, à l'aube, dans un de ces grands couloirs du château où elle était venue déposer une cruche de lait. On aurait dit qu'ils allaient s'empoigner et se jeter des injures, puis se sont immobilisés tendus, l'un et l'autre. Allez savoir pourquoi? Comment? A quel moment la folie s'empare de deux êtres qui semblaient vouloir s'affronter et les fait se jeter dans les bras l'un de l'autre? Quelque démon les avait rongés secrètement toute la nuit pour les préparer à l'insu d'eux-mêmes au déroulement précis de cette rencontre : ils se sont regardés d'un air étrange, se sont embrassés fougueusement. Ils ont rasé les murs, enlacés, ont fermé la porte d'une chambre et se sont étreints avec une inspiration à la fois furieuse et tendre. Sur le point de partir, encore tout étourdi du plaisir, Issachar se demandait s'il n'allait mettre pied à terre et courir se réfugier dans les bras de Zazou. Lorsque devant lui, un cheval crotta généreusement, il murmura : “ Le monde se soulage. “

– Ca va, mon demi? dit la Kahéna qui se retourna vers lui avant de talonner.

– Jusqu'à toujours. Mais jusqu'à quand? répondit Issachar.

Kairouan est à plusieurs jours de Baraïa. Les troupes avancent lentement comme un gigantesque serpent qui se rétracte pour se faufiler dans la gorge étroite, à l'entrée de la vallée. Au delà de ce passage, la route et les chemins tortueux, pour découvrir l'autre part de ce pays immense et encore confus, comme le cœur de la Kahéna devait l'être en cet instant. Le temps semble s'écouler lentement, dans l'indifférence. Détachée d'elle-même, elle se voit là, au milieu de ces jeunes chefs fougueux, calme et triste, résignée à entamer déjà cette part morose de l'existence où chacun mange son pain noir, en attendant des jours meilleurs.

Désormais, entre elle et Koceila, même la tentation de jouer serait écartée. Lui, s'est figé froidement dans le rôle du libérateur exclusif qu'il veut incarner. Elle, doit se résigner au seul rôle de princesse providentielle, annonciatrice d'oracles. Tous deux connaissent cette sensation enivrante que vous donne l'emprise simultanée sur des milliers d'êtres humains ; et ça quand on y a goûté... Ils savent en outre qu'il n'y a de place que pour un seul à la fois dans le miroir magique que vous tendent les foules. Il l'a devancée ; elle attendra son tour. Tout n'est qu'affaire de circonstances à qui sait les créer ou s'en saisir.

Depuis cette conversation au cours de la fête à Baraïa, une préséance tacite s'est instaurée entre eux. Alors, ils sont comme deux grands fauves qui se croisent dans un fourré et s'ignorent dignement, la rage au cœur, pour éviter l'affrontement qui les détruirait l'un et l'autre. Ils se parlent cependant, échangent des points de vue et personne ne se doute de rien, sauf Issachar que réjouit cette entente tacite, sourde comme une guerre.

La Kahéna ralentit l'allure de son cheval et vient se placer à côté d'Issachar. La plaine est verdoyante, couverte de rosée. Sous les rayons du soleil, on dirait qu'elle ruisselle. Par endroits, scintillent des blocs de granit rose sur lesquels, sont juchés, droits, de grands oiseaux gris, taciturnes, à l'air soucieux.

– Tu vois, dit Issachar, ces oiseaux-là ont pour charge d'être tristes pour tous les autres oiseaux qui ne le sont pas. C'est comme ça que la vie trouve son équilibre ; en même temps que quelqu'un pleure, ailleurs un autre se met à rire et à l'instant même où meurt un homme, un autre naît quelque part.

– Oh, mais il en sait des choses, mon demi. Et nous alors, qu'est-ce qu'on fait? On rit? On pleure?

– Tu vois bien! Nous sommes en attente entre les deux, entre rire et pleurer.

Ils se tournent l'un vers l'autre et partent d'un éclat de rire.

Les soldats qui ouvrent la marche se portent vers la droite pour entreprendre une descente légère et longer une grande et belle rivière ; la Miskiana dont les berges, dégagées à cet endroit, inspirent le calme. Une poule d'eau et ses poussins, tout petits points noirs, s'éloignent et s'effacent de la surface de ce long miroir bleuté. Au loin, apparaît une caravane de chameaux qui, apercevant les troupes, se détourne de sa route, se défile craintivement pour s'estomper à l'horizon vers le sud. Un peu plus tard, subitement, le paysage se brise et se prolonge, surplombé de collines éclatées, formées de rochers aux arêtes coupantes entres lesquels s'accrochent âprement des arbres épineux.

En aval, se dresse une gorge aux parois tourmentées et sombres. Avant de s'y étrangler, la rivière s'élargit et s'étend peu profonde, pavée de gros cailloux verdâtres.

Les chevaux qui s'avancent le long de la berge pressentent la déclivité brutale du terrain et ralentissent, inquiets, avant d'entreprendre le passage abrupt que seuls les éclaireurs et les chefs vont emprunter. Les troupes, elles, ont reçu l'ordre de le contourner en prenant un chemin plus aisé mais plus long.

Les éclaireurs sont passés sans encombre et attendent plus loin, là où la rivière reprend son cours généreux.

Au moment de descendre, le cheval de Koceila se rebiffe. Pris d'une crainte subite, il se ramasse, tourne sur lui-même et présente le dos à la descente. Le cavalier, agacé, essaie, non sans une certaine exaspération, de dominer son cheval qui se dérobe à nouveau. Koceila s'impatiente. L'animal s'obstine. On les voit tourner sur place. Les autres sourient de voir son cheval tenir tête si résolument au chef et se demandent qui va céder le premier. Soudain, c'est la chute. Les sabots du cheval excité ont glissé sur le terrain rocailleux. Déséquilibré, il tombe, entraînant son cavalier qui se reçoit maladroitement en heurtant le sol. Lorsqu'il se relève, Koceila est blême. Une expression de douleur le défigure. Il est chancelant et quant on accourt pour le soutenir, il articule péniblement.

– Mon bras, mon bras. Il est peut-être cassé. Heureusement que c'est le bras gauche.

Mais sa jambe gauche lui fait mal également. On le porte jusqu'en bas pour l'installer à l'ombre d'un caroubier, et aussitôt deux hommes s'activent autour de lui. Pendant que l'un taille des planchettes dans une grosse branche, l'autre découpe dans une tunique de fines bandelettes qui viendront s'enrouler, serrées, le long du bras.

Quant au cheval, un alezan superbe, son paturon

gauche est fracturé, il est condamné. Il faudra attendre le lendemain pour l'achever, car le soir est déjà là et son cadavre attirerait les chacals et le désagrément de leurs cris toute la nuit. Les tentes des chefs sont déjà dressées près de la rivière à l'écart des troupes qui s'installent aux pieds des collines.

Adossé au caroubier, tout son corps endolori, Koceila doit se tenir immobile et prendre des infusions de tyra qui vont calmer ses douleurs et l'aider à trouver un sommeil profond. A l'aide d'une branchette, la Kahéna remue des herbes dans l'eau bouillante, remplit des bols et l'encourage à boire. Ils sont gênés l'un et l'autre, même dans la pénombre, ils évitent de se regarder.

Autour d'eux, les autres feux sont déjà éteints. Elle insiste en chantonnant les paroles d'une comptine très ancienne :

" Encore un bol de tyra
plus et plus tu en boiras
mieux et mieux tu dormiras. "

Comme si la muraille qu'il dresse habituellement autour de lui-même, se lézardait tout à coup, Koceila répond dans un soupir :

– Ca me rappelle ma mère quand on se faisait mal en jouant.

De quelques mots, adroitement, elle l'incite à raconter ; et il parle de son enfance :

– Nous habitions près d'une lagune. Un jour, en jouant, je suis tombé d'une barque que nous avions volée avec un camarade. J'étais assommé et je me serais probablement noyé si un vieux pêcheur ne m'avait tiré de là pour me ramener chez moi. C'était le soir déjà, je grelottais de froid. J'avais mal. Après m'avoir grondé, ma mère prépara une infusion de tyra qu'elle me servit en chantonnant cette même comptine. Je l'ai avalée brûlante ; d'abord parce que je me sentais fautif, mais aussi pour me réchauffer. Cela me faisait du bien et j'ai glissé dans les profondeurs enivrantes d'un sommeil comme je n'en ai jamais plus connu de pareil.

Par la suite, j'allais souvent voir le pêcheur. Et lui, était toujours ému et content en me voyant arriver. C'était comme si je lui appartenais un peu. Je ressentais fort, moi aussi, ce lien qui s'était créé entre nous.

Parfois, à la tombée du jour, je m'asseyais au bord de l'eau, pour le regarder pêcher.

Pendant qu'il parle, la Kahéna l'observe attentivement et l'imagine, enfant. Elle corrige ses traits sombres qu'éclairent faiblement quelques braises, puis elle le voit petit garçon. elle voudrait le protéger. Mais il redevient aussitôt Koceila, au visage dur, les cheveux tombant sur les épaules, fort comme l'arbre même auquel il est adossé. Il n'appartient qu'à lui-même.

Il raconte encore comment le vieux pêcheur lâchait, au bout d'un long fil, une superbe femelle poisson qui, en quelques tours dans la lagune, attirait à elle les plus beaux mâles qui se mettaient à la suivre, subjugués. Alors le vieux pêcheur la ramenait progressivement pour la faire entrer dans un petit canal où il l'enfermait avec ses poursuivants qu'il allait recueillir, un à un, à l'aide d'une épuisette.

Koceila se tait. La Kahéna regarde par instants le ciel entièrement parsemé d'étoiles fines, serrées les unes contre les autres. Elles brillent comme de petites dents pointues. Soudain, l'une d'elles se détache et file vers la terre. On croirait que les autres l'ont précipitée dans le vide.

"Les étoiles aussi", pense la Kahéna qui réprime un bâillement alors que Koceila articule péniblement tout en se relevant :

– Il se fait tard. Allons nous coucher.

Dans la tente qu'elle partage avec lui, Issachar est plongé dans un sommeil très agité, peuplé de rires, de gémissements, alternés de phrases si distinctes qu'on le croirait éveillé alors que, dans son rêve, il s'arrache aux hanches de Zazou et se débat dans les bras et les longues jambes de Tamou qui s'enroulent sur lui. La Kahéna ferme les yeux. Des braises couvent dans sa poitrine. Peu à peu, entraînée par le poids de son propre corps elle succombe à un sommeil confus d'images et de résolutions. On ne sait quels conseils lui porta cette nuit-là, mais elle se réveillera de bonne humeur.

– Tu as parlé et crié cette nuit, fit-elle à Issachar.

– Les journées sont trop courtes pour tout ce que j'ai à dire et à crier. En plus, j'ai rêvé que j'étais multiple.

– Tu as de la chance. Moi, j'ai rêvé de choses plutôt graves. J'ordonnais à des soldats de combler de pierres cette gorge, pour arrêter le cours de la rivière.

– Comme c'est amusant, tu en fais de beaux rêves, ironise-t-il.

– J'ai vu une étoile filante s'abattre comme la foudre sur Koceila.

– Ça aussi.

– Et surtout, ajoute-elle d'un air espiègle, comme si elle n'avait pas entendu, je me suis vue assise, comme Kouikette, donnant à téter à deux petits garçons.

– Là, c'est un peu plus grave.

– Ah? je crois que j'ai envie d'avoir un enfant.

– Je sais bien que tu es une grande fille, dit Issachar, mais pour ça, il va te falloir, d'abord, la participation d'un homme.

– Tu m'étonneras toujours, mon demi. Comment fais-tu pour savoir toutes ces choses là?

– Je réfléchis.

– Moi aussi, figure-toi, et je peux même te dire que cette course à l'acclamation commence à me fatiguer. Dans quelques jours, on retourne chez nous.

VII

La Kahéna mit longtemps à s'accorder à la vie de Baraïa ; presque tout un hiver de journées ba gnées d'une lumière éblouissante, qui s'assombrissaient soudain comme le regard d'une veuve.

Issachar sentait bien qu'elle était lourde de peine, qu'elle n'avait plus le même goût des choses, ni tout à fait ce même rire qu'il aimait entendre résonner dans les deux longues pièces qu'elle occupait à l'arrière du château. A cette seule idée, deux ou trois fois il avait rebroussé chemin en arrivant presque devant sa porte et s'en était retourné attristé, au milieu des aboiements des chiens exaspérés par la longueur des nuits. Un soir, excédé, il se surprit à pourchasser dans le noir quelques chiens qui s'étaient aventurés jusqu'au milieu de la cour. Et là, sans savoir comment, il s'entendit proférer sur un ton prophétique, un avertissement à l'adresse du monde tout entier : "Si elle pleure, cette femme, c'est la terre entière qui sera inondée de ses larmes et les malheurs pousseront comme des orties. " Réalisant tout à coup que les gardes pouvaient l'avoir entendu, il s'éclipsa sur la pointe des pieds en se moquant de lui-même. Il y eut un bref silence gênant puis les chiens se remirent à hurler à la lune dissimulée malicieusement derrière des pans de brume.

Au château, de même qu'au village, on demeurait perplexe mais circonspect, chacun se contentant d'observer du coin de l'œil cette ombre de mélancolie sur le visage de la princesse. Dvora en pleura même un soir, secrètement, en présence de Kouikette qui s'exclama, les yeux embués de larmes :

– Prisonnière de quelque démon? Que vas-tu chercher là? C'est une langueur qui ne trompe pas. Il ne peut s'agir que d'un homme.

– Mais qui?

– Comment le saurai-je, elle ne le connaît peut-être pas elle-même. Ah si seulement elle voulait. tous les hommes du pays seraient à ses pieds.

– Tous sauf un, rétorqua Dvora

– Qui alors?

– Elle le connaît sûrement celui-là, puisque moi, je le devine.

Heureusement, avec le retour des beaux jours, cette mauvaise ombre se dissipa aussi discrètement qu'elle était venue. On vit la princesse faire de longues promenades solitaires à cheval, participer à des parties de chasse et enfin on entendit à nouveau ses rires et ses colères dans les longs couloirs du château. Bientôt elle se mit à faire des visites aux clans voisins. En la voyant prendre part aux affaires de la tribu, Tabet était frappé par sa connaissance des coutumes et des subtilités de l'âme berbère. Lui, qui la croyait empêtrée dans de seules ambitions guerrières, se plut à croire qu'elle souscrivait enfin à la réserve qu'il préconisait : leur isolement préservait les Djéraouas des conflits qui tourmentaient souvent le pays. Et puisque, en cette période, il incombait à Koceila d'être à la tête des Berbères, le bon sens commandait qu'on le laissât faire à sa guise.

Pour le moment, dans les territoires des Djéraouas comme autour de Baraïa, les troupeaux paissent à leur faim. Ils vont et viennent, nonchalants ; ils se savent regardés. Chaque homme ici est fier de son bétail. Il sait qu'il faut une connivence du ciel et de la terre, du soleil, du vent et de la pluie pour que se déroulent, sous ses pas, ces superbes pâturages, pour que soient éloignées les épidémies ; et voilà que tous ces éléments se conjuguent pour lui assurer, la dignité et la douceur de vivre.

Dans le village, de grands paniers débordants d'olives attendent en longues files devant le pressoir qu'un âne fait tourner, infatigablement. On voit déverser dans les jarres cette belle liqueur claire et verte où ruissellent, encore captifs, les rayons du soleil. Même ces vieux villageois qui sont toujours là, à vanter les récoltes d'autrefois, sont obligés d'ad-mettre que cette période est bénie du ciel. L'œil plein de malice, ils trempent leur pain dans l'huile nouvelle, en pensant que ce nectar sublime va lubrifier leurs vieux membres noueux et secs. Ils imaginent comment il va masser les corps dorés des jeunes femmes, pour les délier comme des gazelles bondissantes dans l'éblouissement des soirs d'automne. Et les vieux pensent : " Pourvu que ça dure! "

Mais le bonheur qui naît de l'inquiétude en garde toujours le parfum. Alors on se grise de vin et de robb, aux jours de fête. Les noces et les naissances sont tapageuses pour engager favorablement les lendemains. Quant aux morts, ils ne sont l'exutoire d'aucune vieille rancune. On les enterre humblement, souvent discrètement. C'est la vie, et les jours et les mois s'écoulent, ordinaires mais bienheureux.

Grâce aux caravanes qui traversent le pays, venant de Barka, de Trebolos, de Kairouan pour aller, au-delà de la Tingitane, jusqu'à Taroudant et jusqu'aux pays noirs, les nouvelles arrivent à Baraïa.

Depuis que Koceila a chassé les troupes du général Oqba, il consacre son attention aux frontières du pays. A l'intérieur, il se contente de veiller d'un œil distrait au maintien de l'ordre que nul du reste ne songe à troubler.

L'entente s'est rétablie avec les roums, fixés pour la plupart dans les villes du littoral, et grâce à eux les flottes marchandes sillonnent à nouveau la côte méditerranéenne. Les tribus, chacune dans son territoire, se suffisent à elles-mêmes. Chacune a repris sa vie et ses coutumes et les clans nomades colportent les nouvelles de l'une à l'autre.

On voit fréquemment arriver des visiteurs au château de Baraïa. Sous le prétexte de demander conseil à la Kahéna, certains espèrent lui soutirer quelque prédiction. Aux gens de passage, elle répond par énigmes et ils s'en retournent, éblouis de l'avoir approchée. A ceux du village, elle répond :

– Il faut un peu de mystère pour vivre en commun. Je ne peux pas vous dévoiler les uns aux autres.

Elle raconte parfois l'histoire de ce Berbère christianisé, devenu diacre d'une église qui possédait un miroir dans lequel tout homme qui soupçonnait l'infidélité de sa femme, pouvait apercevoir le visage du séducteur. Un jour, un roum jaloux alla consulter le miroir et voilà qu'il y distingua les traits du diacre en personne.

– Voyez, comme ces choses-là peuvent être dangereuses. Si l'on avait un pareil miroir à Baraïa, confiait-elle aux intimes, il vaudrait mieux le briser car on y verrait trop souvent le visage d'Issachar.

Parmi les caravaniers qui s'arrêtent au village, il y a un négociant égyptien d'origine grecque qui se consacre au commerce des plumes d'autruches. Comme son nom est difficile à prononcer, les Berbères l'ont surnommé "Issidan", qui veut dire "autruches". Il s'évertue à se présenter au château, à chacun de ses passages. C'est un homme cultivé et plein d'humour. Il rapporte toujours de nouvelles histoires. La Kahéna et Issachar ont plaisir à le recevoir, même s'ils le soupçonnent d'être un informateur de Koceila. Qu'importe, après tout, ils n'ont rien à cacher et de plus, il ne manque jamais de les informer aussi. Un soir, il raconte que le roi d'un pays noir possède des guépards apprivoisés pour la chasse. Ils sont tenus en laisse comme de grands lévriers et sont lâchés aussitôt qu'un gibier se présente à terrain découvert. Comme ce sont les animaux les plus rapides, ils ne mettent pas longtemps à rattraper l'antilope, à se jeter sur elle pour lui briser le cou. La Kahéna se tourne vers Issachar :

– Extraordinaire ! Comme j'aimerais posséder, moi aussi, des guépards ! Je pense qu'il faudrait se les procurer tout petits pour les dresser.

Le lendemain, elle n'y pensait plus ; mais cinq semaines plus tard, la caravane d'Issidan passait à nouveau par Baraïa, pour déposer au château, de la part de Koceila, deux petits guépards.

Nul ne pouvait résister au charme de ces deux gros chatons, espiègles et câlins. Tabet ne se lassait pas de les regarder, jouer sur les tapis, se rouler dans les coussins, se poursuivre pour venir se réfugier dans les jambes de leur maîtresse. Dvora et Kouikette en étaient émerveillées. Elles demandaient à les caresser, s'en effrayaient tout en riant et, ne sachant par où les prendre, elles les relâchaient en rougissant de leur maladresse. C'est autour de ces guépardeaux que la Kahéna tenait serrés contre sa poitrine, que durent s'échapper les mots qui devinrent rapidement une rumeur, puis une tourmente, qui firent le tour des villages, des montagnes et de la plaine jusqu'aux villes :

– Tu vois que tu as envie d'avoir des enfants et de te marier, avait osé Dvora.

– Pourquoi pas ! avait répondu la Kahéna, à la fois embarrassée et malicieuse, tout en contenant les élans des guépardeaux qui la harcelaient sans cesse. Kouikette regarda Dvora en rougissant pour la féliciter d'avoir osé dire ce qu'elle avait dit.

Dans les jours qui suivirent, chaque clan, chaque tribu voisine se mit à désigner tacitement son candidat. Des fêtes s'organisèrent à la ronde, inventant toutes sortes de prétextes pour inviter Tabet et la princesse.

Des émissaires se succèdent au château pour suggérer des prétendants valeureux et fortunés, puis repartent, déçus. Quelques vieilles rusées se découvrent de vagues liens de parenté avec la mère ou la nourrice et se présentent en disant : "Ah, cousine, que je suis heureuse de te connaître enfin ! " Dvora et Kouikette font semblant d'être dupes, les écoutent et sont pliées de rire après leur départ, en parodiant leurs allusions affectées pour placer leur candidat. Et voilà qu'un beau jour, apparaît le délégué du clan des Djéraouas de la région de Tébessa. Il vient demander à Tabet d'arbitrer le conflit qui a éclaté entre deux puissantes familles, le prie d'intervenir avant qu'ils ne se déclarent la guerre. En fait, il vient surtout étudier de quelle façon il pourrait obtenir la main de la princesse pour son neveu, qui est sur le point de devenir le chef du clan, en raison de l'âge avancé de son père. L'homme est grand, fort, carré et s'exprime avec un calme quelque peu affecté mais imposant. Au cours du dîner, ils apprendront qu'il a beaucoup voyagé, qu'il sait lire et écrire le latin, qu'il parle le punique, l'hébreu et l'arabe et quelque peu le grec. Il souligne et commente les subtilités entre les religions juive, chrétienne et musulmane. Ses grands yeux clairs s'agitent par instant, puis s'immobilisent dans un strabisme non dépourvu de charme quand il se concentre à la recherche d'un terme précis. La Kahéna et Tabet sont impressionnés, Issachar un peu aussi ; mais quelque chose l'intrigue dans cet homme qui lui fait penser : "Il se voudrait tranquille comme un bœuf, mais un nid de guêpes se cache dans sa tête. "

Amon, c'est son nom, poursuit inlassablement son discours : “ Des Berbères avaient été judaïsés au hasard par les Israélites venus de Syrie dans le sillage des Phéniciens. On a révélé aux Berbères l'existence d'un Dieu unique et cette idée a trouvé un écho dans leur âme mystique. Seulement voilà, il fallait l'entretenir au lieu de les laisser retourner à leurs croyances. Les Djéraouas même n'ont conservé que peu de chose de tout cela, ils ne pratiquent plus. Si un culte n'est pas collectif, il se perd très vite. Les chrétiens ont su propager une foi profonde, grâce à leurs martyrs et à leurs églises. Mais ce sont les Arabes sans nul doute qui finiront par séduire l'âme des Berbères. L'habitude succède à l'obligation, voyez à Kairouan, en quelques années toute la population de la ville a adopté la religion islamique. Koceila s'inquiète, m'a-t-on dit, de l'importance qu'elle prend dans toute la région. ”

Le nom de Koceila pince le cœur de la Kahéna. Issachar qui est assis près de lui, entend le ventre d'Amon émettre une succession de borborygmes. Il pense : “ S'il lui échappe un pet à cet instant, est-ce qu'il continuera à pérorer de la sorte jusqu'à nous faire mourir d'ennui? ” Un fou rire lui chatouille odieusement la gorge. Un silence gênant succède au propos d'Amon et Issachar se hâte d'intervenir :

– Judaïsme, christianisme, islamisme, quelle différence aux yeux des Berbères? C'est pareil dans le fond. Alors autant que chacun fasse à sa guise.

– Je comprends, admet Amon avec condescendance, satisfait de cette réponse qui lui permet de répliquer : “ Mais la religion partagée crée un lien entre les individus d'une même nation. Elle rassemble au lieu de séparer. ”

Il était persuadé d'avoir tout dit lorsque la Kahéna intervint :

– Une même religion n'empêche pas toujours les divisions. S'il est vrai que nos tribus se disputent parfois entre elles, ce n'est guère mieux chez les chrétiens ou chez les musulmans. La soif de domination a souvent la religion pour prétexte.

Amon se tourna vers elle, surpris, mais se hâta de conclure galamment :

– Il est vrai que l'histoire donne raison à la princesse.

Puis, soucieux de préserver le charme de l'instant, il ajouta :

– Je serais très heureux de reprendre cette discussion avec vous.

VIII

Issachar sursauta comme s'il avait vu un sanglier furieux se dresser devant lui, en entendant la Kahéna lui dire :

– Il a quelque chose, cet Amon, il me plaît bien. Tu sais, tu devrais le retenir encore quelques jours au château.

– Qu'est-ce qui t'arrive, moitié-pomme? Je vois, le savoir, l'esprit, il t'a impressionnée parce qu'autrement, je ne lui trouve pas beaucoup le genre héroïque que tu apprécies généralement.

– Eh bien oui, ça change un peu.

– Tu ne trouves pas que tu compliques un peu les choses? Il est venu demander ta main pour son neveu. Il ne va rien comprendre, le pauvre homme.

– Ma main. Ils veulent tous ma main, dit-elle d'un ton presque amer.

– Que veux-tu, ils ne savent pas qu'elle tient une épée, ta main, et que tu n'as pas envie de la lâcher. Pour combattre qui? Quoi? Je me le demande. Les Arabes sont partis.

– Pour combattre l'ennui. En attendant qu'ils reviennent, car ils vont revenir, il faut bien s'occuper.

– S'il ne te faut que cet Amon pour te sortir de là, je vais aller lui parler. D'ailleurs, ton père aussi m'a demandé de le retenir. Peut-être pense-t-il que ça pourrait faire un bon précepteur pour ses petits- enfants. En tout cas, vous voilà d'accord. C'est une bonne chose.

– Tu vois, tout fini par s'arranger!

Issachar se contenta d'approuver d'un vague hochement de tête et se dirigea vers la porte. Mais au moment de la franchir il se retourna pour dire tout en retenant un sourire :

– Jusqu'à toujours. Et pire encore s'il le fallait!

A l'autre bout de la cour, dans l'une des pièces réservées aux visiteurs, il surprit Amon, abîmé dans la méditation, puis hésita devant la porte ouverte. L'autre, qui l'avait vu pourtant, attendit un instant avant de tressaillir comme s'il venait seulement de l'apercevoir :

– Entre donc, cher Issachar. Quelle bonne surprise!

Amon se montra très flatté quand Issachar lui dit que le prince Tabet le priait de rester au château quelques jours de plus pour l'assister dans une entrevue délicate avec un roum, mandataire des chrétiens de Carthage. Par contre, il fut lent à saisir pourquoi la Kahéna souhaitait le mieux connaître. Enfin il se troubla, se leva, s'assit à nouveau, rougissant, faussement accablé.

– On va penser que je suis sans scrupules. On m'a chargé d'une mission et j'en aurai détourné le but à mon seul profit.

– Pour l'instant, rectifia sèchement Issachar, il s'agit surtout d'assister le prince Tabet dans son entrevue.

Amon approuva en balbutiant :

– Je comprends. Merci, je suis très honoré.

Ensuite, ses yeux divergèrent dans ce strabisme qui préludait à quelque profonde et nouvelle méditation. Issachar se contenta de lui faire un signe de la main, sortit et s'éloigna en marmonnant : "Non, mais, regardez-moi ce bœuf mystique! Je lui annonce qu'il vient d'être élu par la femme la plus belle, celle dont rêvent tous les hommes en s'endormant, et lui au lieu de bondir comme un babouin, au lieu de se jeter à terre, de manger l'herbe que ses pieds foulent, de mordre tout ce qu'elle regarde, que me dit-il, avec son air de maître de latin? Qu'il a des scrupules... S... crapule, scrotum, sac à merde! "

Issachar avait à peine parcouru quelques pas dans la cour qu'un Amon, au visage rayonnant, le rattrapait pour lui dire :

– Mon cher Issachar. Merci encore. Je te prie de dire à la princesse que je suis son plus humble serviteur.

Issachar sursauta. Aussi pour donner l'impression d'apprécier avec considération ce qu'il venait d'entendre, il baissa son regard qui se fixa sur les pieds, puis sur les orteils d'Amon : énormes, épais, débordant de leur sandales. Ils étaient comme Amon lui-même, ventrus, roses, onctueux et prudents. Issachar se sentit irrésistiblement attiré par eux. Tout à coup, pris d'une lubie soudaine, il vit son propre pied se diriger, les effleurer, puis se poser tour à tour, en souplesse sur chacun des deux gros orteils, comme on palpe les joues d'un nourrisson. Amon recula, effrayé, se ressaisit et pensa qu'il s'agissait d'une forme de taquinerie dont le sens lui échappait. Par crainte du ridicule, il se força à rire, ce qui permit à Issachar de rire à son tour, à pleine gorge, pour se libérer de sa folie subite.

Au cours d'un nouveau séjour au château, Amon apparaîtra plus sûr de lui. Entre temps, il se sera rempli de cette certitude : c'est une volonté divine qui a conduit ses pas jusque-là et convaincu la Kahéna de le choisir. On le verra arpenter les couloirs, tantôt sentencieux, tantôt débordant d'une suffisance mielleuse. " Ce n'est pas possible, se dira Issachar, de qui se venge-t-elle en nous infligeant cette pintade savante? D'elle-même peut-être. " En présence de la Kahéna, Amon saura se montrer humble, avenant, mais dès qu'elle aura le dos tourné, on l'entendra pérorer comme un vieux coq.

Pour le mariage, il ira jusqu'à suggérer tout un cérémonial religieux dont ces braves montagnards n'avaient jamais entendu parler. Mais le seul regard de Tabet l'obligera à battre en retraite :

– Ce n'est qu'une suggestion. Nous ferons comme vous avez l'habitude.

Et Tabet de lui répondre :

– La princesse n'a pas encore pris l'habitude de se marier.

Deux jours avant le " gâchis "– c'est ainsi qu'Issachar s'était mis à nommer le mariage – le château bourdonne des préparatifs de la fête. Dvora et Kouikette, au milieu d'une ruche de femmes, ne s'arrêtent que le temps de s'éponger le front, pour recommencer à répartir les tâches, criant à l'une indiquant à l'autre, la voix brisée, les joues en feu. Des femmes plument des pintades sauvages, d'autres pétrissent de l'argile dans de grandes bassines.

Trois d'entre elles farcissent d'herbes, d'aromates et d'oignon haché les pintades huilées et salées qu'elles enveloppent de pâte d'argile. Après leur cuisson au four, à l'instant de les servir, on cassera alors les coquilles de ces grands œufs brunâtres pour en extraire les pintades fumantes, dans un souffle de coriandre. Autour des chaudrons où fondent à feu doux des morceaux de graisse, on prépare des lamelles de viandes destinées à être confites.

Au village, jeunes et vieux se préparent aux jeux et aux cérémonies qui accompagneront l'événement. Alentour, on débroussaille les champs où seront plantées les tentes des délégations attendues ; on installe également des enclos pour accueillir les montures.

Dans la cour, on dresse de grandes broches où viendront rôtir des bœufs, des antilopes et des moutons entiers.

A l'écart, assis à l'ombre d'un grand olivier, Tabet

bavarde avec Amon. Issachar les aperçoit de loin et se détourne ; il déteste leur connivence et les déteste un peu aussi à cet instant. Puis il s'éloigne vers le village, d'un pas indécis, dans le vague espoir de quelque rencontre qui viendrait le soustraire au dépit qui le ronge depuis plusieurs jours.

La Kahéna va des uns aux autres, remerciant, encourageant, le visage empreint d'une gravité que chacun interprète à sa manière.

Dans une grande pièce, des jeunes femmes sont en train de coudre. A même le sol, sur des nattes, sont étalés des châles, des tuniques, des coiffes, des bijoux et de fines sandales en peau d'antilope ou de sanglier. Tout en bavardant, elles coupent, cousent et se moquent de tout et d'elles-mêmes, mais surtout du fiancé. Elles lui inventent des surnoms, l'imaginent dans des situations cocasses. Dès que la Kahéna apparaît, elles font semblant de rire de quelque anecdote grivoise. Lorsqu'elle s'absente à nouveau, l'ironie et le ridicule se disputent le pauvre Amon, ce rabat-joie tombé on ne sait d'où, à la place du prince fougueux que l'imagination de ces jeunes et belles femmes avait sublimé.

Dans les jours qui précèdent les mariages, les femmes ont coutume d'organiser entre elles, par petits groupes " une nuit de femmes ".

Vers la fin de l'après-midi, la grande Tamou, en train de coudre, se redresse soudain et lance avec un sourire provocateur :

– Et si nous restions entre nous pour " une nuit ".

Satisfaite d'y avoir pensé la première, Tamou interroge du regard la Kahéna, qui réagit en souriant enfin :

– Et bien sûr que je me joindrai à vous. Mais chez qui allons-nous nous réunir?

Elles s'observent, embarrassées ; la Kahéna s'exclame : " Mais dans la maisonnette, voyons. Nous y seront tranquilles. " Muettes de joie, elles se retirent furtivement l'une après l'autre et quittent le château dont l'agitation s'apaise avec le crépuscule.

Lorsqu'elles se retrouvent plus tard dans la maisonnette, elles sont toutes des princesses. Chacune prend place avec grâce et s'adosse aux coussins qui entourent la pièce. Devant elles, parmi les petits braseros, trônent deux vases ventrus, remplis de robb.

Elles se connaissent depuis toujours et pourtant elles sont intimidées ce soir de se retrouver entre elles, si belles, si somptueusement parées, confuses de leur propre connivence. Alors elles se servent à boire, s'offrent quelques feuilles d'herbe euphorisante et tout en mâchant, elles se regardent et rient éperdument.

Les plats que chacune a préparés sont succulents. Elles mangent avec délicatesse, se complimentent et boivent encore quelques gorgées de robb. Elles se sourient et retiennent des mots dont leur gorge palpite ; elles sont ailleurs, à mille lieues de leur village évanoui dans les brumes cotonneuses où se sont enfouies les cimes noires des djebels.

Elles goûtent aux gâteaux au miel, aux amandes. Quatre d'entre elles qui sont musiciennes prennent leurs instruments pour les accorder de quelques sons rauques et péremptoires. Celle qui tient la flûte fait un signe de tête et entonne un air sévère et enroué auquel se joignent aussitôt les rythmes de deux terbougas qui s'enchevêtrent en se renvoyant l'un à l'autre. Timidement, le rbab fait des incursions, se contentant de soutenir quelques fins de phrases scandées à voix basse. Puis le rbab profite d'un silence où tout semble suspendu pour lancer une succession de coups d'archet qui révulsent les sens. Les terbougas lui répondent aussitôt, accentuant leur pression. Une femme se lève, les paupières baissées et se tient sur place presque immobile. Seuls, ses pieds vibrent, comme s'ils captaient des échos lointains venus du fond de la terre. On les voit atteindre ses jambes, puis ses hanches pour s'emparer de ses seins et de sa chevelure.

Sans se concerter, les autres se lèvent en même temps et commencent une danse lente et profonde. Imperceptiblement, chacune se rapproche de l'autre, si bien que la Kahéna se retrouve encerclée. La flûte et le rbab s'emportent, les terbougas entrent en transes. Ses cheveux relâchés effleurent sa taille qui se cambre, la poitrine offerte au ciel qu'on imagine comme une immense voûte constellée au-dessus du monde ; la Kahéna danse. Ses cils sont des ailes de papillon, ses mains sont des oiseaux, son visage est d'une telle beauté que les gorges se serrent. Autour d'elle, les seins frémissent, les hanches roulent et tanguent. Les femmes dansent, leurs bras sont nus, les flammes tremblantes des lampes à huile projettent leurs ombres sur les murs. Elles se frôlent, se touchent, s'effleurent des doigts, s'éloignent à nouveau et recommencent, vibrantes. Leurs transes sont des ondes qui portent la Kahéna, comme des vagues la proue d'un vaisseau. Elles imaginent des guerriers forts et beaux pour l'aimer, pour les aimer elles aussi. La Kahéna danse, emportée de rêve en rêve, à travers plaines, falaises, cascades. Des gouttes de sueur perlent sur son visage et dissimulent les larmes qui roulent sur ses joues. La flûte et le rbab se sont tus. Seules les terbougas enchaînent les saccades d'un galop qui emporte à bout de souffle. Les gorges palpitent. Subitement la Kahéna pivote sur elle-même, vacille et s'affale sur les coussins. Les autres femmes s'étendent à leur tour, extasiées, puis c'est le silence. On entend les aboiements des chiens que les terbougas avaient excédés. Ils se taisent soudain et un calme profond s'empare enfin de cette nuit de femmes, comme un étourdissement.

La cérémonie du mariage commença en fin de journée par le défilé solennel des délégations qui déposaient aux pieds des époux installés sous un grand dai leurs présents humbles ou fastueux. Celui des clans de la tribu des Djéraouas éclipsa tous les autres par sa splendeur ; une cuirasse et son casque, en or, sertis de pierres précieuses. Chacun voulut les voir et bientôt se forma un long cortège d'invités, de villageois de tous âges qui s'extasiaient devant la cuirasse posée tel un soleil aux pieds de la princesse. Après les jeux et la parade il y eut un moment d'accalmie. Puis des dizaines de torches éclairèrent la cour et l'on vit arriver une procession de domestiques et de volontaires portant des jarres de robb, de vin ou de grands paniers chargés de fruits. Ils se scindèrent en plusieurs équipes et s'installèrent près des feux où grillaient les viandes dont la fumée vous mettait l'eau à la bouche.

Les musiciens avaient à peine commencé à jouer que des fillettes dansaient déjà et prenaient possession du centre de la cour. Les plus petites hésitaient, puis se lançaient éperdument, comme on saute au-dessus du feu. Impatientes d'êtres regardées, elles dansaient avec une conviction d'autant plus grande qu'elles se savaient menacées d'être refoulées à tout instant par les plus âgées.

La mariée était si belle qu'à la regarder on hésitait entre rire et pleurer, crier ou se taire profondément. Mais ce bœuf de mari à côté d'elle? Ni malice, ni superbe, ni mystère. Il avait le double menton de la suffisance et l'air de peser sur la terre avec tout le poids de l'ennui. Sa présence exaspérait les jeunes gens qui se rengorgeaient en se comparant à lui. Alors se sentant irrésistibles, ils interpellaient les jeunes filles qui accouraient, ravies, et des couples jeunes et beaux se formèrent, on aurait dit une alliance contre ce malentendu nuptial qui s'érigeait en événement. Deux par deux, ils se mettaient à danser sous l'œil envieux des petites filles vexées de se voir ballottées, repoussées une fois de plus par la cohue des grandes personnes. La mariée semblait plongée dans un rêve. Amon observait le déroulement de la fête avec un immuable sourire de satisfaction. Tabet jubilait peut-être mais n'en laissait rien paraître. On pouvait prendre pour un effet de la fatigue cette expression compassée sur les visages de Dvora et de Kouikette... Tout s'était décidé si vite. Ensuite il y avait eu le tourbillon des préparatifs de la noce. Mais soudain, au cours de la cérémonie, un doute effleura leur esprit, comme un pincement au ventre dont on se dit qu'il va passer. En fait, il s'agissait d'inavouables pressentiments sur l'avenir même de cette union. Kiko vint s'asseoir près d'elles, leur reprocha leur mutisme, se fit rabrouer et s'en alla. Quant à Issachar, il se mit au service des invités, déployant un zèle inaccoutumé. Si au cours de ses allées et venues il sentait se poser sur lui le regard de la mariée, il résistait fermement à la tentation de se retourner. Vers le milieu de la nuit, elle se leva, suivie d'Amon, saluant les invités. Alors Issachar et la Kahéna consentirent à échanger un sourire furtif, complices jusqu'à l'inexorable, pendant que s'accomplissait sous leurs propres yeux une bévue du destin.

Mais le destin, lui, comment se retrouve-t-il dans ce fouillis de choses qui font ou défont la vie de chacun? Pour Amon ces choses-là perdirent leur sens peu de temps après son mariage. Le guêpier qu'il cachait dans sa tête se mit soudain à vrombir, essaimant à tout propos des incohérences de pure folie, dans un langage pourtant châtié, émaillé de mystique chrétienne relevée de quelques mots de latin. Au début, plutôt que d'admettre que cet homme si instruit dont la stature demeurait malgré tout imposante, était devenu fou, les braves gens du village et du château se mirent à douter d'eux-mêmes, de leur faculté de comprendre. Mais rapidement on se rendit à l'évidence consternante et chacun en prit son parti. Issachar évitait Amon soigneusement. Dvora, Koui-kette et Kiko s'étaient mis à le détester. Tabet, l'âme mortifiée, l'observait d'un œil méfiant et amer, dans l'espoir d'une rémission qui lui permettrait de prendre quelques dispositions. Pour compliquer les choses, les nausées de la Kahéna, tombée enceinte dès sa première nuit de noces, prirent pour cible son infortuné mari dont la seule vue la mettait hors d'elle-même. Dès qu'elle se trouvait en sa présence, elle était prise de vomissements et rendait jusqu'à tomber d'évanouissement. Aussi, avec beaucoup de ménagement, Issachar et Kiko invitèrent Amon à s'installer dans la maisonnette. Il s'y laissa conduire sans résistance et s'y tint, pathétique et résigné en murmurant : "*Credo quia absurdum*"... Je crois parce que c'est absurde.

La Kahéna eut une brève vision où Amon lui apparut, nu, poilu comme un grand singe suspendu à la plus haute branche d'un arbre qu'il agitait frénétiquement. Il interpellait les guépardeaux qui continuaient de jouer un peu plus loin, sans lui prêter la moindre attention. Deux jours plus tard, Amon s'absentait de la maisonnette pour disparaître dans la montagne jusqu'à la tombée de la nuit. A son retour, il expliqua à l'esclave venu lui apporter son repas qu'il n'y avait rien de tel que l'altitude pour la méditation, lui citant en exemple un saint de la chrétienté qui s'était retiré sur le sommet d'une très haute colonne, au milieu des ruines d'un temple grec. Pour conclure, il ajouta : " Et là-haut, dans un espace où l'on pouvait à peine se tenir assis, ce saint vécut de nombreuses années jusqu'à sa mort, recevant sa nourriture dans un seau à l'aide d'une corde. Tu comprends? " L'esclave le regardait, ébahi par ce soudain retour à la raison, en se réjouissant de pouvoir aller l'annoncer au château. Mais Amon se rétracta tout à coup dans la folie comme un escargot dans sa coquille. Ensuite il se mit à tourner autour de l'esclave, puis s'arrêta net pour le fixer intensément, et tout en lui effleurant de la main le front et les épaules dans le mouvement du signe de croix, il le bénit en prononçant : *"In nomine Patris, et Filii, et Spiritus Sancti, amen. "* L'autre, pétrifié, se crut la proie de quelque manipulation de sorcier ; mais lorsqu'Amon, dans un ultime élan de foi se pencha sur lui pour l'embrasser, l'esclave horrifié se déroba, persuadé qu'il venait d'être l'objet d'une avance amoureuse. Là-dessus, Amon sortit dehors, emprunta le chemin derrière la maisonnette et s'enfonça dans la nuit.

Sa disparition suscita les commentaires les plus extravagants. Dès qu'il en fut informé, dans la nuit même, Tabet dépêcha plusieurs hommes pour le retrouver. Le lendemain, il se rendit sur les lieux pour diriger les recherches dans les montagnes et ne revint que tard le soir, consterné, abattu. Pendant tout ce temps-là, la Kahéna s'était cloîtrée dans le silence. Mais au matin du second jour, elle se réveilla brusquement, se précipita hors de sa chambre, échevelée, pâle, pour crier à Kouikette : " Va leur dire qu'il n'est pas mort. Il se cache dans une église. " Cette éventualité laissa l'entourage quelque peu perplexe, surtout Tabet dont la méfiance portait à penser que c'était là une prédiction un peu forcée. Sa fille, peut-être, ne voulait-elle qu'apaiser les tourments que ce drame suscitait. Par prudence, il fit poursuivre les recherches et, le jour suivant, trois hommes rapportèrent d'une grotte située sur l'autre versant de la montagne la tunique d'Amon, lacérée, ensanglantée, confirmant ainsi qu'il aurait été dévoré par des bêtes sauvages. La nouvelle provoqua un petit attroupement dans la cour. Lorsque la Kahéna s'en approcha, son père lui annonça d'une voix ferme : " Il est mort. " Elle n'en crut rien, mais réagit comme on souhaitait qu'elle le fît, en se composant le masque bouleversé d'une veuve. Malgré ses rondeurs, elle se retira, droite et solennelle, pour s'enfermer dans sa chambre. Les gens se dispersèrent pudiquement et un âpre mouvement d'air traversa la cour déserte, long comme un soupir de soulagement.

IX

Les nuages, les oiseaux de passage et les jours ont survolé les djebels. C'est à peine si l'on avait vu venir le printemps. Un beau matin, une neige de pâquerettes recouvre les champs alentour. Les merles sifflent dans les arbres. De grands oiseaux migrateurs sont revenus, comme chaque année, se poser sur les berges de la rivière. Ils se tiennent immobiles sur leurs longues jambes, guindés, arrogants. A croire qu'ils retiennent sous leurs ailes les secrets du temps qui passe. Ils savent que, dès le crépuscule, va s'ouvrir l'appétit de la terre et qu'ils devineront à l'agitation ruisselante de la nuit, les convulsions des tiges qui s'étirent, des bourgeons qui se dressent. Ils savent que, soudain, le désir se dessine aux hanches des femmes, le frisson aux ailes des libellules, les baisers au rouge des coquelicots et la folie dans la tête des hommes comme aux cornes des béliers. Les enfants qui naissent au printemps en gardent les remous tout au long de leur existence. La Kahéna mit au monde de superbes jumeaux et en s'extasiant devant eux, elle dit à Issachar :

– Tu vois, ils sont nés comme nous, aux premiers jours d'avril. Crois-tu qu'ils auront nos caractères?

– La nature est têtue. C'est dans son intérêt que de se répéter. Ça lui permet de durer.

– Et plus simplement? lui répondit-elle.

– Ils auront des appétits, c'est sûr. Pour le reste, on verra bien.

– Ce sera toujours ça de pris, conclut-elle en riant.... Parce que le reste!...

Tout le village célébra leur naissance. Délaissant ses occupations, Tabet venait à tout moment les contempler longuement. Lorsqu'il se retournait vers sa femme ou vers Kouikette pour s'assurer de la réalité de ce prodige, elles lui renvoyaient des sourires éblouis qui voulaient dire : " Ils existent. Ils ne sont pas du genre à se laisser mourir, ceux-là. " La Kahéna les couvait d'un regard attendri pendant toute la durée de la tétée, mais dès qu'ils avaient fini, pareille à une lionne reprise par son instinct de chasseresse, elle se levait comme s'ils ne la concernaient plus, les laissant aux bras de Dvora et de Kouikette, reconnaissantes. Ainsi, ils grandirent à vue d'œil, accaparant chaque jour davantage l'attention de tout le château, même celle d'Issachar qui ne cessait de les regarder à distance en souriant, craignant de se montrer maladroit s'il les prenait dans ses bras. Mais plus tard, quand ils firent leurs premiers pas, on le vit jouer avec eux des heures entières et les poursuivre avec l'acharnement d'un jeune chien. En le voyant les lancer en l'air l'un après l'autre, et les chatouiller, la Kahéna revoyait Kiko jouer avec Issachar et elle devant la maisonnette.

– Arrête de faire rire toujours le même, lui disait-elle, tu les confonds trop. Il faut bien que l'autre s'amuse aussi.

Alors Issachar les attrapait tous les deux, ils riaient et lui aussi, en se disant : " Ces deux-là vont venger Tabet de tous les rires qu'il aura retenus. "

Tabet était comblé. Au lieu du petit-fils tant espéré pour lui succéder, il en avait maintenant deux, superbes et identiques qu'il promenait, heureux, en les tenant fièrement par la main. Il était persuadé que sa fille s'était enfin résignée à laisser s'établir entre ses petits-fils et lui, le pont qui passerait au-dessus d'elle pour les porter à la tête de la tribu. Contournant tout sujet de désaccord, il s'interdisait de lui adresser le moindre reproche, allant jusqu'à ne pas remarquer trop souvent à ses côtés Ider, ce fils d'esclave à peine sorti de l'adolescence, très beau et très brave, disait-on, dont elle venait de faire son ordonnance. Il ne désapprouvait plus, comme auparavant, les trop fréquentes parties de chasse et se réjouissait de tout ce qui pouvait la distraire, afin qu'il pût s'occuper tranquillement de l'éducation de ses petits-fils. Dès qu'ils furent en âge de se tenir à cheval, il confia à Kiko le soin de les initier. Pour leur apprendre à lire et à écrire, il désigna un jeune homme du village qui revenait d'un séjour à Tunis et qui n'était autre que le fils même du précepteur qui avait assuré l'instruction de la Kahéna et d'Issachar. Pour parfaire son bonheur, non seulement les jumeaux grandissaient sagement, mais comme pour le récompenser, ils se mirent à lui ressembler de plus en plus. Tout semblait vouloir aller pour le mieux lorsque la Kahéna se réveilla un matin en furie et se précipita jusqu'à la chambre d'Issachar :

– Koceila est en danger de mort. Les Arabes vont l'attaquer et le tuer. Il faut se porter à son secours, s'il n'est pas trop tard déjà.

Issachar resta sans voix. Bien sûr, il se doutait que tout demeurait intact dans le cœur de la Kahéna, malgré " l'impossible "qui s'était établi entre elle et Koceila, malgré toutes ces années de séparation.

Ider, qui ne devait pas être bien loin, se présenta à l'entrée de la pièce. La Kahéna se tourna vers lui :

– Va au village et annonce que je vais demander des volontaires pour porter notre aide à Koceila.

La nouvelle, transmise par les servantes, fit rapidement le tour du château pour arriver aux oreilles de Tabet qui accourut à la rencontre de sa fille.

– Je viens d'apprendre, lui dit-il. A mon avis, si Koceila n'a pas fait appel à nous, c'est qu'il se sent en mesure de faire face seul à ses problèmes. Et puis, tout cela reste à vérifier. Tu auras l'air de quoi avec tes soldats, si tu t'es trompée! On ne lève pas une armée sur une simple prédiction.

– Et si c'est vrai, répondit-elle, le plus grave serait de ne pas lui porter secours. Quant à mes prédictions, j'en ferai mon affaire. Je serai seule ridicule comme je le suis déjà assez en me justifiant de la sorte.

– Il faut penser à tes fils. Les Tabet ont un rôle à tenir. Nous ne pouvons nous permettre de nous commettre dans une aventure pour une affaire d'état d'âme.

– D'état d'âme? Quand nos ennemis haranguent leurs soldats en disant : "Nous aurons les dépouilles de leurs chefs, ainsi que leurs filles", tu n'es pas concerné?

– Nous n'avons pas la preuve que les Arabes l'ont dit, ni qu'il ont attaqué. Je soupçonne certains d'entretenir la menace en inventant ce genre de...

– Quand on a la preuve d'une chose, c'est qu'elle s'est déjà produite. Il faut prendre le risque d'écouter notre intuition. C'est la différence qu'il y a entre les gens qui subissent les événements et ceux qui vont à leur rencontre.

– Bien sûr, dit Tabet. Mais le risque à quel prix? C'est celui qui a le temps pour allié qui finit par l'emporter.

– Les Arabes doivent le savoir aussi. C'est pour ça qu'ils recommencent, les religions sont obstinées, elles comptent elles aussi avec le temps. C'est pourquoi il nous faut montrer tout de suite notre détermination.

– Nous n'en sommes pas encore là. Et si moi aussi je devais écouter mon intuition de père, je te dirais que ta passion t'entraîne au-delà des limites.

– Qu'est-ce que tu veux dire? réplique-t-elle. Mais comme il ne répondait pas, se contentant de fixer durement l'horizon, elle ajouta : Chacun se trace des limites à sa mesure. Maintenant pardonne-moi, je dois partir. Je sais que je n'ai pas besoin de te recommander mes garçons jusqu'à mon retour.

Au village, c'était déjà l'effervescence. Les jeunes voulaient tous partir alors que les plus âgés marmonnaient leur mécontentement, parlant de protester auprès de Tabet contre cette levée de volontaires qui allait priver le village de ses bras. En quelques phrases brèves, cinglantes, elle apaisa la foule :

– Mes prédictions ne vous ont jamais trompés. A supposer qu'aujourd'hui vous ayez un doute, prendrez-vous le risque de laisser se faire massacrer l'armée de Koceila qui défend l'accès de notre pays aux envahisseurs? Non. Je ne demande que des volontaires et ils devront être prêts à partir sur-le-champ, conclut-elle d'une voix provoquante.

Ses anciens compagnons de l'expédition contre Oqba se tenaient déjà aux côtés d'Issachar. Sans descendre de cheval, la Kahéna se tourna vers eux, comme s'ils n'avaient jamais cessé d'être ses lieutenants. En quelques mots, elle leur demanda de se répartir le commandement des dizaines de jeunes gens qui se bousculaient pour se joindre à elle. Ainsi de village en village, se rassemblèrent plus de trois mille hommes prêts à combattre, chevauchant fièrement derrière elle sur la seule foi d'une prémonition, sur la seule magie de ses paroles.

Koceila est inquiet, plus que surpris par cette armée qui vient de surgir à l'horizon et qui arrive dans son dos. Lorsqu'il apprend que c'est la Kahéna qui se trouve à la tête de cette armée, son inquiétude prend un tout autre sens. Il se dit que les Arabes ont peut-être pactisé avec elle et avec certaines tribus du sud, divisant à nouveau les Berbères pour en finir avec lui.

En l'accueillant, il tremble intérieurement ; elle est belle comme jamais. Comment faire pour sonder les intentions de la Kahéna? Il se contente de l'observer avec cette intuition aiguë qui est la sienne. Quand il réalise que, sur un pressentiment, sur la seule foi d'une vision, elle a levé toute cette armée de formidables guerriers pour voler à son secours, Koceila est accablé.

Il en reste silencieux pendant presque tout le repas du soir. Issachar et les quelques officiers qui sont réunis autour d'eux le croient préoccupé par les combats qui les attendent. En fait il est perclus de regrets : " Quelle femme! Voilà le bonheur que j'ai contourné. Dire qu'à nous deux, nous aurions fait de ce pays un verger. Si tu savais, princesse, comme je t'aime et comme tu m'intimides. " Il rejette ses pensées tout en repoussant violemment ses cheveux sur ses épaules et durcit ses traits. Les autres croient qu'il vient de se convaincre de quelque tactique guerrière. Un peu après, lorsque lui et la Kahéna sont assis sous un arbre, devant leurs tentes, il est songeur. Mais soudain il s'entend lui avouer d'une voix monocorde qu'il a pensé à elle chaque jour ces dernières années. Ils se regardent à la lueur des braises.

Une fois encore, le plus urgent, c'est l'ennemi qui est là avec qui il faut se battre.

– Les Arabes ont déjà tenté des incursions ces derniers temps. Ils ont besoin de faire quelques coups d'éclat pour que cela se sache à Kairouan où l'Islam compte tant d'adeptes à présent. Cette fois ils viennent sûrement avec l'intention d'assiéger Mems, explique-t-il.

La Kahéna l'écoute, les paupières battantes. Ils s'entendent sur la coordination des mouvements de leurs troupes. Au fond de lui-même chacun d'eux se dit : " Dès que j'en aurai fini avec cette bataille, je saurai comment lui parler. " On pourrait croire que les années ont élimé les vanités, comme d'avoir longtemps chassé use les dents des grands carnassiers. Ils sont assis côte à côte dans la pénombre au pied de ce grand arbre ; reine et roi assiégés, prêts à se rendre l'un à l'autre, par une belle nuit épaisse et bleue où chaque étoile est un regard de femme cerné de khol. Les arbres se dressent noueux et puissants vers l'éternité et pourtant tout semble si soudainement précaire. " A quoi bon tout cela, patrie, gloire, pouvoir, si l'on a gâché sa vie? Peut-être se disent-ils : " Sauvons-nous, partons tant qu'il est encore temps vers quelque coin perdu à l'autre bout de la terre. " Autour d'eux le silence est si profond qu'on entend soupirer lourdement dans leur sommeil les soldats qui se sont endormis en pensant : " Demain, la guerre. "

– Il se fait tard. Allons nous coucher, fit-elle en se relevant.

Sans même se retourner, elle se dirigea nonchalante vers sa tente, devant laquelle se tenait Ider, debout, appuyé sur sa lance, pareil à ce guerrier en marbre qu'elle avait aperçu à l'entrée d'un ancien palais de Carthage.

Le sommeil la submerge par petites vagues successives et l'emportent, en un trop bref instant, pour la rejeter aussitôt. Elle voit Koceila en grand aigle blanc. Il vole dans le ciel bleu, son pouvoir est absolu. Il bat de l'aile tout à coup et tombe verticalement comme une pierre au milieu d'un lac. A la surface de l'eau de grands ronds s'en vont en s'élargissant. D'un seul bond la Kahéna se dresse au milieu de la tente et s'expulse dehors pour chasser ses visions et en conjurer le sens. Ider s'écarte et l'observe silencieusement dans le noir. Elle porte une tunique de nuit large et blanche. Ses bras sont nus jusqu'aux épaules. D'un geste machinal elle libère sa chevelure, s'avance d'un air décidé et se confond déjà aux ombres, presque irréelle. Ider demeure saisi, persuadé que la Kahéna est allée à quelque rencontre secrète avec les esprits nocturnes. Les voiles de brumes se fendent sur son passage et se referment aussitôt sur elle ; nul ne l'aperçoit. D'un même pas résolu, elle se glisse sans prévenir dans la tente où Koceila se tient encore à demi éveillé. Il bondit de côté, se tient les genoux fléchis, le poignard à la main et l'entend murmurer :

– C'est moi.

– Toi? Mais...

– J'ai envie de dormir dans tes bras.

Il avance prudemment, les bras ouverts et à peine la heurte-t-il qu'elle est déjà blottie contre son torse. Koceila referme ses bras et la tient serrée, longuement. Puis il se recule et scrute les ombres pour se convaincre qu'il ne rêve pas. Il se jette à ses pieds les embrasse et demeure un bref instant ainsi prosterné. Elle saisit les cheveux de Koceila pour l'inciter à se relever.

Ils sont nus à présent, leurs visages se devinent, leurs doigts effleurent les contours de leur corps, ils se frôlent, s'étreignent, s'embrassent et suffoquent de désir. Ces deux êtres qui ensorcellent les foules, terrorisent leur ennemis ; on croirait qu'ils ont traversé obstacles, complots, qu'ils ont piétiné des cadavres, franchi les dangers les plus inouïs sur les ailes de la chance dans le seul but de se retrouver à cet instant, nus, dans le noir, brûlants d'amour, pour vivre à deux la dernière nuit du monde.

A l'aube, ils se redécouvrent émerveillés, se sourient, se regardent encore et s'arrachent l'un à l'autre. Puis comme on accourt en se reprochant d'avoir laissé seuls, des enfants, chacun retourne à ses troupes qui attendent le mot, l'intonation ou l'ordre qui donne un sens à leurs journées.

Selon le plan convenu, lui ira au-devant de l'ennemi ; elle, contournant deux petites collines, arrivera par derrière. Mais les Arabes ont marché plus vite que prévu sur la cité de Mems. Koceila se trouvera obligé de les affronter seul et les premiers contacts seront sanglants.

Cependant les Arabes mesurent l'imprudence de leur audace en réalisant qu'ils vont être pris en étau. Alors ils fractionnent leurs effectifs ne laissant pour couvrir leur retraite que trois ou quatre détachements de bons cavaliers qui détournent astucieusement l'attention des Berbères, sans engager véritablement le combat. Les troupes de la Kahéna qui surgissent de derrière les collines encerclent l'un de ces détachements de cavaliers. Elle comprend qu'il s'agit d'une tentative de diversion. Comme elle se sent heureuse, ce matin, elle permet au plus grand nombre d'entre eux de s'enfuir, fait quelques prisonniers, leur laisse la vie sauve et apprend par leur bouche la déroute de leur armée.

Quand enfin elle rejoint Mems, tous les combats ont cessé. Il y a eu peu de pertes dans les rangs berbères, mais elle apprend que Koceila est blessé. Un guerrier arabe l'a atteint d'un coup de sabre, lui faisant une large entaille à la jambe. Koceila a fait volte-face et lui a transpercé le flanc alors qu'il s'apprêtait à s'enfuir. Mais il a senti que son épée était restée accrochée à la cotte de maille de son adversaire. Pendant qu'il essayait de la dégager, le cheval de son assaillant réagit par une ruade inattendue, au moment même où le sien se cabrait. Par un acharnement du sort, la jambe déjà entaillée de Koceila, fut fracturée en deux points. Aucun des guerriers qui l'avaient vu combattre ne s'était douté de la gravité de sa blessure. La bataille touchait à sa fin et c'est seulement lorsqu'elle s'acheva que Koceila demanda de l'aide et perdit connaissance. On le transporta au campement où la Kahéna vint le rejoindre plus tard. Lorsqu'elle entra sous la tente, Koceila qui était allongé, se redressa péniblement, appuyé sur ses coudes pour demander un oreiller. Sa jambe avait été bandée, mais une large tâche de sang souillait le pansement, au-dessus du genou. Il sourit, elle s'assit près de lui, prit sa main dans les siennes et lui dit :

– Tu dois avoir très mal?

– Beaucoup moins, et peut-être moins que jamais maintenant que tu es là, répondit-il. Ils m'ont seulement fait souffrir pour me bander la jambe. Ça va mieux à présent. Et toi, le combat n'a pas été trop dur, s'inquiète-t-il?

– Ils ne demandaient qu'à fuir. Mais ils m'ont suffisamment retardée. Tu vois, je suis toujours en retard.

Il secoue la tête et répond :

– Au contraire, tu es toujours en avance. C'est moi...

Elle le quitte un bref instant pour demander des herbes, ordonne qu'on fasse du feu devant la tente et revient auprès de lui.

– Je vais te préparer de la tyra. Tu dormiras bien. Tu connais déjà la comptine. Veux-tu que je te la chante à nouveau?

– C'est la seule que je connaisse. Je ne me suis pas donné le temps d'en savoir d'autres. Alors celle-là trouve sa chance avec moi chaque fois que je suis en piteux état.

– Je t'en apprendrai une autre dès que tu iras mieux.

Koceila ne répond pas. Elle sort préparer la tisane en rabattant la portière de la tente. Il soulève légèrement la tête et la fixe intensément. Lorsqu'elle revient en soufflant sur un bol fumant pour le refroidir, Koceila serre les poings en gémissant, suffoque de douleur.

– Bois vite, cela va te calmer et te faire dormir. Il boit et après un long silence, marmonne quelques mots entre ses dents. Elle lui demande de répéter et il articule enfin :

– Va dormir, je te ferai appeler si j'ai besoin.

– Je vais dormir ici.

Koceila secoue la tête énergiquement pour dire non. La Kahéna se penche, l'embrasse sur le front, s'assied près de lui, et lui prend la main. Il se résigne, ferme les yeux et murmure :

– Quelle tromperie, la vie! J'aurais dû apprendre à chanter bien plus tôt, maintenant c'est trop tard, je crois.

– Dès que tu seras debout, je t'apprendrai.

Au cours des jours qui vont suivre, malgré les soins attentifs dont il est l'objet, Koceila est brûlant de fièvre. Il frissonne, transpire, et souffre atrocement. Une odeur insupportable se dégage de ses pansements. Le médecin qui ne le quitte plus propose de lui couper la jambe. Koceila refuse fermement. On insiste, on le rassure, mais ses yeux brillent et l'on comprend que rien ne forcera sa décision. Dans un très bref instant de répit il s'adresse à la Kahéna en murmurant :

– Dis leur qu'il faut se tenir sur ses deux jambes pour chanter.

Puis son état est tel qu'il ne peut même plus articuler. Il sait que sa fin est proche. Il fixe tour à tour ses lieutenants assis autour de lui, lève faiblement le bras et leur désigne la Kahéna.

Le regard brûlant, insoutenable de Koceila, ce doigt pointé sur elle, on dirait un reproche. Aucune vie, si pleine fût-elle, ne s'achève sans l'amertume de l'incomplétude. Ce doigt péremptoire, les lieutenants de Koceila ont compris qu'il vient de désigner la Kahéna pour lui succéder. Emus, solennels, ils se tournent vers elle comme pour lui dire : “Tu es notre chef maintenant. Nous voilà prêts pour te servir. ”

La peine de la Kahéna est telle, que rien au monde n'est à la mesure de l'injustice qu'elle ressent. Alors elle se tait. Son cœur se dérobe. La douleur qu'elle éprouve s'est diffusée dans tout son corps comme un onguent qui vous insensibilise. Aussi n'en laisse-t-elle rien paraître ; à peine une dureté dans le regard qui trahit l'émotion jugulée. Il est vrai qu'elle l'a rêvé, cet instant et s'en étonne à peine, qu'elle attendait cette rencontre avec le destin. Mais ce gouffre qui vient d'engloutir Koceila?

Son calme impressionne ces hommes pourtant aguerris qui se disent : “Si elle réagit ainsi, c'est qu'elle avait prévu tout cela. ”

Dehors, devant la tente, des milliers de soldats attendent en silence. La Kahéna sort tout à coup avec les lieutenants de Koceila à sa suite. Elle demande un cheval, y monte et s'adresse à eux afin de rendre universel, irrévocable, ce titre de chef de tous les Berbères que vient de lui conférer ce doigt pointé sur elle.

– Berbères, me voici pour vous servir et voici derrière moi vos chefs pour que nous servions tous ensemble ce pays, fidèles à la volonté de Koceila, afin de le préserver de tout envahisseur. Nous ferons ce qu'il faut faire pour que notre armée soit forte et notre terre imprenable. Les Arabes qui apprendront bientôt la mort de Koceila ne tarderont pas à revenir en force, nous croyant à leur merci. Qu'ils viennent, c'est encore contre Koceila qu'ils se battront et lui encore qui les vaincra, puisqu'il continue de vivre en nous. Les hommes tels que Koceila ne meurent jamais, leur esprit est plus fort qu'eux-mêmes. Dès demain matin nous lèverons le camp afin de rallier à nous toutes les populations du pays.

CHAPITRE X

Pour se rendre à Baraïa avec sa nouvelle armée, elle décide d'emprunter l'itinéraire le plus long afin de faire savoir aux villes du littoral tenu par les roums qu'elle commande désormais au destin du Maghreb. De ville en village, c'est encore le triomphe. Comme si l'idée de voir un jour cette femme devenir sa reine avait déjà effleuré la pensée de chacun. Hommes, femmes, enfants accourent à sa rencontre pour crier : " la Kahéna, la Kahéna! " Malgré leur réticence, de rares chefs de tribu doivent faire bonne figure en se disant : " Ce n'est qu'une femme, elle faillira ; mais après tout, il vaut mieux elle qu'on ne sait quel autre tyran ". A chaque étape, sous une grande tente, sa cuirasse et son casque en or posés près d'elle, la Kahéna reçoit notables et chefs venus lui faire allégeance. Des guerriers réputés pour leur bravoure lui offrent leurs services. Dans la région de Carthage, c'est une femme qui se présente aux gardes en se déclarant chargée d'un message de première importance. Elle est belle, son allure est imposante, ils la laissent passer. Lorsqu'elle franchit l'entrée de la tente, son regard et celui de la Kahéna s'affrontent quelques secondes. Elles sont fascinées l'une par l'autre.

– Tu es la bienvenue. Assieds-toi, je te prie, dit la Kahéna. Tu aurais, m'a-t-on dit, un message pour moi?

– Je me nomme Aïda et je ne suis qu'une prostituée. Pardonne-moi d'avoir menti pour arriver jusqu'à toi. J'ai toujours rêvé que tu commanderais un jour ce pays et que tu y apporterais la justice pour les femmes. Dans notre région, elles en ont besoin plus qu'ailleurs.

– Pourquoi plus, s'étonna la Kahéna.

Le regard bleu d'Aïda se fait dur et elle raconte comment un abominable tyran règne sur la région, comment peu à peu les gens ont été amenés à lui accorder le droit de cuissage sur toutes les jeunes filles en âge de se marier. Elle explique que les fillettes vivent dans la hantise de lui être offertes car, non content de les avilir pour son plaisir, il les livre aux caprices de ces hommes de son entourage chargés de faire régner sa loi, pillant, violant sans pitié. Aïda ajoute que ses deux filles jumelles élevées et préservées au prix de sacrifices, sont détenues dans le palais du tyran depuis des semaines, alors qu'elles étaient à la veille de se marier l'une et l'autre.

– Voilà ce que j'avais à te dire. Un pays dont les femmes sont ainsi traitées ne saurait engendrer les hommes qu'il mérite.

Aussitôt sa phrase terminée, Aïda se leva.

– Je comprends, dit la Kahéna, qui n'avait cessé de la regarder attentivement. Comment se nomme cet homme?

– Mathus. C'est un roum. Il règne sur cette ville de Syr et même sur toute la plaine, vers Carthage.

– Mathus, Mathus, répéta la Kahéna. J'ai entendu parler de lui. Tes deux filles te seront rendues.

Aïda s'approcha d'elle pour lui baiser la main avant de se retirer. La Kahéna prit la sienne :

– Où vas-tu à présent?

– Je ne sais pas. Vers un autre destin, s'il en est. Maintenant que je t'ai connue, que je t'ai parlé, ma vie ne pourra plus être la même.

– As-tu de la famille?

– Personne. Mes deux filles, c'est tout.

– Pourquoi ne pas rester auprès de moi? J'ai besoin d'une gouvernante. Cela te plairait-il de me suivre par les routes?

Aïda se raidit en serrant les poings. Puis, fière, les yeux brillants, elle murmura dans un souffle ardent comme un défi :

– Je te servirai fidèlement.

– Alors, reste avec moi. Mais sache que tu es libre de partir à n'importe quel moment sans avoir à te justifier.

Elle fit appeler Ider pour lui présenter Aïda, les laissa seuls et s'éloigna, préoccupée, à la recherche d'Issachar pour l'entretenir d'urgence de ce tyran qui terrorisait la région.

Dans l'après-midi même, Issachar se rendit chez Mathus, accompagné d'Umert, général de l'armée de Koceila qui était chrétien et devait lui servir d'interprète. Petit, replet, couvert de taches de rousseur, Mathus roulait ses petits yeux verts acérés, en caressant d'un air absent sa barbe presque rouge. Issachar tenta courtoisement de le convaincre de participer à l'entretien de l'armée de la Kahéna et n'aborda qu'ensuite la question des jumelles d'Aïda. Umert traduisit. Après un silence meublé par la seule hostilité de ses petits yeux verts, Mathus dit d'une voix grave et sonore qui contrastait bizarrement avec sa petite taille :

– Je vais répondre rapidement à vos questions afin de ne pas vous retenir trop longtemps. Pour ce qui est des choses de la guerre, je suis déjà lié aux roums de Carthage et ne saurais décider autre chose sans les consulter. Pour ce qui est de ces jeunes filles, partez sans crainte à leur sujet. Elles sont bien traitées, comme toutes les femmes de mon palais, n'est-ce pas, Parès? conclut-il en se tournant vers un homme à la taille de géant, aux yeux d'assassin, qui sourit aux visiteurs avec une moue méprisante.

Mathus s'adressa particulièrement à Umert en le fixant intensément pour ajouter :

– Peut-être devrions-nous rencontrer ensemble les chefs des roums à Carthage? Maintenant que Koceila n'est plus. Umert lui lança un regard interrogateur pour lui répondre, gêné:

– Pourquoi pas?

Puis traduisant à Issachar la fin de l'entretien, il conclut :

– Je crois qu'il veut encore réfléchir avant de se décider. Il propose que nous nous revoyions.

Dès qu'ils furent dehors sur leurs chevaux, Umert se hâta de commenter d'une voix rassurante : `

– Il veut gagner du temps, le bonhomme. Comme nous ne sommes qu'à deux pas de Carthage, il est persuadé que la Kahéna n'osera pas l'attaquer sans soulever le mécontentement des roums qui sont prêts à se rallier à elle.

En les attendant, la Kahéna avait déjà envisagé la riposte à l'éventuel refus de Mathus. Ce serait pour elle l'occasion inespérée de donner un avertissement aux chefs chrétiens de la région, tout en mettant à l'épreuve la loyauté des officiers de Koceila, sous ses ordres depuis la veille, mais dont elle savait qu'ils appartenaient pour la plupart à des tribus berbères christianisées, traditionnellement liées aux roums de Carthage.

– Je devine la réponse de l'affreux Mathus, leur dit-elle en les accueillant, souriante.

Issachar se tourna courtoisement vers Umert qui, après avoir toussoté, résuma l'entretien d'une voix monocorde :

– Il faut lui laisser deux ou trois jours, il ne veut pas perdre la face.

– C'est peut-être la bonne solution, dit la Kahéna. Attendons quelques jours. Nous ne sommes pas pressés. Elle le remercia et lorsqu'il se fut éloigné de la tente, elle se tourna vers Issachar qui chuchota :

– J'ai l'impression qu'Umert complote quelque chose. Lui aussi veut gagner du temps.

– Bravo, mon demi. En tout cas, il faut interdire la route de Carthage. Ni lui, ni Mathus, ni personne ne doit quitter Syr cette nuit. Fais surveiller discrètement les issues de la ville.

Elle s'interrompit pour appeler Aïda qui arriva en quelques enjambées, sur la pointe des pieds, comme une chatte dont on aurait sussurré le nom dans l'obscurité.

– J'ai une mission délicate à te confier. Tu connais la ville. Vas-y, observe, renseigne-toi. Il est bien possible que les hommes de Mathus rencontrent Umert ou tout autre. T'en sens-tu capable?

– Je crois. fit Aïda, pensive en se mordillant la lèvre.

– Eh bien va, personne ne doit se rendre compte de rien.

Aïda s'éclipsa furtive et lorsqu'Issachar se retira à son tour, la Kahéna tira le rideau de sa tente et s'allongea pour s'endormir. Elle se mit à penser à Koceila. Il était l'homme qu'elle aura le plus désiré. Brûlante, harassée, elle se souvint des derniers instants de Koceila et sentit monter en elle des flots de larmes qui roulèrent lentement sur ses joues, sans même un sanglot. Elle demeura ainsi un long moment à éprouver son corps vidé et s'assoupit. Au milieu d'un rêve, elle se vit s'éloignant du château, s'entendit interpeller, se retourna et aperçut les deux petits guépards en train de courir, haletants, pour la rattraper. Au même instant, à travers les parois de la tente, Aïda l'appelait à mi-voix : " Maîtresse, maîtresse. " La Kahéna crut qu'elle rêvait encore, mit un moment à comprendre et se redressa enfin, le cœur palpitant :

– Entre, dit-elle.

Aïda s'exécuta aussitôt. Puis en tenant à la main une petite lampe qui jeta sous la tente le halo cuivré d'une flamme tremblante, elle attendit de rencontrer le regard de la Kahéna pour lui annoncer calmement :

– L'homme de confiance de Mathus, un certain Parès et le général Umert se sont rencontrés chez une prostituée de la ville. Ils se sont isolés pour se parler longuement. C'est tout ce que j'ai pu savoir.

– C'est déjà beaucoup. Je savais qu'ils ne t'échapperaient pas. Je suis contente de toi. Ne perdons pas un instant, dit-elle en se levant. Va me chercher Issachar et Ider.

Umert fut réveillé par Ider qui l'accompagna jusqu'à la tente de la Kahéna, escorté par quatre soldats.

– Rien de grave, j'espère, fit-il en entrant.

– J'avais simplement besoin de m'entretenir avec toi d'urgence. Avant même de l'inviter à s'asseoir, elle ajouta : " Il me faut Mathus, ce matin même. "

Umert toussota, essaya de soutenir son regard, détourna légèrement le sien d'un air de réfléchir :

– A tes ordres, que dois-je faire?

– Tu vas te présenter à son château et demander à lui parler. Je crois qu'il n'a pas de raison particulière de se méfier de toi, il se montrera. Ider et quelques hommes vont t'accompagner ; ils le ceintureront pour me le ramener. Après, tu seras libre de partir. Nous trouverons un prétexte pour te permettre de te retirer dignement où tu voudras et où j'espère que nos chemins ne se croiseront plus. Ah, n'oublie pas de me ramener les deux filles d'Aïda.

– D'accord, dit-il indigné. Tu me bannis parce que je suis seulement entré chez une prostituée. Ce maudit Mathus m'a fait suivre par son homme de confiance, mais il n'a rien obtenu de moi. Je n'allais pas te réveiller au milieu de la nuit pour te raconter tout ça.

Prise de doute, elle le dévisagea longuement et l'interrogea :

– Soit, que ferais-tu à ma place, Umert?

– C'est suffisamment incommode d'être à la mienne. Je m'en irai. Le métier de la guerre commençait déjà à me peser. Maintenant occupons-nous de Mathus. Je suis prêt.

Il la suivit dehors et s'avança vers Ider en disant : "Allons-y".

Quelques instants plus tard, il ramenait Mathus, ligoté, ses petits yeux étincelants de rage, un sourire amer à travers sa barbe rousse découvrant ses petites dents de renard pris au piège. La Kahéna lui jeta un regard dédaigneux et se tourna pour accueillir les jumelles d'Aïda qui pleuraient et souriaient en même temps, en s'avançant vers elle. Elles étaient si belles, si douces et se ressemblaient tant qu'Issachar les dévisageait sans cesse l'une après l'autre, émerveillé, avec un air idiot, comme si un prodige se produisait sous ses yeux. "Mon demi vient de recevoir un mauvais coup", pensa la Kahéna qui sourit en les embrassant chaleureusement. Puis elle prit aussitôt le bras d'Umert et s'éloigna avec lui.

– Tu es né dans cette région, tu connais cette ville, elle te connaît. Qui mieux que toi saurait la gouverner? Si le métier de la guerre commence vraiment à te lasser, je te prie d'accepter.

Pris au dépourvu, Umert visiblement ému, murmura en redressant les épaules :

– A tes ordres.

– Tu n'es plus à mes ordres. Nous sommes des alliés désormais, dit-elle en lui souriant pour ajouter aussitôt : je veux qu'aujourd'hui même on rassemble tous les habitants de cette ville pour assister au jugement de Mathus. Pour ce qui est des hommes de son entourage, tu t'en occuperas plus tard.

Pendant qu'ils se parlaient encore, la nouvelle de l'arrestation de Mathus faisait déjà le tour de la ville. Si bien que, vers le milieu de l'après-midi, une foule immense se présenta à la halle au blé au milieu de laquelle fut dressée une estrade. Mathus s'y tenait dans un coin, debout, pieds et mains liés, fripé, insignifiant, indifférent à l'attention dont il était l'objet. Au milieu, en demi-cercle, quelques sages désignés par les citoyens de la ville entouraient la Kahéna qui se levait pour accueillir les témoins. Ils montaient tour à tour pour raconter les exactions, les enlèvements dont ils avaient été victimes. La foule exultait. Une grande femme maigre qui avait dû être belle, se présenta sur l'estrade. Les sages se regardèrent, étonnés. La Kahéna, intriguée, lui sourit en s'avançant vers elle, persuadée de tenir là un témoignage spectaculaire. Soudain, cette femme sortit un grand couteau qu'elle dissimulait sous sa tunique, leva un long bras décharné pour planter hargneusement son arme dans la poitrine de la Kahéna. Un hurlement s'éleva de la foule comme empêcher ce geste. Au même instant une silhouette noire et fugace s'interposa entre les deux femmes et disparut. La Kahéna bondit de côté en poussant un cri pareil à un rugissement qui fit frémir d'effroi. Son bras se détendit et l'on vit son sabre décapiter la femme dont le corps continua à se tenir debout, alors que sa tête à terre la regardait avec une expression étonnée. Un immense soupir de soulagement déferla au-dessus de la foule, jusqu'à l'estrade. Le corps de la femme s'abattit enfin à quelques pas des sages qui demeurèrent impassibles. Quant à Mathus, il continua de fixer cette tête au regard déjà plongé dans le néant, comme s'il espérait qu'elle se tournât vers lui. La Kahéna, imperturbable, s'exclama d'une voix retentissante :

– Berbères, nous voici réunis aujourd'hui pour la fraternité et la justice, pour en finir avec les divisions qui ont tant profité à nos envahisseurs. Quant à ce Mathus qui vous a pillés, terrorisés, humiliant vos femmes et vos filles, il va payer de sa vie, sous vos yeux. Pour le remplacer, vos sages ont désigné avec moi un homme brave et juste, un des vôtres, puisqu'il s'agit du général Umert qui saura faire régner l'ordre et la justice parmi vous.

La houle des acclamations s'apaisa soudain. Le sabre à la main, un guerrier à la taille impressionnante se hissa sur l'estrade, puis s'avança lentement vers Mathus qu'il décapita d'un geste bref. La tête roula par terre, le guerrier la poursuivit et, la saisissant par la barbe, il la brandit au bout de son bras pour la dédier tel un trophée, au délire de la foule.

Alors que la liesse se poursuivait, qu'au centre de l'estrade Umert commençait déjà un discours, Issachar put apprendre par les jumelles d'Aïda, sans cesser de se tourner de l'une vers l'autre, que cette grande femme qui avait tenté d'assassiner la Kahéna, n'était autre que la première épouse du sinistre Mathus. Il apprit ainsi qu'elle régnait sur le palais comme sur son harem, en maîtresse absolue, terrorisant les jeunes femmes, pervertissant les jeunes filles enlevées pour son propre plaisir avant de les livrer à Mathus.

Pour finir, une fête immense allait s'improviser dans toutes les rues de la ville où le vin coulerait à flots. Dans la nuit, on verrait Issachar, légèrement éméché, se promener enlaçant de ses longs bras les deux jumelles à la fois, en répétant à la Kahéna :

– Comment faire son choix? Je commence une phrase à l'une, je la termine à l'autre. Je ne sais jamais où j'en suis avec elles. Alors, pour ne pas me tromper, je garde les deux. L'une à ma gauche et l'autre... Ça dépend car elles font tout pour m'embrouiller.

XI

Au moment même où la Kahéna quittait la route de Carthage, à des milliers de lieues de là, une puissante armée sortait du Caire pour envahir une fois de plus le Maghreb. Cette nouvelle conquête, le Khalif la préparait depuis longtemps, depuis la défaite d'Oqba dont le martyr devait être à tout prix vengé. En apprenant la mort de Koceila, le Khalif ordonna au général Hassan Ibn No'man-el-Ghassani de partir aussitôt :

– Le moment est venu, Hassan. Les Berbères n'ont plus de chef et la succession de Koceila doit les diviser.

Sept jours après, les troupes les plus considérables que l'Islam eût jamais possédées quittaient le Caire aux cris de "Allahu Akbar", en laissant derrière elles un gigantesque nuage de poussière rouge et ocre. A la tête des éclaireurs, malgré l'aversion qu'il a pour lui, le général a placé Médaoui qui n'en est pas à sa première campagne puisqu'il a déjà servi sous les ordres d'Oqba et participé à nombre de ses batailles. C'est un homme sans illusions, maigre et sec. Il scrute constamment l'horizon et dévore les distances de ses petits yeux ronds et vifs d'oiseau de proie. Il parle peu. Ses traits sont taillés au sabre comme la balafre qui traverse ses joues. Ses paroles sont hachées, sifflantes. Sous ses ordres, le jeune et beau Khalid servira comme officier de liaison.

Pour l'heure, il se tient droit et fier sur son cheval et ses cils poudrés de poussière jettent une ombre troublante sur son regard noir. " Pour ces yeux-là, on te tuera un jour ", lui disait souvent la sœur de sa mère adoptive. Une veine tremble encore à son cou, il est anxieux comme s'il se sentait traqué par ce destin qui fera de lui le prisonnier de la Kahéna, son amant et trente ans plus tard, ce dément qui arpentera les rues du Caire, poussé par le flot de la vie qui grouille, roule et continue. De la vie qui ne s'attarde ni à ses imprécations, ni au souvenir de la Kahéna, ni de nul autre.

Médaoui connaissait intimement cette longue route qui allait les conduire jusqu'aux confins du Maghreb, pour l'avoir déjà parcourue deux fois, toujours à l'avant-garde. Son flair de renard et son sens inné de la guerre le rendaient indispensable malgré son caractère irascible et son habitude à faire usage de l'opium qui, disait-on, le plongeait dans des états proches de la folie furieuse.

A présent, il prévoyait les haltes, estimait les distances sans même jeter un regard sur les planches que le jeune cartographe empressé qui le suivait comme une ombre, se hâtait de compléter sur ses indications.

Médaoui n'avait pas desserré les dents depuis deux jours. Il se tourna vers Khalid qui sursauta, surpris de s'entendre nommé.

– Nous allons bientôt atteindre un point d'eau, Khalid. Dis aux hommes de faire boire leurs chevaux et de remplir les outres. Nous entrerons prochainement dans une zone désertique. La halte sera brève si nous voulons que soit maintenue cette distance d'un quart de journée entre notre unité et les troupes. Khalid se contenta de répondre :

– Bien, monsieur.

Il se dépêcha de partir au galop en sens inverse pour

transmettre les ordres, rang par rang, à toute l'unité. Lorsqu'il revint se placer en tête, un hameau apparut près d'une petite forêt au loin, puis on vit miroiter la surface d'un étang que saluèrent les hennissements des chevaux. Comme prévu, la halte fut de courte durée et ils entrèrent aussitôt à bonne allure dans une région désertique, face au soleil hérissé comme un porc-épic.

A l'horizon ni palmiers, ni chameaux, ni le mirage d'un toit pour leur annoncer qu'ils arrivaient quelque part. Rien à l'infini et le soir se signalait déjà dans la couleur du ciel où le regard surprenait parfois un vol d'oiseaux migrateurs se hâtant vers l'inconnu. Tout à coup, d'un geste bref, Médaoui donna l'ordre d'arrêter. Il jeta un coup d'œil autour de lui et les hommes en firent autant d'un air étonné, avant de comprendre enfin qu'ils allaient bivouaquer sur place. Alentour, sur une terre ingrate et dure, poussaient de minuscules buissons aux épines acérées, pareilles à des crochets de vipère. Il fallut en abattre un très grand nombre pour faire quelques maigre feux. Les chevaux épuisés reçurent leur ration d'orge pendant que la nuit s'avançait à grandes vagues sombres et recouvrait la plaine d'une nappe brumeuse Les hommes avalèrent en hâte un brouet de blé tendre accompagné de quelques dattes et chacun s'enroula dans son burnous. Au moment de s'endormir, les scènes de la journée défilèrent dans la tête de Khalid. Il en éprouva quelque fierté. Mais tout à coup d'autres images se présentèrent à son souvenir ; il entrevit quelques détails saugrenus de son enfance et crut entendre la voix de son père adoptif lui déclarer " Maudit enfant, tu ne feras jamais rien de bon. " Cette phrase haineuse retentit dans sa mémoire comme une gifle. Il sursauta, sentit un sanglot se former dans sa gorge et se mit à marmonner quelques insultes à l'adresse de son père adoptif : " Je suis déjà un guerrier du Prophète et tu n'es plus qu'un vieux scorpion plein de fiel. " Il ressentit le froid pénétrant de la nuit du désert et se souvint de ces paroles que les compagnons du Prophète auraient adressées aux premiers combattants de la foi partis pour le Maghreb : “Il y aura un grand froid, mais aussi une grande récompense. ” “Quand? A la fin du monde? ”, se demanda Khalid.

L'idée que cette guerre pourrait ne jamais cesser pour se poursuivre jusqu'au jugement dernier ne lui déplut pas. Il s'enroula frileusement, ne laissant aucun espace creux entre son corps et la couverture en se demandant “A quoi ressemblera cette guerre? Et comment la ferai-je, moi qui n'ai jamais tenu un sabre? ”

D'autres jeunes officiers devaient partager les appréhensions de Khalid, mais le général “el-Ghassani”, comme l'appelaient familièrement ses soldats, savait bien que la plupart de ces volontaires n'avaient aucune expérience des armes. Il comptait mettre à profit cette longue distance qui les séparait du Maghreb pour former ses hommes. Dès le lendemain et chaque jour suivant, après la prière de l'aube et le déjeuner, les exercices et l'entraînement allaient occuper les premières heures de chaque matinée. Avant de reprendre la route, les soldats apprendraient quotidiennement maniement des armes, techniques de combat, mouvement de troupes. En plus de cette préparation, chaque unité allait recevoir une formation propre au rôle qu'elle serait appelée à tenir. Seul le vendredi serait exempt de ces exercices et consacré au repos et à la doctrine religieuse. Le général n'ignorait pas son importance sur la conduite de ces hommes convaincus que la clé du paradis serait accordée à chacun d'entre eux qui mourrait au combat. Mais en outre, le général promettait à ses soldats quelques richesses de ce monde, à chacun selon son rang, sa part de l'important butin qui allait se constituer au cours de cette conquête : captives, pièces d'or ou d'argent. Ces méthodes s'avéreraient efficaces et, en peu de jours, on allait remarquer les changements, tant dans l'allure que dans le comportement de chacun. La suffisance à peine contenue de ces fils de famille nommés officiers à la hâte au départ du Caire allait se changer en fausse modestie dès lors qu'ils prendraient la mesure de leur ignorance des choses de la guerre. Quant aux hommes de troupe, on verrait leur visage heureux de mériter enfin ce titre de guerrier d'Allah qu'on leur avait trop vite attribué. Voilà comment ces hommes, partis du Caire dans une immense procession débraillée, arriveront au Maghreb en soldats accomplis, en ordre parfait.

S'il s'était endormi le cœur lourd, Khalid se réveilla dans l'éblouissement des premiers rayons du soleil plantés comme des aiguilles sur les crêtes des petites dunes qui ondulaient vers l'infini. De temps à autre le chant impérieux d'un oiseau qu'on imaginait de grande taille, s'élevait mystérieusement on ne savait d'où, tout près du campement et faisait taire tout à coup ces stridulences persistantes qui grésillaient dans les arbustes. Mais peu après les insectes reprenaient de plus belle ; on aurait dit qu'ils lui répondaient par une vaste protestation d'infimes vibrations métalliques, aimantées par les rayons du soleil.

Ce premier matin de soldat, Khalid s'en souviendrait toute sa vie. Il demeura assis, rentra frileusement les bras sous son ample tunique, les croisa sur ses genoux en s'étirant vigoureusement, heureux, reconnaissant. Ses compagnons se levaient tour à tour, étonnés eux aussi et se préparaient pour la prière. Khalid qui avait passé ses années d'adolescent à se révolter contre la religion telle que son père adoptif l'imposait à la maison, toute de restriction et de soumission, découvrait à la foi un visage viril et fraternel. Au lieu du simulacre qu'il pratiquait à la mosquée du Caire, il éprouva un certain bonheur à prier ce matin-là et se sentit gagné par une profonde émotion à l'instant où, d'un même mouvement, comme un seul homme, tout le détachement se prosterna humblement. Ensuite, ils déjeunèrent en hâte, puisque les instructeurs, des mercenaires, au nombre de trois, formaient déjà des petits groupes pour l'exercice du maniement du sabre.

Khalid s'étonna de sa propre adresse dès les premiers essais, mais en s'entraînant avec un camarade, il se rendit compte qu'il lui manquait la hargne. Médaoui qui les observait à distance se rapprocha et le félicita pour la simulation de ses attaques, puis il demanda un sabre, se plaça devant lui en disant :

– Attaque-moi, Khalid. Vas-y sans retenue, de toute ta force.

Khalid rougit et sourit comme pour dire " je n'oserai tout de même pas. "

– N'aie crainte. Pas de mollesse. Allons-y, attaque. Khalid s'exécuta, mais à l'instant où son regard croisa celui de Médaoui, son sabre s'arracha de sa main et s'envola, le laissant nu devant ses camarades, aux milieu des éclats de rire. Médaoui tourna vers eux un visage sévère et déclara, méprisant :

– Ne riez donc pas sottement. Aucun d'entre vous, ici, n'aurait fait mieux que Khalid. Si quelqu'un veut essayer.

Ils baissèrent les yeux. Médaoui s'adressa à Khalid :

– Je voulais simplement te montrer qu'il faut allier la précision du geste à la conviction de tuer. C'est de là que vient la force qui fait toute la différence entre deux guerriers, entre celui qui vivra et celui qui mourra.

– Je comprends, balbutia Khalid, en rougissant à nouveau.

Le souvenir de cet incident, comme un poing noué sur sa poitrine devait l'obséder une partie de la journée.

Ils repartirent en hâte au milieu d'étendues arides, plongés dans une torpeur inquiète, alors que le bruit clair et dur des sabres résonnait encore aux oreilles de chacun. Seul en tête, Khalid s'attrista en pensant que derrière cette fabuleuse et fraternelle aventure, se cachaient au loin les ombres de la haine et de la solitude. Ses compagnons, si réservés la veille, échangeaient quelques impressions en se confiant timidement quelques détails de leur existence, puis ils se taisaient tout à coup, un doute dans le regard, vaincus par la chaleur et par l'âpreté du paysage. Il fallut attendre le milieu de la journée pour rencontrer enfin, de loin en loin, ici un pan de muraille sur lequel se tenaient, curieux, de gros lézards, là des vestiges de maisons calcinées, là encore un fortin en ruine. Tant d'envahisseurs s'étaient succédé. Lequel d'entre eux avait dévasté ce monde? Plus personne ne devait le savoir. Mais malgré l'oubli, les lieux gardent encore la mémoire de leur passé. A les observer avec attention on découvre toujours quelques indices qui nous aident à imaginer des bribes de leur histoire. Khalid fut intrigué par ce fortin en ruine qu'il venait de dépasser. Il eut un petit serrement de cœur fugace et n'y pensa plus mais la nuit suivante il en rêva. Il y vit une femme très belle au milieu de quelques soldat, luttant avec acharnement contre une horde de cavaliers qui tentaient d'investir le fortin pour s'emparer d'elle.

Désormais, au cours des exercices, dès qu'il se trouvait en face d'un adversaire, il sentait fuser en lui cette étincelle qui inspire la haine et le mépris de la peur. En prenant de l'assurance, Khalid acquerrait également ce détachement qui permet de juger les hommes avec la réserve qui convient. Accomplissant de nombreuses missions de liaisons, il partait à la tête d'une petite escouade, chevauchait sans répit pour revenir très tard dans la nuit afin d'assister à l'entraînement du lendemain, plein d'enthousiasme quand nombre de ses camarades montraient parfois quelques signes de lassitude.

La fatigue et l'éloignement de leur foyer commençaient à se faire sentir chez les hommes. Les journées se succédaient avec une lenteur éprouvante ; des brumes mélancoliques recouvraient la terre à la tombée de chaque nuit. Ces longues distances parcourues sans rencontrer âme qui vive, sans même l'appréhension d'un danger et sans compter l'ab-sence de femmes, rendaient les hommes irritables. En portant à l'état-major le rapport de Médaoui, Khalid devait apprendre qu'un officier avait été poignardé au cours d'une rixe et que son assassin avait été décapité le jour même.

Le général écouta Khalid d'un air absent, mais au moment de le voir repartir, il le rappela :

– Khalid, il faut dire à Médaoui que nous devons nous diriger rapidement vers quelque zone habitée, ville ou village. Les hommes s'ennuient, il nous faut les faire guerroyer un peu, et pour les distraire et pour mettre en pratique progressivement ce qu'ils ont appris. Nous prendrons au moins quelques captives qui s'occuperont du linge et de la cuisine. La présence de femmes rassure toujours les hommes, même si cela les perturbe un peu.

Surpris de se voir tout à coup dans le rôle de confident, Khalid rougit et s'entendit émettre pour toute approbation un grognement bizarre dont il eut si honte qu'il se sentit trempé de sueurs froides. Le général heureusement, ne remarqua pas son trouble, trop occupé à soigner ses effets pour dissimuler son air soucieux, en terminant chaque phrase par ce beau sourire qui découvrait ses dents brillantes. Tout en raccompagnant Khalid jusqu'à l'entrée de la tente, il poursuivit :

– Route de salut, Khalid. Dieu te préserve et reviens rapidement me faire part des prévisions de Médaoui.

– A tes ordres, répondit Khalid, en se redressant cérémonieusement. Dieu te préserve.

Il rattrapa son détachement en fin d'après-midi, au bord d'une petite rivière qui enlaçait un îlot de lauriers roses, et qu'on aurait dit tombée du ciel dans ces espaces torrides balayés par des rafales de vent de sable. Dans sa partie la moins profonde, la rivière se fronçait en ruisselant ; des hommes y faisaient boire leurs chevaux, d'autres s'aspergeaient la tête en soufflant de satisfaction. Khalid confia son cheval à un soldat pour retrouver Médaoui et ils s'éloignèrent pour s'entretenir à l'écart, en marchant lentement le long de la rivière. Lorsqu'il lui rapporta les instructions du général, Médaoui s'en agaça et répondit :

– Si mes souvenirs sont bons – il faut que je vérifie sur mes cartes – nous ne sommes pas très loin de la côte et nous nous rapprochons même une peu trop vite des villes qu'au départ nous souhaitions éviter. Tant que les hommes ne sont pas prêts, est-ce bien prudent? Il ferait mieux de se méfier de cette contrée ; elle lui jouera de mauvais tours. Enfin comme il voudra, nous changerons d'itinéraire au plus tôt.

Il prit Khalid par le bras et poursuivit :

– J'enverrai quelqu'un d'autre demain pour transmettre mes prévisions au général. Tu dois être fatigué par ces courses incessantes.

– Mais non, mais non, protesta Khalid. Je ne suis pas fatigué.

– Que c'est beau la jeunesse, dit en riant Médaoui. Elle ignore la fatigue. Moi, je dois faire avec et comme on dit que la vieillesse s'y habitue, je dois commencer à me faire vieux.

– Mais non, l'interrompit Khalid. Tu n'en as pas l'air en tout cas.

– Et pourtant, mon cher Khalid, parfois je me sens si vieux. Mais ne parlons plus de cela. Asseyons-nous pour prendre un peu de fraîcheur.

– Volontiers, dit Khalid. Mais d'abord, je vais me rafraîchir le visage.

Il fit quelques pas, s'étendit à plat ventre sur l'herbe,

la tête au-dessus de l'eau qui courait limpide et il s'aspergea abondamment le visage.

– J'ai envie de faire comme toi, dit Médaoui, si mon dos me permet de me pencher, il me fait tant souffrir.

Il se mit à genoux, s'étendit avec précaution, s'aspergea enfin le visage et souffla de bonheur en se tournant vers Khalid :

– On est bien ensemble, n'est-ce pas?

Khalid se vit contraint d'acquiescer d'un bref mouvement de la tête en s'interrogeant avec inquiétude sur le comportement soudainement bizarre de Médaoui ; son regard trop brillant, son ton presque enjoué, lui qui se montrait d'habitude plus taciturne qu'une chouette.

En apercevant les zones habitées, le détachement de Médaoui et les troupes se rapprochèrent réduisant ainsi considérablement la distance qui les séparait afin de pouvoir se concerter à tout instant pour donner un assaut ou organiser un siège. Ils étaient loin de se douter que la Kahéna avait demandé aux Berbères du littoral de n'opposer qu'une résistance feinte aux Arabes afin de les inciter à s'enfoncer à l'intérieur du pays où un piège se refermerait sur eux. Les cités qui se trouvaient à l'entrée du Maghreb, coutumières des invasions, parlementèrent immédiatement, excluant tout affrontement. Un peu plus en avant, il y eut quelques résistances de principe et quelques sièges qui se soldèrent rapidement par des négociations où le général se montra bon prince, évitant les saccages, se contentant de vider une partie des granges et d'emporter des têtes de bétail. C'est seulement à l'approche d'une région montagneuse, peu peuplée, que son isolement avait peut-être tenu dans l'ignorance des consignes de la Kahéna, qu'eurent lieu les premiers accrochages. Dans un défilé, les éclaireurs furent assaillis par une horde de cavaliers berbères qui surgirent derrière eux, massacrant plusieurs soldats. Médaoui et la plupart de ses hommes ne durent leur salut qu'en se dégageant de ce passage étranglé, fuyant éperdument vers l'avant pour se retrancher dans une forêt en attendant l'arrivée des troupes. L'arrogance de cette attaque mit le général el-Ghassani hors de lui. Il décida aussitôt de châtier la ville de Tizi juchée sur une montagne comme un nid d'aigle, où s'étaient certainement retranchés les guerriers berbères, par quelque détour connu d'eux seuls.

Il convoqua ses officiers et leur exposa en hâte un plan d'attaque que chacun parut approuver, sauf Médaoui qui émit sa réticence en bougonnant :

– Nous perdrons beaucoup d'hommes. Le terrain est difficile.

– On ne fait pas la guerre sans perdre d'hommes ; quant au terrain, nous le voyons là devant nous, n'en faisons pas un mystère, il est bien évident qu'il est escarpé. As-tu un autre plan à proposer?

Médaoui se renfrogna et le général ajouta, en jetant un regard autour de lui : " Pas de remarques particulières? " Comme personne ne répondit, il conclut : " Allons-y, Messieurs. " Et il se leva.

Un bataillon à la tête duquel fut placé un jeune commandant s'élança vers le sommet de cette montagne abrupte. Des rochers s'y dressaient entre lesquels serpentaient par endroits d'étroits et vertigineux sentiers de chèvres. Partis en ordre, les soldats durent se disperser avant même d'atteindre la moitié de la distance qui les séparait du sommet. Dans les passages périlleux, nombreux furent reçus par une pluie de flèches décochées par des guerriers berbères éparpillés sur les hauteurs, dissimulés derrière des pics en dents de scie. Les hommes et les chevaux s'écroulaient, basculaient dans le vide et s'écrasaient au pied de la montagne, sous les regards horrifiés de leur frères d'armes. Tout en donnant l'ordre de repli le général blême de rage se demandait comment il allait se sortir de cette ornière et punir cette petite ville qui narguait de toute sa hauteur, son armée, forte de milliers et de milliers de soldats. Il ne pouvait se permettre de rester sur cet échec humiliant et poursuivre sa route en laissant derrière lui cette citadelle impunie, alors que la conquête commençait à peine. Aussi décida-t-il de camper sur place et réunit à nouveau ses officiers :

– Messieurs, vous êtes, le Djihad et l'Islam tout entier vous regarde. Nous ne partirons pas d'ici avant de venger nos frères. Voyez-vous des solutions? Que chacun donne son idée.

Il y eut un silence embarrassant au cours duquel il se mit à arpenter la vaste tente où ils se trouvaient réunis. Il se caressa le menton et s'apprêtait à émettre une idée lorsque Médaoui s'empressa de dire :

– Il y a peut-être une solution. Les regards se tournèrent vers lui et il poursuivit d'un ton suffisant : Elle aura la solution de nous retarder un peu.

– J'ai pensé peut-être à la même, le coupa le général. Contourner la montagne et arriver dans le dos de la ville de Tizi.

Médaoui dut en convenir et, l'œil terne de contrariété, sur l'insistance du général, il exposa un plan selon lequel deux bataillons contourneraient la montagne pour investir la ville par derrière, pendant qu'un troisième ferait diversion en simulant une attaque par la face escarpée.

Deux jours et deux nuits furent nécessaires pour mener à bien cette opération. Le matin du troisième jour Tizi fut envahie par les cavaliers du général el-Ghassani qui y déferlèrent en poussant des cris de guerre, massacrant, précipitant à leur tour des ennemis, du haut de la montagne. Avant d'abandonner Tizi aux charognards, les Arabes enterrèrent leurs morts. Puis ils se recueillirent et redescendirent enfin avec un maigre butin et moins d'une centaine de captives, pour la plupart superbes, dignes et muettes de stupeur. Dès leur retour, vers la fin de la journée, on égorgea chèvres et moutons pour célébrer la victoire.

Khalid fut invité à prendre place parmi les officiers de l'état-major. Médaoui le félicita pour le comportement courageux et l'autorité dont il avait fait preuve au cours de l'assaut. Le général lui sourit, appréciant d'un hochement de tête et déclara :

– Ça ne m'étonne pas de Khalid. Il ne se ménage guère depuis notre départ du Caire et je profite de cette occasion pour le citer devant notre honorable assemblée.

Khalid se leva ému :

– Je vous remercie de l'honneur que vous me faites, dit-il en regardant en même temps le général et Médaoui.

Puis, se tournant vers les autres, il ajouta : "Je suis votre humble serviteur."

Le repas se prolongea assez tard et, cette nuit là, le sommeil de Khalid fut peuplé de martèlement de sabots, de cris de terreur, de visions horribles de femmes éventrées, d'hommes précipités dans le vide tels des pantins désarticulés. Il se réveilla plusieurs fois, assoiffé, se rendormit pour se réveiller à nouveau, impatient de surprendre dans le ciel, encore constellé, les premiers signes de l'aube. Tout en contemplant les étoiles, il se sentit gagné par une agréable torpeur et s'assoupit à l'instant même où retentirent les cornes. Il sursauta, crut qu'il rêvait et se redressa tout de même, l'oreille tendue pour comprendre qu'on sonnait le réveil. Après la prière, il se présenta comme chaque matin aux ordres de Médaoui.

– Je suis heureux de ta citation, Khalid. Et je sais mieux que quiconque qu'elle est méritée, dit-il en l'accueillant. Puisque ce pauvre Gamal est tombé à Tizi, tu seras désormais le seul responsable après moi de ce détachement.

Encore sous le contrecoup de la violence des combats, Khalid se trouvait ce matin-là, au bord des larmes. Néanmoins il domina l'émotion que provoquait en lui la surprise de sa nomination, se raidit puis se pencha légèrement en avant en portant sa main à son cœur et déclara " à tes ordres. " Médaoui lui rendit son salut sans un mot, tourna les talons et s'éloigna. " Au fond, c'est peut-être un brave homme ", pensa Khalid. Il était loin d'imaginer les sombres machinations qui tourbillonnaient dans l'esprit du commandant.

Il devenait évident que la haine s'était substituée à l'inimitié entre le général et Médaoui, qui se disait qu'on se débarrasserait de lui aussitôt menées à bien les premières étapes de la conquête. Aussi bien avait-il son idée pour en finir avec le général au moment venu. Mais d'abord, il lui importait surtout de prendre en main les bataillons de toute l'avant-garde en s'assurant peu à peu la fidélité ou la reconnaissance des officiers qui les commandaient. Médaoui ne se laissait aucun répit pour être quotidiennement informé afin de tirer parti des qualités ou des faiblesses de chacun, des rivalités comme des ambitions. Il se réveillait parfois au milieu de la nuit, faisait appeler Khalid, le retenait jusqu'au matin, lui demandait son avis, ou l'entretenait de la défaillance de tel officier, de la tendance à comploter de tel autre. Mais de temps à autre, ce solitaire tyrannique sombrait brutalement dans une anxiété profonde. Il s'enfermait dans un mutisme complet, demeurait hagard un long moment pour ensuite montrer des signes d'excitation et d'affolement, en proie à des hallucinations qui déréglaient sa raison. Ces crises pouvaient le surprendre le soir et se prolonger une bonne partie de la nuit. Il s'enfermait alors dans sa tente, et appelait Khalid qui le trouvait prostré. “Je souffre, je souffre”, geignait Médaoui, qui se livrait à un simulacre, déclarant qu'on l'avait ensorcelé, qu'il avait peur de mourir, faisant mine de s'évanouir. Pour finir il s'avançait raidi, crispé, prenait les mains de Khalid et le suppliait de lui masser d'abord le dos puis les orteils.

La première fois, dans la surprise et l'affolement, Khalid s'était exécuté avec zèle, persuadé d'apporter quelque soulagement aux affreuses douleurs qui torturaient son supérieur. Mais très vite, il comprit qu'il s'agissait là de quelque étrange et maniaque impulsion ajoutée à l'effet de l'opium, et à laquelle il ne pouvait se soustraire sans s'exposer à des représailles. Après s'être débarrassé de sa tunique, puis de sa chemise, tout en gardant son pantalon bouffant, serré à la taille et aux mollets, Médaoui s'étendait sur le ventre et se laissait masser le dos en gémissant.

Après il se plaignait de douleurs aux pieds, et s'asseyait sur un petit tabouret. Pendant que Khalid lui frictionnait vigoureusement les orteils, il geignait encore de plus belle, et l'encourageait à poursuivre en chuchotant, reconnaissant : “Khalid, Khalid.”

Totalement étranger à cette situation, Khalid poursuivait machinalement, indifférent, jusqu'à ce que Médaoui apaisé se levât enfin dans le noir pour se laisser choir sur son matelas. Certains soirs, il ne demandait à Khalid que de rester auprès de lui, comme le ferait un enfant que l'obscurité effraie. Khalid stupéfait, finissait par s'endormir à son tour, mais à son réveil il retrouvait un tout autre homme : le dur et sec, le balafré et satanique commandant Médaoui. Alors il se demandait s'il n'avait pas fait un mauvais rêve, repensait à cette répulsion qu'il avait dominée comme un médecin auprès d'un malade répugnant, et se disait : Le jour viendra où Dieu me délivrera de tout cela. Puis, pour se consoler, il essayait de se convaincre qu'après tout il pouvait s'agir d'une maladie.

Entre ses crises peu fréquentes, Médaoui ne cessait de comploter et de corrompre avec une discrétion et une habileté diabolique.

Quelque temps après l'attaque de Tizi, Médaoui s'octroya une très belle captive, « pour s'occuper de mon ménage », déclara-t-il. En fait, il voulait tout en offrant une image flatteuse de sa virilité, se servir de la jeune femme pour corrompre Khalid et s'assurer de son dévouement.

Il la fit installer dans une tente minuscule entre la sienne et celle de Khalid. Tout comme on apprivoiserait un petit animal sauvage, il demanda à ses ordonnances de ne pas la brusquer pour la faire participer progressivement au ménage et au service. Au début, la jeune et superbe Berbère, encore sous le choc, se terrait dans les coins, jetant autour d'elle des regards d'oiseau apeuré, se demandant quels outrages on allait lui faire subir. Mais progressivement, elle comprit qu'une chance inouïe l'avait servie en la plaçant sous la protection du commandant. Imperceptiblement sa démarche recouvra la grâce qui devait lui être naturelle. De temps à autre, un éclat magique traversait tout à coup son regard. L'esquisse d'un sourire effleurait parfois ses lèvres pulpeuses. Ne parlant pas l'arabe, elle roulait de grands yeux étonnés lorsqu'on s'adressait à elle, puis après une hésitation, elle opinait de la tête pour signifier qu'elle avait compris. Discrètement, elle dressait l'oreille tout en observant attentivement les faits et gestes de son petit monde pour essayer d'en saisir les rouages. Ainsi, elle ne mit pas longtemps à comprendre que l'interdiction faite aux soldats d'avoir toute relation personnelle avec les prisonniers devait être sévèrement punie. Lorsque l'un d'entre eux s'avisait de lui signifier la moindre avance, elle se contentait de le décourager d'une expression dédaigneuse. Par contre le comportement de Médaoui, qui l'avait pourtant surnommée Zina-la belle, ne cessait de l'intriguer. S'il donnait l'impression de s'intéresser à elle en présence de ses subordonnés, il devenait tout à coup distant lorsqu'elle se trouvait seule avec lui. Quant à Khalid qu'elle avait pris au début pour le fils du commandant, elle sentait d'instinct chaque jour davantage qu'il était comme elle, victime de quelque méprise du destin.

Un soir, pendant que Zina leur servait le repas, Médaoui surprit un soupçon de sourire dans le regard qu'elle échangea avec Khalid et s'empressa de lui dire :

– Tu devrais lui enseigner quelques mots d'arabe, Khalid. Peut-être apprendras-tu quelques mots de berbère. Cela pourrait nous être utile.

Zina comprit qu'il pouvait s'agir d'elle et les dévisagea tour à tour, les yeux remplis de malice.

XII

Alors que l'armée arabe pressée de s'emparer des villes portuaires, s'approchait pesamment du littoral, celle de la Kahéna entrait triomphalement dans la splendide vallée que surplombait Baraïa. Le village avisé par les guetteurs bouillonnait de joie, impatients d'accueillir sa princesse devenue reine du pays. Les gens se hissaient sur les toits et des grappes d'enfants juchés sur les rochers pointus acclamaient déjà l'arrivée des premiers bataillons. De la plus vaste terrasse du château, entouré des deux fils de la Kahéna qui trépignaient de joie, Tabet observait en silence. Puis, d'une voix qui dissimulait à peine son inquiétude, il balbutia :

– Pourquoi tous ces soldats?

A quelques pas de lui, Dvora et Kouikette, coude à coude, s'extasiaient devant ce spectacle en étouffant des petits rires que l'émotion rendait stupides. A l'écart, Kiko leur jetait des regards réprobateurs, se penchait dangereusement au-dessus du vide et scrutait avidement la vallée afin de distinguer le moindre mouvement qui annoncerait enfin l'arrivée " des petits ", ainsi qu'il continuait de nommer la Kahéna et Issachar.

" Les voilà, les voilà ! " Une clameur de joie parvint du bas du village et monta en s'amplifiant. Toute une foule leur faisait escorte. Des gens s'empressaient de descendre pour se placer le long du chemin. Tabet avait du mal à retenir ses petits-fils qui l'entraînaient vers la sortie du château. Kiko excédé invita Dvora et Kouikette à se presser, mais elles ne lui prêtèrent guère attention, tant elles étaient intriguées par la présence des trois femmes qui s'avançaient derrière Issachar.

En apercevant la Kahéna, sur un étalon blanc, son casque et sa cuirasse ruisselant d'une pluie d'or sous les rayons du soleil, une femme murmura : " C'est le soleil même! " La foule jubilait en s'imaginant que Baraïa était devenu le centre de la terre.

Après les retrouvailles, alors que toute la famille était réunie dans le grand salon, Issachar annonça le plus naturellement du monde qu'il avait pris pour épouses les jumelles d'Aïda.

– Pour ne pas faire de jalouse, ajouta-t-il, elles sont enceintes toutes les deux et si elles se mettent aussi à faire des jumeaux, vous aurez des petits tant que vous en voudrez.

Dvora et Kouikette, les joues en feu, se regardèrent en riant. Kiko, rendu muet par la joie, leva un poing triomphant presque vengeur à l'adresse de maléfices connus de lui seul. Tabet apprécia en hoquetant d'un petit rire gêné et tout en balbutiant. " enfin ", " petits ", entre d'autres mots que l'émotion rendit incompréhensibles. Il attendit un bon moment avant de se décider à se tourner vers sa fille pour lui dire à l'écart :

– Pourquoi tant de soldats, ma fille, maintenant que te voilà de retour chez nous? L'ennemi n'est pas à notre porte.

– Non, plus à notre porte, il est entré. Il est chez nous.

Comme il la regardait, perplexe, elle ajouta :

– Les Arabes s'approchent déjà de Carthage et, cette fois, leur armée est plus importante que jamais. Mais nous allons les attirer par ici.

– Ah! Qu'avons-nous besoin d'eux par ici?

– Les villes et les citadelles leur sont trop commodes. Ils les occupent après les avoir assiégées, les fortifient et s'y installent pour islamiser le pays, région par région. Avec cette méthode, ils finissent à la longue par nous diviser. Alors désormais nous serons solidaires pour défendre chaque individu, chaque foulée de terre de ce pays.

– Certains ne voient jamais que leur petit intérêt.

– Et bien cette fois, le petit intérêt de chacun sera de se joindre à tous. Je sais, ajouta la Kahéna, le plus difficile toujours, c'est de convaincre les siens.

S'attendant à quelque réplique sentencieuse de la part de son père, elle tourna vers lui un visage frondeur de petite fille. A cet instant même, elle remarqua combien il avait vieilli ; son collier de barbe et ses sourcils avaient blanchi, ses traits s'étaient creusés. Ses yeux avaient conservé leur vivacité et leur force mais brillait à présent une indéfinissable et secrète inquiétude. Il les posa calmement sur elle pour lui dire :

– Aujourd'hui tous les Djéraouas, du plus petit jusqu'au plus ancien, sont unanimes derrière toi. Quant à moi, je suis fier de toi autant que le sont tes deux garçons.

– Merci, père, balbutia-t-elle, et pour faire diversion à son trouble, elle fit signe aux deux garçons et les invita à s'asseoir à ses côtés en murmurant à l'adresse de son père : “ comme ils ont grandi, ils te ressemblent de plus en plus. ”

Pour la première fois de sa vie, elle éprouva ce bonheur que prodigue le sentiment de l'entente. Mais aussitôt, elle se rétracta, tel un animal flairant un piège, comme si, en la grisant, ce bonheur allait brider en elle cette force qui naissait de ses irrépressibles désirs de défi et de danger.

Son visage se fit songeur, et elle se souvint du soir

où, assise près de Koceila au bord d'un petit lac, ils avaient observé un keikel :

– Regarde, avait-il dit, cet oiseau construit son nid flottant sur la surface de l'eau, et lorsqu'un danger menace du rivage, il éloigne vers le large le nid qui renferme ses petits. Puis après un silence Koceila avait ajouté: " Comment tenir les siens éloignés de tout ce qu'on attire sur soi-même? "

A ce souvenir, son regard brilla et se fixa au loin. Mais elle se ressaisit pour recevoir les premiers visiteurs, notables et chefs qui arrivaient de toute la région. Bon nombre d'entre eux savaient déjà que les Arabes avançaient sur Carthage. Tour à tour, ils saluaient d'abord le prince Tabet, puis se redressaient cérémonieusement devant la Kahéna, avec l'air de dire : " Me voilà. "

Les uns, alarmés, venaient chercher protection, les autres annonçaient fièrement que leurs guerriers étaient en route pour se mettre sous ses ordres. Ce défilé se poursuivit plusieurs jours durant lesquels on vit affluer des guerriers, des troupeaux entiers, des convois chargés de blé, de jarres d'huile d'olive, de miel, de fruits secs.

La Kahéna remerciait, informait chacun des visiteurs que Tabet s'empressait de raccompagner très solennellement pour recevoir le suivant. Il accourait de l'un à l'autre, donnait des ordres et revenait auprès de sa fille. Malgré la fatigue qui se lisait sur ses traits, il se tenait droit et frêle, furetant de ses yeux inquiets, s'évertuant à donner l'impression d'être en possession de toute son autorité, et que, loin d'être dépassé par la situation, il la couvrait de son prestige.

En l'honneur de quelques jeunes chefs de Biskra, on organisa une partie de chasse au mouflon dans les djebels. La saison s'y prêtait bien, le gibier était nombreux, mais comme toujours d'approche difficile. Tabet y prit part avec ardeur, forçant l'admiration de tous par son agilité et la précision de ses flèches, atteignant à lui seul cinq bêtes superbes, alors que les plus chanceux des chasseurs n'en avaient abattu que trois.

Lorsque ses jeunes invités le complimentaient, il répondait, malicieux : " Si je ne vous paraissais pas si vieux, vous ne seriez pas étonnés du résultat de mes tirs, ni du fait que je grimpe sans m'essouffler. "

Il y eut encore une grande fête ce soir-là à Baraïa.

La dernière.

Cette nuit-là, dans son sommeil, la Kahéna eut une vision violente. Elle se leva en larmes pour quitter précipitamment sa chambre en criant " Mon père est mort, mon père est mort " et poussa un hurlement d'animal blessé qui fit trembler les murs et résonna dans le sommeil de chacun.

On accourut de toutes les pièces du château et, pendant qu'un attroupement continuait de se former à l'entrée de la chambre de Tabet, Issachar en ressortait déjà pour annoncer d'une voix blanche : " C'est fini. "

Il se fit un silence de stupeur, où les visages éclairés par les seules petites flammes vacillantes des lampes à huile se mirent à trembler avec des expressions d'épouvante. Un souffle de malédiction traversa le village, et chacun dut percevoir à cet instant déjà que rien ne serait jamais plus comme avant : Ni les couleurs du ciel de Baraïa, ni le goût des choses de sa terre, ni le rire de ses femmes.

Après les funérailles, par petits groupes, les gens se dispersèrent à pas lourds tout en conversant à mi-voix d'un air grave. Lorsqu'ils se retrouvèrent enfin seuls, près de la maisonnette, la Kahéna qui n'avait pas prononcé un mot depuis la veille, murmura, sans se tourner vers Issachar :

– Avec la mort de Koceila, j'ai vu partir l'amour ; avec celle de mon père, c'est tout mon pays qui me quitte.

– Pourquoi parles-tu ainsi, protesta Issachar, tu en es la reine à présent.

– Je ne suis plus qu'une guerrière. Le guerrier n'a pas de pays, il est comme l'animal, il a un territoire qui grandit ou se rétrécit selon les forces ou la chance du moment. Un roi, c'est différent. S'il est digne de ce nom, il veille sur son pays comme un jardinier sur son jardin. C'est à lui qu'il devait revenir d'être roi. Il avait tout pour tenir ce rôle, la clairvoyance et la réserve.

– Il l'est à travers toi, maintenant. Regarde tous ces hommes, ces femmes et ces milliers de soldats que le destin a voulu rassembler ici pour lui rendre les derniers honneurs.

– C'est la guerre qui les a fait venir, la peur ; le destin, lui, savait déjà que mon père était un roi, comme il se doute bien que nous allons continuer à être les guerriers nomades que nous sommes devenus.

– Jusqu'à quand? soupira Issachar.

–"Jusqu'à toujours", comme tu dis si bien.

La journée touchait presque à sa fin, mais les oiseaux jasaient encore dans les arbres, dont les feuilles tremblaient sous la lumière du soir.

De gros bourdons noirs tournoyaient en vrombissant aux extrémités des branches. Peut-être accomplissaient-ils ces urgences que la nature ordonne à leur existence trop brève? Peut-être devenaient-ils fous, pressentant tout à coup la sentence suprême? L'un après l'autre, ils tombaient à terre, foudroyés et se tenaient sur le dos en agitant vainement leurs pattes velues. La rumeur stridente du chant des cigales s'élevait subite par instants, puis se taisait mystérieusement. Issachar s'en agaça et promena un regard distrait sur le flanc de la colline, où les oliviers ressemblaient à des vieillards obstinés qui interpellaient de leurs longs bras noueux une éternité incertaine.

Le soleil avait décliné et répandait au loin entre le ciel et la terre des couleurs impudiques. La Kahéna précédait Issachar de quelques pas, et sa chevelure ondulée frémissait le long de son dos jusqu'aux hanches.

" Qu'elle est belle, ma sœur ", s'entendit-il murmurer.

Elle s'avança sur le bord du chemin, vers le figuier et se souvint de Mamoukh tout en détournant la tête pour ne pas regarder dans le fond du ravin.

Issachar ne pouvait pas savoir que la veille, dans ses visions, elle avait vu le château s'effondrer et un vent de tourmente l'emporter en poussière, par rafales successives vers le désert. Il la vit contempler la vallée couverte de ses soldats, puis se retourner vers le château, outrée, d'un air de dire : " Nous te défendrons... ". Terrassé par l'émotion, Issachar crut qu'il allait hurler d'amour et de révolte. Soudain, son regard et celui de la Kahéna se croisèrent, brillants. Alors ils se rapprochèrent l'un de l'autre et cheminèrent côte à côte, lentement, jusqu'au château, sans une parole. Comme Tabet aimait à dire : " Ce qui est dans les mots est aussi dans le silence. "

La Kahéna se retira dans sa chambre et s'étendit sur son lit en attendant le bain que lui préparait Aïda dans la pièce attenante.

– Dépêche-toi, lui dit-elle, sinon je vais m'endormir par ta faute comme un marcassin dans sa carapace de boue.

– C'est bientôt prêt, répondit Aïda tout en attisant le feu sous un chaudron gigantesque, pendant que le calme maussade qui imprégnait les soirées depuis que la mort de Tabet s'étendait à nouveau sur le château.

La Kahéna ajusta l'oreiller sous sa tête et fixa son attention sur un petit lézard qui se tenait à l'affût contre une poutre du plafond. Dès qu'un minuscule papillon de nuit, épuisé de tourner sans cesse au-dessus des flammes des lampes à huile, se posait à sa portée, le petit lézard le happait, plus vif qu'un clin d'œil.

"Ils le voient arriver tout de même, à quoi leur servent les ailes? pensa-t-elle, pour conclure enfin qu'il devait les fasciner de son œil rond et noir, afin de les convaincre de leur propre perte. C'est toujours ainsi. "

Puis elle s'assoupit.

– C'est chaud, c'est prêt, annonça Aïda en entrant dans la chambre peu après. En la voyant endormie, elle fit une moue d'exaspération toute maternelle et s'assit sur la marche d'entrée en se demandant si elle devait ou non la réveiller. Mais la Kahéna se redressa, échevelée, en disant : "Il arrive enfin, va me chercher Issachar. "

– Qui?

– Le général el-Ghassani, qui d'autre? Mais attends, ne nous pressons pas. Je vais d'abord prendre mon bain.

Issachar se présenta un moment plus tard, et la Kahéna lui annonça calmement :

– Les Arabes sont en route vers l'Aurès, envoie quelques hommes à leur rencontre et, si je ne me suis pas trompée, ils nous rapporteront des indications sur l'importance de leurs effectifs. Ensuite, tu dois donner l'ordre à nos troupes de se tenir prêtes pour se diriger vers la Miskiana dès demain matin.

– Si loin. Ne devions-nous pas les laisser s'approcher davantage?

– Si. Mais je ne veux pas que nous soyons le dos au mur, avec le château derrière nous ; laissons un peu d'espace entre la guerre et les nôtres. J'ai un autre plan, je t'en parlerai plus tard.

Elle l'accompagna jusqu'à la porte, fit encore quelques pas avec lui, et attendit de voir sa longue silhouette se perdre parmi les ombres qu'une demi-lune distante et pâle jetait sur la cour. Ensuite elle fit le tour de la chambre, éteignit en soufflant chaque petite lampe, et se glissa sous les couvertures avec une jubilation enfantine.

Un désir subtil comme un parfum de fleur courut sur son corps qui s'en agaça délicieusement.

Cela faisait des semaines que ces sensations l'avaient désertée, au point que le malheureux Ider qui avait espéré certaines nuits s'entendre appeler s'était déjà résigné à sa disgrâce. La Kahéna avait effacé Ider de ses impatiences, et son seul souvenir l'irrita. Alors elle se retourna, étreignit son oreiller comme pour s'en protéger contre l'obstination du désir, et pour finir, s'endormit inapaisée, mais confusément heureuse, toute une longue et profonde nuit.

Au réveil, on protestait à voix basse dans les couloirs du château, mais aussitôt que la Kahéna apparut dans la cour, on se répartit calmement les tâches les plus urgentes que commandait ce départ inattendu.

Dès que les chevaux furent prêts, sans prononcer une parole, elle se hissa sur le sien. Puis le bras levé, tout en faisant pivoter le cheval sur lui-même, elle salua l'assistance muette, et talonna, suivie d'Aïda compassée et d'Issachar faussement désinvolte.

Dans la vallée, les soldats s'agitaient par milliers, pareils à des fourmis pressentant l'orage. D'en haut on la vit s'engager dans la gorge étroite qui fermait la vallée, à la tête des premiers cavaliers. Par petites colonnes successives, ils s'engouffraient à sa suite, comme s'ils fuyaient. Juchés sur les rochers, sur les toits de quelques maisons de Baraïa, des enfants imaginaient déjà des scènes de guerre, tout en suivant le départ des soldats d'un œil plein d'envie. Ici ou là, des femmes chuchotaient entre elles d'un air grave et sévère, tandis que les plus anciens du village, assis par petits groupes, fixaient, impavides, la ligne d'horizon.

XIII

SUIVANT les conseils de Médaoui, Khalid avait appris en peu de jours assez de mots berbères pour arriver à former quelques phrases dont la maladresse ou la candeur extirpaient à Zina un sourire plein de tendresse. Avec elle, Khalid avait aussi découvert un autre sens au désir, des gestes à l'amour et des prodiges dans les choses les plus simples. Même les mots de tous les jours se trouvaient tout à coup ensorcelés, comme dans une chanson, par ce bonheur soudain. Mais Khalid se demandait, inquiet, pourquoi Médaoui l'avait poussé dans les bras de Zina. Par jeu, simplement? Pour le tenir à sa merci? Le croyait-il prisonnier de quelque insondable retenue? Espérait-il se découvrir avec lui quelque étrange affinité? Peut-être le pensait-il simplement impuissant?

Il est vrai que Khalid l'était presque, avant de rencontrer Zina. Dans son enfance, les regards, les avances ou les gestes de certains hommes l'avaient comme persuadé de renoncer au rôle de la virilité. Et puis, en quelques jours, cette ardente et secrète captive avait fait jaillir le feu enfoui au fond de lui.

S'il ne trouvait pas de réponse à ses questions, Khalid appréhendait chaque jour l'épreuve de force qui allait, de façon imminente, se produire entre le général et Médaoui. Dans sa peur de perdre Zina, il levait les yeux au ciel en murmurant : “ Que faire? Fuir avec elle? Qu’ils s’entretuent s’ils le veulent, pourvu qu’ils nous oublient encore un peu. ”

Le conflit qui s’était installé entre les deux hommes s’envenimait sournoisement. Grand, distingué, el-Ghassani possédait en lui ce quelque chose d’impérial qui lui valait le respect et le dévouement spontané de la plupart de ses soldats. Cependant sa réserve naturelle, ajoutée à quelque secrète blessure dans son cœur, lui donnait cette allure qui pouvait passer pour hautaine et ne facilitait guère ses rapports avec nombre d’officiers et de soudards. Bien évidemment ceux-là lui préféraient le professionnel de la guerre, froid et cynique que représentait à leurs yeux Médaoui, tout de rancune, avec cette balafre à son visage et ces penchants malsains qui se devinaient en lui.

Depuis un certain temps, le général avait décidé de donner une tournure plus pacifique à la conquête. Il avait réuni ses officiers pour leur dire : “ Tuons le moins possible, pour convertir le plus possible. Bien sûr il faut montrer la force, elle ne se devine pas. Mais en expliquant le bien-fondé de notre conquête, nous nous économiserons des pertes tout en obtenant de meilleurs résultats. ”

Ces paroles avaient réconforté Khalid. Mais Médaoui ne l’entendait pas de cette oreille. Ses rancœurs se distillaient et prenaient peu à peu la forme d’une ambition qui n’avait pour sens que le pouvoir de se venger. La haine d’une seule personne peut vous conduire à la tête de tout un peuple. Il tenait à présent sous son influence un grand nombre de mercenaires et d’officiers. Ne manquant jamais l’occasion de leur souligner l’insignifiance de la part de butin qu’il leur était attribuait, il se plaisait à évoquer en leur présence les souvenirs de sa campagne aux côtés d’Oqba, tout comme l’importance des richesses partagées. Pour se donner le beau rôle, avant toute attaque, il prévoyait et annonçait les erreurs qu'on allait commettre pour ne l'avoir pas consulté.

Le général, lui, avait ses informateurs et de son côté il meublait ses insomnies d'interrogations et de réponses à cette haine comme à la menace qu'elle représentait. Désormais, quand Khalid se présentait à son quartier général, il le retenait longuement, l'invitant à partager son repas. Dans la conversation il se montrait si bien renseigné sur chacun des officiers, qu'indirectement il l'amenait à lui confirmer ce qu'il semblait savoir déjà. Khalid admirait l'intelligence et la culture du général qui devinait ses tourments et lui manifestait une estime sincère. Un soir qu'ils bavardaient sous l'auvent il répondit à une question de Khalid en expliquant : “ Il faut savoir qu'une grande partie du pays berbère est régie par la magie et la sorcellerie. Cela peut te paraître paradoxal que nous l'imposions par la force mais la religion que nous leur apportons c'est aussi la justice, une même loi pour tous. Comment expliquer tout cela? C'est à la longue qu'ils en découvriront les vertus. ” Puis, changeant brusquement de sujet, le général l'interrogea :

– Crois-tu, Khalid, que Médaoui soit prêt à me faire assassiner à la première occasion?

Khalid ne put dominer son trouble. Quoi, allait-il se faire par prudence, le complice de Médaoui dont, au fond de son cœur, il souhaitait ardemment la chute?

– J'en suis convaincu, commença-t-il. Il s'enhardit et lui fit abruptement quelques révélations qui durent conforter le général dans ses décisions, puisque, au lieu de s'en indigner, il eut un faible sourire et conclut :

– Merci Khalid. Il ne perdra rien pour attendre.

Pour l'instant, la conquête accaparait entièrement le général el-Ghassani. A Tunis, il venait d'essuyer un échec brûlant après s'être fait habilement manœuvré par les roums. Tout d'abord il avait assiégé la ville dont les habitants parlementèrent après un simulacre de résistance. Ils le prièrent de ne pas entrer chez eux par la force, s'engageant à lui payer le Kharadj, comme à lui fournir montures et bétail. Le général accepta en se félicitant de cette victoire pacifique. Mais les roums, profitant de cette trêve, s'embarquèrent dans la nuit même avec leurs familles sur des navires ancrés dans la rade et prirent la mer à la faveur des vents pour se réfugier en Sicile. Au matin, quelques-uns de ses soldats découvrirent la supercherie : la ville dépeuplée de ses âmes où les accueillit une meute de chiens roux et prétentieux que la frayeur du vide avait incités à se rassembler.

– Qu'importe, déclara le général dépité. Nous voici en possession d'une ville entière sans la moindre égratignure. Nous y installerons des hommes pour y construire une mosquée qui recevra les futurs musulmans.

– Il n'y aura pas beaucoup de futurs musulmans, s'il continue à accumuler les erreurs, avait ironisé Médaoui.

Avant de reprendre la route, Médaoui et quelques officiers, déçus par l'absence de tout butin, se contentèrent de confier la ville désolée à un détachement de fantassins commandés par trois jeunes officiers inexpérimentés. Et ne voilà-t-il pas que, le surlendemain, dans la nuit, des roums revinrent et débarquèrent de leurs navires par centaines, surprenant les soldats arabes et les massacrant presque tous. Ils emmenèrent les autres en captivité, laissant derrière eux, une fois de plus, la ville morte. Profondément vexé, le général donna l'ordre à ses officiers d'investir les prochaines villes sans parlementations préalables. Malgré cela, une autre déconvenue l'attendait à Carthage. La ville en ce temps-là conservait encore un certain prestige et renfermait des monuments et des édifices avec de grandes colonnes, un colisée, des citernes, des canalisations distribuant l'eau dans la cité ainsi que de nombreux vestiges de son époque la plus glorieuse. Après l'avoir cernée, les Arabes y entrèrent enfin pour constater amèrement que tous les roums qui l'habitaient venaient de s'enfuir, eux aussi, dans leurs nombreux vaisseaux ; les uns vers la Sicile, les autres vers l'Espagne en emportant leurs biens. " Nous voilà en possession d'une grande ville que nous remplirons des nôtres ", déclara laconiquement le général el-Ghassani. Là-dessus, il se mit en route vers Kairouan dont il avait fait son quartier général, en se gardant bien cette fois de laisser le moindre de ses soldats dans Carthage déserte.

En apprenant que ses habitants chrétiens avaient abandonné la cité et que les Arabes venaient de s'en éloigner, les Berbères des campagnes voisines s'empressèrent de l'occuper pour se protéger derrière ses remparts. Quelques jours à peine s'étaient écoulés que déjà le général, avisé, revenait en personne, à la tête de plusieurs régiments pour cerner la ville avant d'y entrer en force. Entre-temps, d'autres populations berbères s'étaient rassemblées pour aller au secours des leurs, pris dans la cité comme poissons dans une nasse. Mais, en y arrivant, ils se rendirent à l'évidence consternante et décidèrent de se soumettre. Le général el-Ghassani les réunit, leur accorda la grâce, non sans leur faire remarquer que, s'ils ne pouvaient pas toujours compter avec la solidarité des chrétiens, ils pouvaient s'ils le désiraient s'assurer désormais de celle de l'Islam. Un très grand nombre d'entre eux se convertirent le jour même. En échange, pour en finir avec la présence des roums dans cette région, il leur fit démanteler Carthage.

Il leur fallut plusieurs jours pour en achever la destruction. Après quoi ils s'en retournèrent dans les campagnes, laissant Carthage en ruines, sous un ciel bleu et sévère où tournoyaient fous de joie de grands vols d'étourneaux. Enfin l'armée arabe se décida à repartir et lorsque ses derniers cavaliers s'éloignèrent, un vide incommensurable s'étendit sur la plaine. Au loin, réfugiés sur les plus hautes branches de quelques vieux chênes-verts blanchis par la poussière, des vautours se tenaient, indifférents, coutumiers de l'irréparable.

Ce jour-là, en cours de route, Khalid vint annoncer au général que des unités de son armée avaient mis en déroute des troupes de chrétiens, près de Badja.

– Bonne nouvelle, Khalid. Notre tâche est donc achevée ici. Rentrons à Kairouan pour reprendre des forces. La campagne n'est pas terminée, elle commence. Je voulais te dire, Khalid, que j'apprécie de plus en plus ton intelligence et ton dévouement. J'ai décidé de te nommer à l'état-major où tu nous seras plus utile encore en devenant mon délégué auprès des différents corps de notre armée. Tu feras dresser ta tente près de la mienne et tu ne recevras d'ordres désormais que de moi seul.

– C'est un grand honneur pour moi, balbutia Khalid, abasourdi, pendant que des questions l'assaillaient : " Comment tout cela va-t-il finir? Médaoui ne va-t-il pas se venger sur Zina en la livrant à l'un de ses soudards? Non, elle pourrait raconter qu'il ne l'a jamais touchée. Quant à moi, j'en sais trop sur lui et sur le complot qu'il prépare. Il n'aura de cesse de me faire tuer. "

Comme s'il avait deviné ses pensées, le général l'interpella :

– J'ai fait prévenir Médaoui. Sois tranquille. Je sais que tu as fait de sérieux progrès en berbère ; j'espère que tu n'as pas oublié depuis que nous avons laissé cette jolie captive à Kairouan.

– Je commence, dit Khalid, troublé.

– A l'oublier?

– Non, à apprendre.

– Tu la retrouveras, le rassura-t-il en souriant. N'aie crainte pour elle, j'ai donné des instructions pour qu'elle soit protégée. Tout va bientôt rentrer dans l'ordre, conclut-il, l'œil plus ardent que jamais.

C'est dans la ville de Kairouan où se dressait le minaret de la mosquée d'Oqba et dont la population s'était de plus en plus attachée à l'Islam que le général el-Ghassani devait entendre pour la première fois, au cours d'une conversation avec des notables, le nom de la Kahéna.

– Qui est-elle? avait-il demandé, intrigué; comme si d'entendre ce nom lui avait fait pressentir quelque terrible danger.

– C'est une guerrière, lui dirent-ils. C'est elle qui a remplacé Koceila. Elle habite dans les montagnes de l'Aurès. Tous les Berbères lui obéissent. Les roums la redoutent. Elle tuée, tout le Maghreb se soumettra à toi et tu n'y trouveras plus ni rivalité, ni résistance.

En les écoutant parler, le général crut voir cette femme en imagination et sentit déjà se graver dans son esprit cette obsession faite de désir, d'amour, de possession et de haine qui le poursuivra cinq années durant. Tout à coup il se leva pour mettre fin à l'entretien, les pria de l'excuser et fit convoquer sur-le-champ son état-major au complet pour l'informer de sa décision de réunir toutes les troupes pour marcher au plus tôt sur l'Aurès.

XIV

Rien n'avait changé sur les bords de la Miskiana. Non loin de cette descente abrupte où Koceila s'était fracturé le bras en tombant de cheval, la rivière roulait, large et majestueuse, bordée d'une végétation étonnamment luxuriante pour la saison. A l'approche d'une gorge formée par deux parois, rocheuses hérissées de pics comme des crocs de loup, le lit de la rivière devenait moins profond avant de se rétrécir pour se précipiter en contrebas. L'armée berbère contourna ce passage accidenté afin de se déployer un peu plus loin, dans une étendue légèrement incurvée, recouverte d'une belle herbe verte, drue, tapissée de minuscules fleurs blanches ou violettes. Entourée de collines boisées, cette vallée bordée par la Miskiana paraissait un cirque gigantesque ; on pouvait tout aussi bien s'y sentir à l'abri que menacé par un ennemi qui surgirait soudainement des hauteurs et vous tiendrait à sa merci. Mais grâce à la verdure et la beauté du site, hommes et bêtes éprouvèrent une sensation de bien-être. Seul Issachar en fit le tour d'un œil méfiant et demanda :

– Tu ne trouves pas que c'est un peu enfermé ?

– Tout dépendra de la direction que prendra l'ennemi pour venir nous attaquer, répondit la Kahéna. Ils devront soit tenter de passer la rivière au prix de lourdes pertes, soit arriver par les collines. Si nous sommes prévenus à temps, nous occuperons les hauteurs et nous les mettrons dans la fâcheuse position où tu nous imagines à cet instant même.

Comment savoir où ils vont arriver?

– Bonne question, mon demi. Eh bien, à nous de les attirer par où nous voulons qu'ils viennent. A mon idée, il vaut mieux côté rivière.

– Nous nous retrouverons alors face à face. Ce sera à celui qui résistera le mieux à la tentation de traverser.

– Ils céderont les premiers, car ce sont eux, les attaquants, ils sont venus pour ça. Quant à nous, le temps sera notre allié. Nous tiendrons plus longtemps parce que nous savons toutes les populations de la région avec nous. De plus nous sommes sur notre territoire et nos troupes sont fraîches alors qu'ils sont en route depuis l'égypte.

– C'est bien vu, moitié-pomme, laissons-les venir.

– Il importe maintenant d'envoyer deux bataillons à leur rencontre. Ils se contenteront de se signaler de loin à l'ennemi, s'enfuir pour l'inciter à les poursuivre, recommencer et ainsi de suite, comme font les hyènes pour harceler leur victime, jusqu'à l'attirer sur la berge d'en face.

Elle fit pivoter son cheval pour se tourner vers les deux généraux qui commandaient ses hommes et qui attendaient ses ordres : “Les troupes devront camper assez loin de la rivière. D'autre part, il faut placer des équipes de guetteurs dès que possible sur les collines qui nous entourent”, ajouta-t-elle, pensive tout à coup, comme si elle venait d'y flairer un danger.

Plus tard, à l'instant où le soleil allait disparaître au couchant, à des endroits différents et sur des collines distantes les unes des autres, plusieurs guetteurs aperçurent une femme géante à la peau noire et luisante. Le corps trois fois plus grand que celui d'une femme de taille normale, elle leur apparut presque nue, vêtue d'une minuscule pièce en cuir qui ne cachait que la partie la plus intime de son corps. Ses seins énormes se dressaient en avant, ses lèvres épaisses dessinaient un sourire énigmatique. D'abord surpris, chaque guetteur demeura saisi de frayeur pendant qu'elle le fixait de ses yeux immenses et ronds avec la tranquillité d'une bête souveraine, intriguée, mais nullement inquiète. Puis subitement, tournant le dos, elle s'éloigna en balançant harmonieusement son derrière gigantesque et disparut dans les feuillages des sous bois. Chaque équipe dépêcha son guetteur sur l'instant pour informer les généraux de cette étrange apparition. Le premier arrivé commença le récit de sa rencontre dans un tel état de surexcitation que l'officier qui le reçut s'empressa de vérifier à son haleine s'il avait ou non absorbé quelque plante hallucinogène. Le second arriva, haletant, apparemment commotionné et se mit à raconter dans le désordre ce qu'il avait vu ou pensé en apercevant la géante. En attendant son tour, le troisième, approuvait de la tête pendant que le précédent racontait, confus, son aventure, persuadé que personne ne le croyait. Par solidarité, il intervint plusieurs fois pour venir en aide à son prédécesseur, allant jusqu'à devancer ses propos.

– Mais vous n'êtes pas de la même unité et vous vous trouviez sur deux collines différentes, dit l'officier. Comment peux-tu témoigner, tu étais avec lui?

– Non.

– Donc tu n'as rien vu?

– Si.

– Quoi?

– L'ogresse.

– Tu veux dire la géante?

– J'ai vu exactement la même chose que lui, là où je me trouvais.

– Ah..., se contenta de répondre l'officier, perplexe, lorsqu'un quatrième guetteur se présenta.

– Tu as peut-être aperçu une géante, toi aussi?

– Oui, répondit l'autre, essoufflé; là, sur la colline la plus à l'ouest.

Un autre guetteur arriva tremblant de peur aussitôt après ; ils furent ainsi une douzaine à échanger, entre eux, détails et impressions, au milieu d'un attroupement de curieux qui répandirent la nouvelle dans tout le camp. L'officier, troublé, les invita à le suivre chez les généraux et on les vit s'avancer deux par deux, le torse conquérant, à la fois inquiets et pénétrés du privilège de l'extraordinaire.

Au moment de l'extinction des feux, la nouvelle avait agi comme une drogue dans l'imagination des soldats.

Certains, exaltés par la perspective de les rencontrer, de s'accoupler peut-être avec ces femmes géantes qu'ils imaginaient démesurément sensuelles, envisageaient déjà d'organiser des battues dans les forêts environnantes. D'autres se taisaient, se demandant s'ils n'allaient pas se faire dévorer par ces ogresses au cours d'une corvée d'eau ou de bois. Nombreux enfin étaient ceux qui voyaient là des signes néfastes, comme un avertissement des esprits des lieux, concluant que cette vallée devait être hantée et qu'il valait mieux camper ailleurs.

La nouvelle était déjà sur toutes les lèvres quand elle parvint à la Kahéna, assise sous sa tente, en train de démêler ses longs cheveux.

– Voilà qui va torturer l'imagination des hommes, murmura Aïda en la voyant perplexe.

Alors, plutôt que de s'avouer dépassée devant ce phénomène inexplicable, surnaturel, elle se recoiffa en toute hâte et se précipita dehors où l'attendaient les guetteurs, conduits par les généraux eux-mêmes. Comme s'ils n'étaient victimes que de leur seule ignorance, elle leur fit un merveilleux sourire et leur déclara, avec un aplomb à la fois agacé et moqueur :

– Il s'agit simplement de femmes appartenant à une

tribu nomade qui gardait encore parmi les siens d'anciens esclaves affranchis. Nous les connaissons, elles sont pacifiques et inoffensives. Que nul ne s'avise de les importuner ni même de les aborder.

Un peu plus tard, elle devait avouer à Issachar : “Je ne sais d'où sont sorties ces géantes. Bizarre, tu ne trouves pas? Enfin, cette histoire va occuper les esprits en attendant les Arabes. ” Puis elle ajouta : “Tu devrais tout de même, dès demain matin, prendre quelques hommes sûrs avec toi et explorer les environs. ”

Sous le prétexte d'inspecter les postes des guetteurs, Issachar, accompagné d'Ider, s'éloigna du camp avant le lever du soleil, à la tête d'un escadron de cavaliers. Au-delà des collines, par équipes, ils se livrèrent toute la journée à de minutieuses recherches dans les forêts, les cavernes, observant des traces de pas d'animaux, à l'affût du moindre indice sur les berges de la rivière, comme sur les hauteurs. En fin d'après-midi, attiré par une forte odeur, un homme mit pied à terre pour pénétrer dans une grotte. Tout à coup son cheval hennit, pressentant un danger. L'homme se retourna et vit arriver une femelle ourse qui menaçait de le déchiqueter parce qu'elle voulait rejoindre ses oursons demeurés dans la grotte. Il n'eut que le temps de se hisser sur son cheval qui détalait déjà et poussa un cri, alertant ses compagnons qui revinrent sur leurs pas au galop pour l'écouter, déçus, leur conter sa simple mésaventure.

Ider mit à profit cet incident pour faire savoir aux hommes de son escouade qu'on allait clore les recherches pour cette journée. Puis, pressé par un besoin naturel, il s'éloigna de quelques pas pour se dissimuler dans un sous-bois. Tout en se plaçant sous un arbre, sur un tapis de feuilles mortes épais et humide, il prêtait une oreille amusée aux propos égrillards de ses soldats tout proches. Puis, dans le silence, tout absorbé par cet effort intime, ils se contenta de suivre d'un œil distrait les évolutions d'une grosse mouche bleue. Soudain, il eut le sentiment d'être épié. En scrutant attentivement les feuillages, son regard rencontra tout à coup deux grands yeux immobiles, fixés sur lui avec une telle intensité qu'il se sentit cloué sur place, dans l'incapacité de bouger ou d'appeler à l'aide. Heureusement, quelques feuilles qui frémirent sous l'effet d'un souffle suffirent à briser le charme de cette fascination et à réveiller les réflexes d'Ider. De la position qui était la sienne, il s'arracha du sol comme un oiseau prend son envol et alla heurter à quelques pas une masse humaine dans laquelle il eut l'impression de s'enfoncer. Heureusement, il avait poussé un grand cri en bondissant, car d'énormes bras venaient de se refermer souplement, mais puissamment sur lui. Il se sentit devenir tout petit pendant que sa tête s'engloutissait entre deux seins gigantesques. Tout en retrouvant des sensations de son enfance la plus tendre, il éprouva une ivresse exquise alors qu'il s'asphyxiait. Seules ses jambes qui se débattaient comme les pattes d'un lièvre suspendu par les oreilles, devaient le sauver en attirant l'attention de ses compagnons qui le cherchaient, affolés. Lorsqu'enfin ils cernèrent la géante, elle continua de serrer Ider contre sa poitrine, avec la détermination éhontée d'une voleuse d'enfants. Puis, avec une inexplicable expression de dépit, elle écarta les bras et le laissa choir. Ider s'affaissa, demeura étourdi un bref instant. Après avoir secoué la tête plusieurs fois pour reprendre ses esprits, il se releva pareil à un nain aux pieds de la géante et recula de quelques pas pour la dévisager, les yeux dilatés de stupéfaction. Alors, soudain, elle se résigna à se rendre, redressa la tête et se tint immobile, ne daignant même pas jeter un regard aux lances pointées tout autour de sa taille et qui effleuraient sa chair. Une expression à la fois hautaine et infiniment mélancolique qui ne devait plus jamais la quitter se dessina sur ses traits. Elle se laissa conduire docilement, jusqu'au camp où on l'attacha sous un grand arbre en fleurs, offerte à la curiosité de tous, mais entourée d'une douzaine de soldats chargés de veiller sur elle. Debout, elle était si grande que sa tête frôlait les branches de l'arbre, pourtant bien haut, d'où se détachèrent quelques pétales blancs qui vinrent se fixer sur sa chevelure.

La Kahéna, alertée, accourut aussitôt. Mais en l'apercevant, elle se tint prudemment à distance, jugeant qu'en s'approchant trop près, elle pouvait paraître ridiculement petite. Son regard tendu chercha en vain à rencontrer celui de la géante qui continuait de fixer les collines au loin, avec un mépris impérial. La Kahéna, embarrassée, ordonna qu'on la laissât en paix et se retira, perplexe, secrètement vexée. La géante s'assit et demeura ainsi, tout à coup hagarde comme une bête blessée. Refusant toute nourriture, elle se laissa mourir, au bout du troisième jour, d'un indicible chagrin, plongeant toute la vallée dans une profonde tristesse et le cœur des hommes dans le malaise d'un irréparable malentendu.

La nuit qui s'ensuivit prit une couleur maussade et recouvrit discrètement les champs et les arbres d'où s'échappaient des chauves-souris qui s'engloutissaient dans les ténèbres. Le ciel très sombre se resserrait sur les étoiles, les rendaient minuscules et ternes. Dans le camp, nul ne songeait à s'étonner de ce silence si lourd et chacun crut entendre des plaintes de femmes qui venaient des collines, au loin et qui n'étaient que les longs feulements d'une panthère amoureuse.

– Allons nous coucher, il se fait tard, murmura dans un soupir la Kahéna qui se tenait assise en compagnie d'Aïda à l'entrée de la tente.

Elle se glissa aussitôt sous les couvertures et se demanda quel sens donner à l'apparition de ces géantes noires.

"Je suis sûre qu'elles sont là pour me protéger", pensa-t-elle, se rassurant.

Soudain, prise de vertige, elle vit se succéder des images : Elle était nue sur une jument argentée dans une clairière et se sentait regardée. Plusieurs géantes noires surgissaient alors pour la soulever avec son cheval, la reposer à terre et la soulever à nouveau, dans des éclats de rire moqueurs. Ensuite elle vit une géante tenant Ider par le cou, le brandissant au bout de son bras en lui disant : " Il cherchait à te tuer. " Elle émergea de ses transes en sueur, but un gobelet d'eau et se recoucha, épuisée.

Lorsqu'elle ouvrit les yeux, l'activité du camp avait déjà recommencé; elle reconnut aux bruits et aux exclamations les exercices, l'entraînement et les corvées de toutes sortes qui se répétaient chaque jour.

– Tu m'as laissée dormir trop longtemps, reprocha-t-elle à Aïda.

– Tu devais en avoir bien besoin, c'est toujours ça de pris, et regarde cette belle journée ensoleillée, ajouta-t-elle en dégageant largement l'ouverture de la tente. Il y a sûrement de l'amour et du bonheur dans l'air, ne les fais pas se détourner de toi.

– Que veux-tu dire?

– Que ton regard est terne depuis quelques jours. Des milliers d'hommes sont suspendus à lui. Tout ce que tu voudras leur dire est dans tes yeux, comme la lumière est dans l'émeraude ; elles ne vont pas l'une sans l'autre. Il faut tourner le dos à la tristesse dès le matin. Tu sais, c'est au réveil qu'on reconnaît les femmes heureuses.

– Je n'ai jamais dit que j'étais une femme heureuse.

– Eh bien, fais semblant. Les autres le croient pour toi. Ils se voient sur ton visage, leur moral en dépend.

La Kahéna demeura sans réponse, puis dans un éclat de rire, elle fit signe à Aïda pour l'inviter à s'asseoir près d'elle.

– Je ne t'en veux pas de me parler ainsi. Chaque mois, c'est pareil, au moment des règles.

Aïda lui passa la main dans les cheveux affectueusement tandis que la Kahéna poursuivait :

– La première fois que je les ai eues, elles étaient déjà précédées de vertiges et de visions. Depuis, on dirait que mes prémonitions s'y donnent rendez-vous. Enfin, tout va beaucoup mieux. Je sais qu'Ider a envie de me tuer.

– Voilà qui ne m'étonne pas.

C'est au cours de cette même belle matinée que des messagers arrivèrent pour annoncer que les Arabes n'étaient plus qu'à huit ou neuf jours de la Miskiana. Malgré la grande agitation. que la nouvelle avait provoquée, en faisant la tournée de ses unités, la Kahéna sentit chez ses hommes une certaine lassitude.

– J'ai trouvé nos soldats un peu tristes, Aïda, dit-elle en revenant. Pourtant j'en avais de la gaieté dans l'œil ; vraie ou fausse, j'en ai mis beaucoup pour suivre tes conseils.

– Ou ils n'ont pas envie de mourir, ou ça fait trop longtemps qu'ils sont loin de chez eux, marmonna ironiquement Issachar. Ils pensaient peut-être que cette géante allait pouvoir les contenter tous.

Aïda le regarda sans comprendre et maugréa :

– A part l'absence de femmes, je ne vois rien d'autre qui puisse attrister les hommes, surtout à l'approche des grands moments de la vie.

– Faisons venir des jeunes filles et des femmes de toute la région. Nous ferons une belle fête ; elles danseront et les hommes croiront qu'elles leur appartiennent.

– Tu verras, dit Aïda, à la seule vue des femmes, ils seront transformés.

– Vous avez bien raison, approuva Issachar en riant, c'est ce qui fait courir le monde – soldats, prêtres, sorciers et savants, bergers, riches ou pauvres –.

– Les prêtres? Tout de même, ironisa la Kahéna.

– Ils courent aussi, souvent pour fuir la chose, ce qui revient au même, on court.

– Nous, les femmes nous savons bien tout cela. Heureusement certains hommes s'en doutent aussi.

– Ceux-là sont les plus faciles à vivre ; parce que les ignorants dans ce domaine, comme dans d'autres, sont les plus dangereux.

Il se tut, fit une moue et se gratta la tête en se moquant de son propre discours. Les deux femmes se regardèrent et éclatèrent d'un grand rire.

Trois jours plus tard, de nombreuses délégations de jeunes filles et de femmes répondaient fièrement à l'invitation de la Kahéna qui les reçut, solennelle, parée de sa cuirasse et de son casque d'or. Comme elles arrivaient déjà préparées pour la fête, somptueusement habillées, couvertes de beaux bijoux, chargées de victuailles et de présents, on fit évacuer le centre du campement afin de les y installer et l'on mit à leur disposition un grand nombre de volontaires pour les corvées d'eau et de bois, pour dresser leurs tentes et veiller attentivement sur elles. Vers le milieu de l'après-midi, de grands feux crépitaient déjà pendant que des hommes achevaient de dépecer des bêtes par centaines et les répartissaient entre les régiments. Dans le même temps, des soldats distribuaient des fruits secs chargés au dos de mulets et de chameaux. Tout autour de la vallée, chaque unité devait aménager près de son campement un grand cercle pour y recevoir sa part « d'invitées ».

Partout à la fois les hommes s'activaient gaiement et s'adressaient des plaisanteries. En fait, chacun dissimulait l'émotion que venait de susciter la présence de toutes ces femmes dans cette vallée qui porterait, dès ce jour-là, et jusqu'à des temps proches de nous, le nom de « Vallée des Vierges ».

Ici on préparait un emplacement pour accueillir les musiciennes, là on tassait le sol pour les danseuses pendant que, tout autour, on disposait les perches où seraient suspendues les torches. Entre les grandes broches où rôtissaient des bœufs entiers, s'entassaient des outres remplies d'eau fraîche, légèrement mélangée de robb, " juste de quoi en évoquer le goût, sans en provoquer les effets ", avait dit la Kahéna.

Dès qu'ils s'acquittaient d'une tâche ou d'une corvée, les hommes couraient se laver à la rivière et revenaient vêtus de linge propre pour s'asseoir et bavarder entre eux, tournés vers le couchant où le soleil incendiait les bois au-dessus des collines. Peu à peu les préparatifs s'achevèrent à la ronde et un silence impatient s'empara de la vallée qui n'attendait plus que la fête elle-même, comme on s'agace du retard d'un visiteur prestigieux.

Tout à coup, on entendit sonner les cornes de bélier. Les torches s'allumèrent aussitôt dans chaque campement où les soldats devaient former de longues haies d'honneur pour accueillir, dans un tumulte de cris et de sifflements, leur cortège d'invitées.

Accompagnées par des officiers, les jeunes femmes se déployèrent autour des feux pour inaugurer le repas, offrant aux soldats qui se pressaient comme des enfants, des lamelles de viande croustillante et des poignées de fruits secs. Pas le moindre geste déplacé. Les plus timides les remerciaient d'un rire un peu sot. Les plus hardis tournaient un petit compliment qui leur attirait un beau sourire, et repartaient comblés, sous l'œil admiratif de leurs compagnons, pour se servir une rasade d'eau et de robb.

Avant de passer à la seconde partie de la fête, chaque régiment devait attendre la visite de la Kahéna.

Dès qu'elle arrivait, elle prononçait un bref discours qui enflammait les cœurs et donnait à cette nuit un sens magique.

– Guerriers berbères, voici près de vous celles qui seront vos femmes, celles de vos fils peut-être, les mères de vos enfants ou petits-enfants, l'avenir de notre peuple. Elles sont venues pour vous dire : “ Protégez-nous, ne laissez pas l’envahisseur tuer nos enfants, nos hommes, et faire de nous leurs esclaves. ” Et moi, je leur réponds en votre nom : “ Comptez sur nous. Nous vaincrons et l’ennemi sera chassé à jamais de notre pays. Que la fête continue dans la joie et la fraternité ! ”

De cercle en cercle, ces mêmes paroles se répétaient en écho, soulevant les mêmes vagues d’acclamations qui roulaient et se liaient entre elles pour se répandre dans la vallée. Peu après, dans le silence, les musiciennes se placèrent au centre de chaque cercle. Elles attaquèrent les premières notes d’un air connu, généralement joué dans les mariages, que tous se mirent à fredonner dans un bourdonnement obsédant. Au milieu de l’immense rumeur, on entendit se détacher peu à peu des tambours et des terbougas. Tels des galops lointains, leurs rythmes se rapprochèrent de plus en plus et remplirent l’espace tout en se répétant frénétiquement, au point qu’on aurait pu croire qu’ils retenaient le cours du temps.

Les cœurs battaient. Les tambours ne s’accordèrent aucun répit. Des cris jaillirent dans la nuit et toutes les femmes vêtues de blanc commencèrent à danser à la lueur des torches, comme des papillons autour d’une flamme. Les hommes enivrés par le seul parfum de la torba se contentèrent d’écarquiller les yeux devant ces femmes qui pourtant leur appartenaient, mais demeuraient intouchables. Ils devaient croire qu’ils rêvaient : Les femmes dansaient, leur corps se frôlait et leurs ombres s’épousaient. Alors n’y tenant plus, des hommes se mirent à danser par petits groupes. Ils piétinaient le sol puis bondissaient les uns autour des autres, comme s’ils possédaient des ailes. Leur ardeur se communiquait à celle des femmes qui accéléraient les rythmes et les chants de cette nuit d’espérance où les étoiles distillèrent un désir fou d’aimer et de vivre.

XV

Ainsi que la Kahéna l'avait prévu, l'armée arabe attirée par ses cavaliers se présenta du bon côté de la Miskiana. Après une évaluation minutieuse de la situation, le général el-Ghassani devait expliquer à ses officiers :

– C'est sur cette rivière qui nous sépare que la partie va se jouer. De part et d'autre, ceux qui essaieront les premiers de la traverser se retrouveront dans l'eau jusqu'aux ventres de leurs chevaux et se feront massacrer. Pour l'instant il faut nous organiser comme pour tenir un siège et nous avons de quoi le tenir bien plus longtemps que la sorcière ne l'imagine.

– Elle pense peut-être la même chose. Alors cela pourrait être long, hasarda un officier.

– Certes, lui répondit le général, mais nous allons trouver la solution. En attendant, veillez à ne pas nous laisser surprendre et disposez vos hommes hors de portée des tirs de leurs archers.

Les officiers se retirèrent en silence.

– Cette position ne me dit rien qui vaille. C'est un piège. El-Ghassani continue de vouloir faire la guerre sur des sautes d'humeur, murmura Médaoui dans un sifflement, le souffle raccourci par la colère. Ses compagnons tendirent l'oreille. Et il ajouta : " Nous ne sommes pas venus de si loin dans le seul but d'affronter cette juive. Laissons-la où elle est. Poursuivons notre avance, elle sera bien obligée de quitter cette cuvette pour nous courir après. Alors il nous suffira de faire volte-face pour l'écraser avec nos troupes qui sont plus importantes. "

Ils se contentèrent d'opiner de la tête, puis se dispersèrent, étonnés tout de même par ce ton volontairement public de la part d'un homme aussi rusé, qui s'entourait habituellement de la plus grande discrétion. Médaoui, soudainement pris d'inspiration, n'écoutait plus que ce " génie des circonstances " qui est le seul à savoir qu'il vous pousse à la gloire ou à la perte. A partir des événements qui se présentaient, il installait déjà les conditions pour parvenir à ses fins. Selon le moment il laissait s'échapper un commentaire dont il savait qu'il ne tarderait pas à parvenir aux oreilles du général : " L'entêtement d'el-Ghassani va coûter la vie à beaucoup trop de nos frères. S'il ne compte pas l'attaquer tout de suite qu'attend-il? Pourquoi nous enfermer ici? Si des Berbères arrivent dans notre dos nous serons pris en étau et tous massacrés. " Médaoui voulait précipiter les choses pour mettre son plan à exécution. Il savait bien que le général, excédé, était acculé au combat, prisonnier de ses dernières déclarations :

" Je suis impatient de rencontrer cette horde de Berbères pour les anéantir. Sans eux la population ne demanderait pas mieux que d'appartenir au monde des vrais croyants. Voyez à Kairouan. Nous ne serons tranquilles que lorsque j'aurai expédié au Khalife, enfermée dans une cage jusqu'à Bagdad, cette sorcière qui se trouve à leur tête. "

Médaoui savait aussi que le mythe de cette Kahéna s'était installé parmi les troupes au point de devenir une obsession, l'unique objet de la conquête. Il est vrai que l'imagination des soldats arabes ne tarissait plus à propos d'elle : " Sa beauté est telle qu'à la regarder trop longtemps, des hommes sont demeurés hébétés plusieurs jours. Certains ont même perdu la raison. » « Elle fait assassiner ses amants aussitôt après leur avoir accordé ses faveurs. » « T'approcher d'elle à moins de quatre pas te laisse ensorcelé pour la vie. Après tu ne pourras plus toucher le corps d'une femme sans que le souvenir de la Kahéna ne captive tout ton esprit pour te réduire à l'impuissance. » « L'homme qui couche avec elle entre dans un affreux état d'excitation, pris dans un vertige de désir et d'érection, comme une soif inextinguible qui ne cesse que lorsqu'il rend l'âme, épuisé. Au petit matin, quand elle ne le jette pas aux fauves qu'elle garde dans sa chambre, il finit dans une fosse remplie de chaux où son corps se dissout. »

Chacun y allait de sa petite extravagance : « Elle s'accouple avec son cheval », chuchotait à qui voulait lui prêter l'oreille, un homme timide et pourtant pieux, tout en caressant sa barbe, d'un air gêné. Un autre, au regard lointain, affirmait : « Elle prend ta main, se concentre et devine toute ta vie, même tes secrets les plus intimes, sans jamais se tromper. »

Quant aux femmes berbères et roums, faites prisonnières dans les régions de Carthage et de Tunis, elles attisaient les divagations et en rajoutaient, pour le seul plaisir d'impressionner les soldats de l'envahisseur. Certaines devaient s'imaginer dans le rôle de cette guerrière et amante prodigieuse qui fascinait, tout en les terrorisant, ces hommes dont elles étaient les captives. Même des officiers rapportaient de Kairouan que la Kahéna possédait un casque, un bouclier et une cuirasse en or qui éblouissaient quiconque s'approchait d'elle. D'autres ajoutaient : « Elle manie le sabre avec une telle adresse qu'elle fait tomber les têtes au milieu de ses attaquants, comme si d'un fouet elle décapitait des marguerites au milieu d'un champ. Elle pousse des cris si féroces en attaquant ses ennemis qu'ils demeurent paralysés et se laissent trancher la gorge. »

Voilà pourquoi le général el-Ghassani ne pouvait se permettre d'attendre plus longtemps. Alors que toute hésitation de sa part pouvait entacher son prestige, un affrontement immédiat, même au prix de sacrifices, allait non seulement lui permettre d'en finir avec cette Kahéna qui barrait la route à sa gloire, mais aussi de créer la confusion dont il avait besoin pour se débarrasser enfin de ce Médaoui qui devenait un danger imminent pour la conquête même. "Je n'ai pas d'autre issue que la victoire, se disait-il, puisqu'en cas de défaite, Médaoui se trouvera bien des complices pour m'éliminer afin de prendre simplement ma place et transformer notre armée en horde de pillards. "

Pendant que ses régiments s'installaient, le général parcourait à cheval, dans tous les sens, ce qui allait devenir cet immense camp, placé en face des troupes de la Kahéna. Qu'importe, il savait par expérience qu'il vaut mieux se rapprocher de l'ennemi que de s'en éloigner ; on peut mieux le surveiller. Il ordonna à ses charpentiers d'élever sur-le-champ, camouflé dans un petit bois, un échafaudage pour lui servir de poste d'observation. A peine l'eurent-ils achevé qu'il escalada les barreaux de la longue échelle pour se tenir au sommet, sur la petite plate-forme, en compagnie des guetteurs qui allaient se relayer jour et nuit. Tout en se torturant l'imagination pour trouver un plan d'attaque, il demeurait là, contemplant sans cesse le camp d'en face, dans l'espoir secret d'y deviner " sa silhouette ", obligeant ses officiers à grimper jusqu'à lui pour recevoir ses ordres ou lui soumettre leurs suggestions. C'est seulement vers le milieu de la nuit, lorsque tout sembla parfaitement calme qu'il consentit, sur l'insistance de Khalid, lui-même épuisé, à prendre quelques instants de repos. Les guetteurs les entendirent alors se diriger à pas feutrés vers leurs tentes dressées tout à proximité. Des coassements lointains parvinrent de la Miskiana et la campagne se remplit de la respiration inquiète, lourde et bestiale, de milliers d'hommes endormis.

Irritable et anxieux, depuis déjà quelque temps, il ne se séparait plus de Khalid. Il lui confiait de nombreuses missions et s'impatientait de son retour pour se tenir informé. Parfois il l'attentait jusque très tard même dans la nuit. Khalid le trouvait allongé. Le visage du général s'éclairait d'un beau sourire, il l'écoutait attentivement et s'assoupissait enfin comme un enfant réconforté. Khalid s'éclipsait alors furtivement pour regagner sa tente qui jouxtait celle du général et où l'attendait Zina, dans l'obscurité, silencieuse, aux aguets. Avant même d'allumer une petite lampe, ils se serraient dans les bras l'un de l'autre et s'embrassaient avec une tendresse muette d'espoir. A la lueur tremblante d'une flamme minuscule, Khalid dévorait en hâte son repas pendant qu'ils se dévisageaient en souriant, étonnés, témoins émerveillés de leur propre amour. Ensuite Khalid devait s'assurer une dernière fois de la présence de ces hommes de confiance qu'il plaçait chaque soir à la tête des équipes de garde qui veillaient sur la tente du général.

– Je ne sais pas ce qui me prend, Khalid, lui avait-il confié quelques semaines auparavant. Il y a des moments où une absurde et terrible angoisse s'empare de moi, surtout la nuit. J'ai l'impression qu'on cherchera à me faire assassiner par ceux-là même chargés d'assurer ma garde.

– Cela n'a rien d'absurde et c'est très bien d'y avoir pensé. Je vais m'occuper de mettre en place nos hommes les plus sûrs. Désormais tu pourras dormir tranquille. Je suis là.

– Je sais, Khalid, s'était-il contenté de répondre.

Leurs regards avaient pudiquement évité de se croiser. Depuis un certain temps déjà, le général s'était mis à ressentir un terrible et impérieux besoin de la présence de Khalid, telle l'exigence d'un père tyrannique pour le fils qu'il voudrait voir lui succéder. Quant à Khalid, il n'avait guère le choix. Tout en lui manifestant un dévouement sincère, il continuait à nourrir l'espoir du miracle qui mettrait un terme à sa servitude, comme à celle de Zina. Il savait qu'il était l'ultime débris d'un rêve qu'elle préservait secrètement pour survivre. Quant à lui, jamais personne ne l'avait entouré d'une telle tendresse ; il avait peur pour elle et cette fragilité des choses demeurait en lui comme une faim insatisfaite qui s'estompait pour revenir, subite.

Sans toutefois mesurer la violence de cette passion, Hassan l'observait d'un œil à la fois paternel et ironique, loin d'imaginer la tendresse qui se tissait de leurs baisers et de leurs chuchotements au fil des nuits.

Pour l'instant, c'est à une partie de bras de fer avec le destin même qu'il lui fallait se consacrer. Le lendemain de son arrivée à la Miskiana, il se leva plus tôt que prévu et avant d'escalader la longue échelle de l'échafaudage, il pria Khalid de demander au commandant Aziz, responsable du génie, de le rejoindre d'urgence sur la plate-forme en compagnie d'un maître charpentier.

– Voilà, dit-il, dès qu'ils furent devant lui, il nous faut trouver le moyen de faire traverser cette rivière à nos cavaliers, sans le moindre obstacle qui ralentirait leur course afin de déborder l'ennemi aussi vite que possible. J'ai pensé que vous pourriez cons-truire trois ou quatre barges qui, amarrées l'une à l'autre, formeraient un pont.

Ils opinèrent d'un hochement de tête et il poursuivit :

– Il faudra les concevoir bien robustes pour supporter le poids des hommes et des chevaux, légères pour être transportées facilement la nuit et déjà prêtes avec leurs cordages pour être amarrées en un rien de temps. Pensez-vous que ce soit réalisable très vite?

Le commandant Aziz se tourna vers le maître-charpentier qui répondit :

– Aussi vite que possible. Mais il nous faudra deux journées au moins.

– Faites au mieux, dit le général. L'ennemi nous surveille, camouflez-vous dans la petite forêt la plus proche de la berge, mais qu'on ne s'aperçoive même pas que vous abattez un arbre.

Pendant que les charpentiers chargés de cons-truire les barges s'activent autour des châssis pareils à des fourmis autour de cadavres de scarabées, les autres soldats achèvent d'installer leur campement. C'est leur première journée de répit depuis le départ de cette course belliqueuse, harassante, décidée à Kairouan. Maintenant que l'ennemi est si près, qu'on le voit, qu'il attend aussi, on dirait une trêve.

Près de la berge, les unités de garde relèvent les sentinelles postées depuis la veille, une tous les dix pas, derrière les arbres qui bordent la rivière. A l'arrière, on soigne les chevaux, on égorge chèvres et moutons ; le premier ennemi de l'homme, c'est l'exigence de sa faim.

Dans le camp des Berbères, les hommes semblent également se livrer à des occupations ordinaires. On y voit s'élever des fumées ; eux aussi vont prendre des forces. Au sommet des collines et sur le bord de la rivière, des patrouillent se relaient de temps à autre. Mais dans l'après-midi, un calme surprenant s'empare du campement. Qui pourrait penser qu'ils dorment, les Berbères? Ils se préparent pour la nuit. Les Arabes, intrigués, se mettent en état d'alerte, par principe, sans une réelle conviction de danger et tout en maugréant. La chaleur accable, les chants des cigales sont si denses et si persistants que l'air s'immobilise tout au long de cette journée qui s'écoule dans l'hébétude. Voilà qu'à la nuit tombée, ces maudits Berbères s'animent tout à coup. Des flammes s'élèvent en de nombreux endroits de leur camp. On voit des hommes s'agglutiner autour des feux. Les guetteurs arabes croient comprendre qu'il s'agit d'une fête ; d'ailleurs on entend peu à peu des chants qu'accompagnent des battements de main et de terbougas. Puis on les voit danser ; sûrement quelque cérémonie païenne. " En tout cas, il ne saurait s'agir d'une opération de diversion, pense le général, l'idée ne de leur viendrait tout de même pas de nous attaquer dans l'obscurité, ils n'y verraient pas plus que nous. "

– Peut-être sont-ils en train de lever le camp, avance un officier.

– Alors ils ne perdront rien pour attendre, nous les aurons un peu plus loin, répond le général, réjoui de cette perspective qui le sortirait de l'impasse où il se trouve. La tension se prolonge quelques instants, puis chacun se résigne à attendre.

Pendant que la fête se poursuit et retient l'attention de ses ennemis, la Kahéna s'éloigne à la tête d'une longue file de soldats. Elle se dirige comme en plein jour à travers les arbres et les buissons, contourne une colline pour atteindre une demi-lieue plus loin cette gorge en amont où s'étrangle la rivière. Aussitôt arrivés, les soldats s'éparpillent comme un vol d'étourneaux sur un champ de blé et se mettent à ramasser de grosses pierres. Ensuite, ils forment des chaînes pour se les passer de l'un à l'autre, jusqu'à la berge. Là, plusieurs hommes trient les pierres que d'autres font couler adroitement dans la rivière. Tout se déroule dans un silence absolu. On distingue à peine les formes humaines qui avancent avec précaution, avec des gestes si lents, que par instants, au milieu des ténèbres, on croirait voir une procession de fantômes déménageant les tombes d'un grand cimetière. Les pierres s'entassent dans le fond de la gorge, des hommes creusent des rigoles, d'autres élèvent de petites digues sur les indications de trois officiers qui, ne pouvant crier ordres ni insultes, s'exaspèrent en silence. La Kahéna s'inquiète. Un des officiers la rassure. Enfin elle se décide à retourner au camp où se poursuit la simulation de la fête et où l'attendent à présent, dans l'obscurité, ses milliers de cavaliers immobiles sur leur montures. Elle les passe en revue et répète inlassablement la phrase qui doit leur porter chance, en l'accompagnant d'un même geste solennel, le bras levé comme pour les bénir. Dans un même souffle de violence contenue, comme des paroles de feu, chaque rang murmure en chœur : " Nous vaincrons. "

Ils vibrent d'impatience et l'ardeur de leurs chevaux est telle qu'ils en tremblent. La nuit se déchire par endroits pour laisser entrevoir leurs silhouettes hérissées de lances. Sur la berge, dissimulé derrière un buisson, à plat ventre, Issachar surveille attenti-vement le niveau de l'eau qui continue à baisser, au point qu'on distingue les cailloux blancs qui couvrent le lit de la rivière. A côté de lui, se trouve Ider que la Kahéna a nommé à la tête des éclaireurs deux jours auparavant.

– A deux jours de la bataille, c'est carrément une nomination posthume, avait ironisé Issachar.

– Je lui devais bien ça, avait répondu la Kahéna. J'espère seulement qu'il aura le bon goût de se faire tuer avant de songer à passer à l'ennemi, maintenant qu'il est monté en grade il pourrait bien perdre la tête.

– Cela prouverait au moins qu'il en avait une, répondit Issachar. Mais alors, pourquoi l'as-tu nommé ?

– Pour lui faire croire que je ne me doute de rien. mais surtout pour me mettre hors de soupçon, même à mes propres yeux, en l'envoyant en première ligne, les choses se feront d'elles-mêmes.

– Et si la chance est avec lui?

– Elle l'a lâché, on le sent. Quoi qu'il en soit, je ne veux plus d'un serpent sous ma tente.

– Il n'y est plus très souvent, même plus du tout depuis...

– Précisément, il y pense tellement que je suis convaincue qu'il essaiera de me tuer ou de me trahir.

– Qu'est-ce que tu lui conseilles? plaisanta Issachar, cependant peiné amèrement.

– De mourir. Après tout, il n'y a pas de meilleure fin pour un soldat.

Sans pour autant se laisser convaincre que le malheureux Ider était devenu un chien enragé, Issachar ne le quittait plus d'un pas, s'arrangeant à tout moment pour le retenir ou l'intéresser aux préparatifs de l'attaque. Cela avait-il éveillé la méfiance d'Ider? En tout cas, il se montrerait plus dévoué que jamais et accepterait fièrement de conduire l'escadron de cavaliers qui franchiront les premiers la Miskiana.

Mais à présent qu'ils sont là, coude à coude, à plat ventre sur l'herbe mouillée de rosée, ils pressentent l'un et l'autre que leurs destins vont se séparer pour toujours dans quelques secondes à peine. Alors Issachar et Ider se taisent, comme si la fatalité venait de leur jeter un sort qui les hypnotise. Le lit de la rivière est presque à sec maintenant. Des crapauds s'en indignent, coassent et sautent de caillou en caillou tout en maudissant cette aube indécise. Un vol de canards s'élève lourdement des roseaux en criant vers le point du jour, et juste à cet instant Issachar sent son cœur et ses tempes battre à se rompre. Sa gorge se noue à l'idée de donner le signal d'attaquer, à l'idée que d'un seul coup de coude à Ider, il va déclencher un immense malheur. Des hommes qui, pris chacun séparément, ont amour, femme, mère, enfants, mille raisons d'espérer et de désirer, des hommes qui ne se sont jamais vus, vont sauvagement s'étriper, se décapiter, avant de s'entasser morts les uns sur les autres pour couvrir de leurs cadavres toute cette belle étendue de verdure. Que périsse le monde! Et de son coude Issachar heurte celui d'Ider qui bondit et s'élance vers les cavaliers qui l'attendent en retrait, au milieu du camp. En tête, pied à terre, un soldat retient fortement un cheval noir qu'Ider enfourche. Il reprend son souffle, bombe le torse et brandit la lance qu'on vient de lui tendre. Son cheval se cabre et tous les autres chevaux ont senti que le moment crucial est arrivé. On sent vibrer leurs muscles et leur encolure s'arrondit sous la pression des mains qui les retiennent ; leurs naseaux frémissent ; on dirait de la colère. Alors Ider talonne en lançant un cri qui déchire l'air " A nous, Berbères ". Derrière lui, quatre par quatre, ses cavaliers s'arrachent à la terre que l'on sent tendue comme une peau de tambour ; elle les fait rebondir et amplifie derrière eux le martèlement de leur galop jusqu'aux sabots des autres chevaux piaffant qui s'élancent à leur tour. Les premiers ne sont plus qu'à quelques foulées de la rivière ; ils l'appréhendent, marquent une imperceptible hésitation, les oreilles dressées, puis tournent légèrement la tête de côté, un œil sévère scrutant devant eux, l'autre attentif à la moindre volonté de leur cavalier. Celui-ci voudrait-il plus encore et aller plus loin? Alors ils accélèrent, et dans leur galop, on croirait qu'ils ricochent sur les cailloux pour arriver sur l'autre berge et foncer le poitrail en avant, possédés par la frénésie humaine de dévaster la terre et de répandre la mort.

C'est un torrent de chevaux qui s'engouffre à présent par cette brèche géante sur la berge ennemie bordée d'arbres et de hautes herbes. Les sentinelles arabes qui forment un long cordon, se trouvent prises entre la rivière et les assaillants qui les remarquent à peine. Mais elles ont déjà donné l'alerte et leur général, de son perchoir, hurle des ordres. Ses bataillons de fantassins s'avancent lentement, en rangs serrés, et forment un large rempart entre lui et les Berbères. Barrages et digues ont cédé entre temps ; les soldats de la Kahéna tentent péniblement de franchir les flots devenus rageurs de la Miskiana qui vient jalousement de reconquérir son cours. Vague par vague, les chevaux avancent péniblement, en travers du courant, en se serrant les uns contre les autres. Ils se gênent, s'écroulent, se relèvent. Par moment, une flèche décochée par une sentinelle transperce un cavalier qui tombe à l'eau, allégeant son cheval qui se cabre en soufflant, désemparé. Vers le milieu du camp, les cavaliers berbères se rassemblent en ligne, face à la masse des fantassins arabes. La Kahéna, tout à coup inspirée, ordonne à ses cavaliers de se redéployer pour former un immense triangle ; elle se place elle-même à sa pointe et crie : " A nous, Berbères, en avant! "

Au galop, mais en ordre parfait, l'immense triangle s'avance tel un soc gigantesque et pénètre puissamment la masse humaine. Les guerriers de tête ouvrent la voie, les suivants taillent à coups de sabres les haies de soldats. Des rangs arabes jaillissent des cris de " Allahu-Akbar "en même temps que des lances sur lesquelles viennent s'empaler des cavaliers berbères. Dans leur désespoir les fantassins transpercent les flancs des chevaux qui viennent les écraser. Les cadavres s'entassent et s'enchevêtrent ; la mort bestiale exhale le souffle rauque d'une gigantesque douleur. La mort court orgueilleuse et vaine, fervente, sauvage et aveugle, parmi ces hommes qui tuent ou meurent sans même voir passer pour la dernière fois sur leurs visages, les masques des enfants qu'ils ont été.

La Kahéna et Issachar avancent à coups de sabre au milieu des cohortes d'attaquants et de fuyards. Des yeux émerveillés se fixent sur elle en prononçant son nom. Certains, éblouis, se fermeront pour toujours. Des soldats s'enfuient, terrifiés ; ils diront que c'est une sainte, peut-être, patronne de toutes les femmes, maîtresse de tous les hommes, que Dieu l'a ainsi voulue et la protège ; qu'elle est l'alliée ou la sœur ou la fille du diable ;

pour ceux-là, la guerre n'aura plus de sens. Les Berbères avancent. La foule encore dense des fantassins arabes recule, houleuse, coupée en deux par cette brèche qui ne cesse de s'élargir pendant que se poursuit le massacre. De son perchoir, le général el-Ghassani donne des ordres de repli. Il ne veut pas jeter sa cavalerie dans la bataille. Elle serait prise entre cavaliers et fantassins berbères ; que deviendrait-il sans elle? Elle seule pourra garantir une issue honorable à cette défaite. Alors il lui ordonne de battre en retraite en direction de Kairouan, et ne garde près de lui que six de ses unités qu'il se résigne à sacrifier s'il le faut pour se dégager de ce piège. Et il pense, le général : " C'est le moment. " D'abord il fait signe à deux hommes de sa garde qui s'éloignent au galop et tout se déroule implacablement comme il l'avait prévu. Médaoui est avisé que le " chef " veut lui parler d'urgence. A peine est-il entré dans la tente où il se croit attendu que les deux hommes l'immobilisent, lui tranchent la gorge et l'enroulent dans une couverture. De l'entrée de la tente, l'un d'eux lève le bras comme convenu. Le général descend de son perchoir pour s'assurer par lui-même que son ennemi est bel et bien mort et, d'un geste dédaigneux, leur indique qu'ils peuvent le jeter dans la forêt.

De son côté, la Kahéna tente d'opérer la jonction avec ses soldats qui ont traversé en amont. Mais la terre se dépeuple sous ses pas, l'armée ennemie est en déroute ; elle n'en croit pas ses yeux et se tourne vers Issachar qui prononce sans la regarder :

– Ils fuient. Ils ont perdu.

– Mais nous n'avons pas encore gagné. Ils n'en finiront plus de fuir maintenant.

– Ni nous de les poursuivre, je présume. Tu voudrais peut-être que je te pose la question " jusqu'où ? "

– Puisque tu connais la réponse.

Pendant qu'ils se sourient, les yeux luisants d'émotion, l'horreur se poursuit ici ou là, tissée de mille drames, en mille endroits de l'immense champ de bataille. Des hommes, préparés à cette fatalité qui les conduit à s'entre-tuer, continuent d'accomplir leur dévolu alors qu'à leurs pieds agonisent d'autres de leurs semblables, les yeux tendus vers le ciel que les corbeaux parsèment de milliers d'étoiles noires.

Afin de couvrir la retraite de ses sentinelles négligées le long de la berge, un jeune officier arabe entraîne derrière lui deux unités de cavalerie. Des combats s'engagent au bord de la Miskiana qui emporte dans ses tourbillons, rouges de sang, des cadavres pêle-mêle d'Arabes et de Berbères.

Ider est d'une violence furieuse depuis le début des combats. On ne sait quel désespoir héroïque, quelle soif de gloire guident l'audace de son bras et lui inspirent les actions les plus téméraires. En poursuivant des fuyards près d'une forêt, il est intrigué par un échafaudage qu'il vient de distinguer de loin et comprend qu'il peut s'agir du quartier général de l'ennemi. Veut-il trahir? Peut-être aussi que la nomination dont l'a gratifié la Kahéna lui laisse penser que c'est la fin de sa disgrâce ; alors Ider veut se distinguer plus encore et décide de capturer le chef des Arabes. Il fait signe à ses hommes de l'attendre, s'aventure discrètement dans la petite forêt avec trois d'entre eux, mais un peu trop vite. Soudain ils se retrouvent dans une clairière, cernés par des cavaliers que commande Khalid. Ider et ses compagnons lèvent les bras et se rendent. On ne sait quelle arrière-pensée décide Khalid à les épargner en les faisant seulement attacher à des arbres avant de repartir en toute hâte. Pour ses trois compagnons, c'était comme si la vie elle-même venait de leur tourner le dos. Ils resteront là, attachés, dédaignés même par les chacals qui auront trop à faire au cours des nuits qui vont suivre. Quant à Ider, le hasard le désignera au général el-Ghassani qui, au moment même de prendre la fuite, se ravise et décide de l'emmener comme prisonnier.

C'est la débâcle, Khalid le sait et son cœur se serre quand il pense à Zina. Il a dit au général, un instant auparavant : “ Ne la laisse pas. ” Le général a consenti d'un hochement de tête. Khalid le connaît, il a vu à son expression qu'il n'abandonnerait pas Zina. Il galope éperdument jusqu'à la rivière lorsqu'il est soudain intercepté par des hommes qui se détachent de la colonne que conduisent la Kahéna et Issachar. Il se tourne vers ses compagnons, leur dit de jeter leurs armes et donne l'exemple en levant les bras pour se rendre. Les cavaliers berbères ont reçu l'ordre de les faire prisonniers et les entourent. A présent que la défaite est achevée pour les uns et que la victoire se lève pour les autres, ils prennent le temps de se regarder pour se découvrir un visage, des traits, plissés ou distendus par cet indéfinissable sentiment d'interrogation et de honte qu'éprouvent face à face, les hommes, après une bataille. Les uns et les autres ressentent une brève mais bien amère tristesse. Khalid et ses compagnons se tiennent, immobiles, accablés sous le poids de la fatalité. Mais lorsque la Kahéna apparaît devant eux, tous redressent les épaules dans un élan de dignité, plissant légèrement les paupières, éblouis. Elle les dévisage un à un en les passant en revue, puis ses yeux s'arrêtent et se fixent sur ceux de Khalid. Elle murmure : “ Qu'il est beau, celui-là. ” Et lui, se croit dans un mauvais rêve. A la fois fier, honteux, désespéré et heureux, il se débat dans le regard de la Kahéna, pris comme une mouche dans le miel.

XVI

L'ARMÉE du général el-Ghassani n'est pas complètement défaite, elle est désarticulée. Dans sa déroute, elle s'est coupée d'une partie de son arrière-garde, renonçant à son intendance, à l'important butin accumulé et aux captives. Quant à ses fantassins, ils fuient sur les traces de la cavalerie, effarés, n'en croyant pas leur chance d'avoir échappé à la mort. Ils ont entendu dire que la Kahéna ne cherche pas à les décimer, mais seulement à les chasser du pays.

L'armée berbère, elle, se fait acclamer sur son passage tout en pourchassant ses ennemis, sans engager pour autant d'inutiles affrontements. A présent que la victoire lui appartient, elle avance lentement tout en poussant devant elle des cohortes de prisonniers, pareils à des troupeaux hagards pourchassés par une immense crue.

Le général vient de prendre la mesure de ce pays dont il savait pourtant qu'il avait englouti les armées de ses prédécesseurs et entraîne ses cavaliers sans reprendre souffle, vers la route du Caire. Il compte y constituer une armée suffisamment puissante en nombre et en armes pour écraser à jamais cette Kahéna qui vient de briser le succès de sa conquête, qui l'a humilié et qui est encore à ses trousses. De Kairouan où il fait une halte très brève, juste le temps de se désaltérer un peu, il dépêche six de ses meilleurs cavaliers pour porter jusqu'à Bagdad une lettre au Khalife, l'informant de la situation, de ses intentions. Le Khalife dont l'autorité se lézardait à cause de dissensions dans son entourage, ne voudra pas entendre parler d'un éventuel retour de son armée vaincue par cette juive, sorcière ou prophétesse, dont il ne soupçonnait même pas l'existence jusqu'à ce jour. Dans sa crainte de voir ses adversaires tirer profit de cette défaite, il leur en évitera le spectacle. Il dicte sur-le-champ une missive, intimant à ses messagers l'ordre de voler à la rencontre du général el- Ghassani. " Arrête-toi coûte que coûte à l'endroit même où tu recevras cette lettre et attend mes ordres. " Lorsque celui-ci recevra cette missive, il sera déjà hors du Maghreb, en direction de Barka, dans une région quasiment désertique. Appréhen-dant d'un moment à l'autre l'arrivée de la Kahéna qu'il croit encore à sa poursuite, il se barricade dans une forteresse abandonnée, l'entoure de ses soldats, édifie à la hâte murs, créneaux et tourelles et se prépare à lutter jusqu'à sa dernière dent. Il n'en sera rien : La Kahéna a cessé de le poursuivre à présent qu'il est hors de ce qu'elle considère comme son territoire.

Il attendra là cinq ans les ordres de son Khalife. Cinq années de dépit et d'amertume, mais aussi de réflexion et de patience où il aiguisera finement le couteau de la vengeance. Dans l'attente des puissants renforts qu'il a demandés, il soumet ses soldats à un entraînement rigoureux, consolide et agrandit sa forteresse qui portera désormais le nom de " Ksar Hassan ". Il y occupe la tour la plus haute où une petite pièce est réservée à Zina qui s'est convertie et prie cinq fois chaque jour avec une discrétion pathétique. Elle parle peu l'arabe, Zina, mais son dévouement et sa vivacité l'en dispensent pour servir le général qui s'est enfermé dans un mutisme dédaigneux à l'égard de tous. Elle est la seule à lui soutirer un sourire de temps à autre, lorsque, se hasardant à formuler timidement quelques mots d'arabe, elle confond masculin et féminin. Elle rit ingénument, oublie et recommence à dire " cette chameau " ou " la petite chien ".

Elle répond à travers la porte : " pas là" ou " dort ", à quiconque vient le demander quand il s'isole sur la terrasse de la tour, scrutant l'horizon à l'est dans l'espoir de distinguer l'arrivée d'un messager du Khalife lui annonçant des renforts ; puis à l'ouest également, dans l'attente de quelque caravane qui lui apporterait des nouvelles de ce Maghreb qui le hante.

Quand il s'endort, au milieu de la nuit, Zina se glisse le long des murs comme une chatte pour arriver à cette même terrasse. D'étoile en étoile son regard s'éloigne jusqu'à ce qu'elle croie être le ciel des territoires berbères où elle imagine Khalid et son cœur se serre. Peut-être est-il en vie, peut-être va-t-il se présenter lui aussi parmi ces prisonniers qui, chaque jour, arrivent en racontant que la Kahéna les a grâciés.

Mais Khalid, pour l'instant, n'a nulle envie de revenir. Au lendemain de la bataille, il s'était retrouvé parmi les six prisonniers que la Kahéna avait retenus pour les interroger. Comme il possédait des rudiments de berbère, elle l'avait convoqué au cours des jours suivants, en compagnie d'Issachar, mais jamais en présence d'un interprète. Il se contentait de répondre par oui ou par non. Mais s'il arrivait à Khalid de formuler une phrase complète, la Kahéna paraissait apprécier, mais un peu moqueuse, amusée par son accent arabe qui arrondissait les intonations rugueuses du berbère et les rendait chantantes, presque efféminées.

Il était superbe, Khalid, ces jours-là. La hantise d'être assassiné par Médaoui ne terrassait plus son cœur. L'ombre géante du général ne pesait plus sur ses épaules. Tout à coup, il avait l'étrange impression d'avoir grandi.

La séparation d'avec Zina donnait à son regard cette langueur rêveuse qui brille aux yeux des exilés, une dignité indéfinissable, semblable à une belle indifférence. La guerre l'avait endurci, poli, comme les vagues, un galet. Il se voyait soudain ainsi qu'il avait rêvé d'être un jour, quand, adolescent, les regards de certains hommes le blessaient, dans les rues du Caire.

Au milieu du champ de bataille, en regardant Khalid, la Kahéna avait éprouvé un désir aussi vif qu'une brûlure – on dit que les combattants pensent toujours qu'ils feront l'amour aussitôt le combat terminé – mais la victoire comme la gloire procurent d'autres peines et d'autres ivresses épuisantes qui renvoient le désir à de simples instincts domestiques. En le revoyant quelques jours plus tard, la Kahéna le reconnut. Elle eut un sourire carnassier en apprenant qu'il avait été l'aide-de-camp du général el-Ghassani, décida de le garder auprès d'elle et confia à Issachar : " Il pourrait nous être utile, nous renseigner et aider à résoudre les mille problèmes que vont poser tous ces soldats arabes disséminés dans le pays. "

– Tu resteras mon prisonnier quelque temps encore, dit elle à Khalid. J'aurai besoin de tes conseils.

Khalid sentit pour la seconde fois fondre son cœur dans sa poitrine quand le regard de la Kahéna croisa le sien. " A tes ordres, Majesté", avait-il balbutié, confus d'un invraisemblable bonheur à l'idée de se trouver sous sa protection, à l'abri de Médaoui dont il ignorait la mort. Bien sûr, il y avait Zina et la tendresse qui le poignait en se souvenant d'elle. Mais pour rien au monde. Jamais plus il ne s'exposerait à Médaoui dont le regard dur et blessant comme un silex lui avait promis de le poignarder. Aussi Khalid se retira-t-il hâtivement en balbutiant à nouveau " A tes ordres, Majesté. " Jamais il ne s'était senti aussi libre que depuis qu'il était le prisonnier de la Kahéna.

Après avoir bouté hors du pays le dernier cavalier du

général el-Ghassani, la Kahéna se dirigea vers les régions de Carthage et de Tunis, durement éprouvées et où, lui avait-on dit, de nombreux clans s'étaient convertis en masse à l'Islam.

– Ils étaient déjà convertis au christianisme, avait ironisé comme toujours Issachar. Vas-tu leur suggérer de revenir à la chrétienté à présent?

– Ils sont libres de choisir la religion qui leur convient le mieux, peu m'importe laquelle. Mais ils sont Berbères d'abord. Tu sais bien, sur le littoral, ils ont tendance à l'oublier.

D'étape en étape, elle recevait parfois Khalid et le questionnait sur le djihad, sur le général el-Ghassani, l'Islam, Le Caire ou Bagdad. Ces jours-là, Aïda veillait jalousement à ne laisser personne les déranger. Issachar qui observait ce manège d'un œil jaloux, ne pouvait s'empêcher de persifler :

" Lorsque la putain s'amende, elle se fait maquerelle. "

Au cours d'un bivouac, pendant qu'on dressait les tentes, la pluie s'était mise à tomber, torrentielle, accompagnée de coups de tonnerre furieux. La Kahéna se tenait sous un grand arbre et Khalid passa en courant devant elle. En l'apercevant, il s'immobilisa et la salua avec une gravité cérémoniale, presque parodique :

– Est-ce qu'il pleut parfois aussi fort dans ton pays? lui demanda-t-elle amusée, en souriant.

– Oui. Majesté. Parfois même pendant de nombreux jours sans cesser et le Nil se met en crue.

Comme elle paraissait intéressée et l'écoutait avec attention, il poursuivit son discours en se tenant droit malgré la pluie. Lorsqu'elle lui fit signe pour l'inviter à s'abriter sous l'arbre, Khalid s'approcha timidement, sans s'interrompre, hésitant même à s'éponger le visage. Puis, tout en cherchant ses mots, par gestes aussi, il se mit à vanter la démesure du Nil, à décrire ses pêcheurs, ses crocodiles et ses hippopotames. La Kahéna l'écoutait en prenant un air émerveillé. La pluie crépitait sur le sol dur. Sur les branches au-dessus d'eux se formaient de minuscules trombes d'eau qui se précipitaient tout à coup sur leur visage ruisselant, les faisant sursauter et sourire comme des enfants. Tout à coup, la pluie cessa de tomber et le temps s'arrêta aussi, indécis, entre ce qui pouvait être la fin du jour et l'appel de la nuit. Des volutes de brume s'élevaient de la terre à travers les couches de feuilles mortes jaunes ou cramoisies. Au loin le tonnerre grondait encore comme un fauve en rut.

Aïda s'approcha d'eux discrètement et murmura :

"La tente est prête. " Elle repartit légère, d'un pas dansant. La Kahéna dit : "Viens", et Khalid la suivit comme un somnambule.

Lorsque la portière de la tente se rabattit sur lui, Khalid se tint hésitant dans la pénombre, pris d'angoisse et d'une terrible envie de fuir. La Kahéna s'approcha et se serra contre lui en l'entourant de ses bras, sa bouche chercha la sienne. Khalid, glacé sous ses vêtements mouillés, sentit son corps brûlant, infiniment bienfaisant contre le sien. Ils s'étendirent sur les peaux de mouflon qui tapissaient le sol.

Pendant qu'ils se débarrassaient de leurs tuni-ques, Khalid, saisi par la crainte de s'avérer un piètre amant, éprouva un sentiment confus d'anxiété et de gêne. L'étreinte fut malhabile et brève, pareille à une idée qui cherche ses mots et ne les trouvant pas, bafouille et se résigne au silence accablant, irréparable. Il voulut se relever, s'habiller, s'enfuir, mais elle le retint avec douceur et se mit à l'embrasser avec une tendresse telle que le souvenir de Zina effleura sa pensée. Ils demeurèrent un long moment côte à côte, enlacés. Elle logea sa tête dans le creux de son épaule. Khalid sentit les muscles de son bras se raffermir sur elle dans un geste rassurant et protecteur et ils s'endormirent sans se dire un mot.

Tard dans la nuit, Khalid s'éveilla, fou de désir et la posséda dans un demi-sommeil qu'il crut d'abord être un rêve. Elle s'éveilla à son tour et se fit douce, amoureuse, toute de soumission et de retenue, prévenant la moindre brusquerie qui pouvait briser l'enchantement.

" C'est par celui-là qu'arriveront les Arabes, si un jour ils doivent revenir ", ironisa le lendemain Issachar entre ses dents. Comme souvent, il se reprocha aussitôt la cruauté de ses paroles et, une fois de plus, il songea avec une rage impuissante à l'immense vide que Koceila avait laissé dans le cœur de la Kahéna. Pour apaiser son esprit, il s'éloigna en compagnie de quelques officiers et rejoignit le régiment des éclaireurs, en vue de ce qui avait été Carthage, devenue un vaste champ de pierres que recouvraient les mauvaises herbes : ici ou là, des ruines, des monuments effondrés entre de grands espaces déserts. Quelques souches de colonnes brisées autour d'une rangée de colonnes intactes, serrées comme les barreaux d'une immense cage abandonnée. Sur l'une de ces colonnes, un jeune soldat crut apercevoir un vautour d'une taille démesurément grande, au plumage clair. Il le signala timidement à Issachar, absorbé, qui découvrait stupéfait, l'ampleur du désastre de Carthage. Après un long silence distrait, Issachar consentit à regarder dans la direction indiquée et s'étonna :

– C'est vrai qu'il m'a l'air bien grand, cet oiseau. Allons voir.

Ils se détachèrent du régiment au galop, puis ralentirent en obliquant à droite à cause d'un amas de blocs de marbre et arrivèrent à la colonne. A la place de ce qui devait être un oiseau, au sommet, assis sur la minuscule plate-forme qui terminait la colonne, se tenait un homme d'âge mûr. Une longue chevelure grisonnante tombait sur ses épaules. De son visage enfoui sous une épaisse et longue barbe se détachaient de grands yeux clairs, agités, fous, à la fois contrariés et inquiets, qui se fixaient sur le lointain en feignant d'ignorer les visiteurs importuns. Il portait une tunique de laine au tissage grossier, usée, effilochée par endroits au-dessus des ses genoux cagneux. Pendant que les deux hommes le regardaient, stupéfaits, il s'évertuait à se tenir immobile, les jambes pendantes, mais de temps à autre, comme pour combattre un fourmillement, au bout de ses grands pieds nus, remuait discrètement deux gros orteils ventrus. C'est en les fixant qu'Issachar réalisa tout à coup qu'il les avaient déjà vus quelque part. Son esprit se contorsionnait tandis que son regard allait sans cesse des yeux de cet homme à ses orteils. Tout à coup l'homme se tourna vers lui avec une expression d'une infinie détresse qui voulait dire : " Passe ton chemin, ne cherche pas à savoir, c'est tout ce que je possède, cette solitude. " Puis les yeux de l'homme s'en retournèrent à l'univers de leur démence, figés soudain dans un strabisme qui fit jaillir le souvenir d'Issachar : Oui, c'était Amon, le mari de la Kahéna, Amon qu'on avait cru dévoré par des bêtes sauvages dans les djebels. Amon, et c'est pour cela qu'il avait fait croire à sa propre mort. Pour se retirer du monde, conduit pas à pas par sa folie jusqu'à ce tête-à-tête avec l'absolu, perché sur une colonne. Amon, les jambes pendantes, relié aux humains par ce seul bout de vieille corde usée, près de se rompre, attachée à un seau dans lequel des habitants charitables du village de pêcheurs tout proche lui déposaient quelque nourriture. Issachar, bouleversé, talonna son cheval. Le jeune soldat qui l'accompagnait fit de même et hasarda :

– C'est peut-être un fou.

– Que veux-tu que ce soit d'autre? lui rétorqua Issachar d'un ton sévère alors qu'il pensait : "Sacré Amon, il est allé jusqu'au bout, jusqu'à l'extrême limite. "

Il se replaça en tête du régiment sans faire de commentaire, laissant au jeune soldat le soin de répéter aux officiers : “ C'est peut-être un fou, que voulez-vous que ce soit d'autre? ”

Epuisée par tant d'épreuves et de triomphes, l'armée berbère se retrouva enfin aux pieds de l'Aurès. Impressionnés par la solennité des djebels qui dressent leurs pics ombrageux vers un ciel bleu éblouissant, les hommes franchissaient par petits groupes le défilé qui mène à la vallée où s'étendait un silence profond. Sur les hauteurs, on apercevait le village de Baraïa et au-dessus de lui, résolu et fier tel un mouflon sur une crête, se tenait le château. La Kahéna le fixa et ses cils se mirent à battre comme les ailes d'un papillon. Jamais il ne lui avait paru si petit, si fragile, mais à la fois irréductible. Au-dessus de lui, planaient les aigles blancs à l'envergure majestueuse, maîtres du monde ; mais chacun savait qu'un rien parfois peut les faire mourir. Comme Koceila, comme Tabet aussi.

Au château, parmi les proches, au milieu des cris et des larmes de joie, nul ne parut s'étonner de voir Khalid. On fit comme s'il n'était là qu'en visite pour quelques jours, alors que, du premier regard, chacun avait deviné, chacun s'indignait déjà en silence de la présence de ce jeune prisonnier arabe aux côtés de la reine.

XVII

La Kahéna en veut à la terre entière. A quoi sert tout, batailles, victoires, pouvoir et gloire? De retour chez soi, on redevient l'incorrigible jeune fille à qui tout réussit avec insolence, sauf sa vie privée.

Les gens de Baraïa se demandent :

" Comment peut-on s'élever si haut et demeurer impuissant à se saisir d'un vrai et simple bonheur? Comment peut-on deviner, dominer les événements et discerner si peu quand il s'agit de soi même? " Ne trouvant pas de réponses aux interrogations de leur bon sens, ils se taisent, renfrognés. Contre toute attente, seuls les fils de la Kahéna, devenus de grands et superbes jeunes hommes, semblent accepter Khalid sans trop de réserve. Solidarité avec leur mère? Peut-être aussi simple attirance pour cet étranger au teint clair, à l'allure de prince, cultivé, qui leur raconte des choses extraordinaires sur des pays, des villes et des hommes.

Des jours passent et des semaines. Ce mépris des siens pour son captif blesse amèrement la Kahéna. Alors, peut-être par défi, comme pour brouiller irréparablement ses propres pistes, dans la folie d'un instant, elle décide d'un simulacre d'adoption. Suivant la coutume des Djéraouas qui confère le droit de fraternité aux enfants nourris au même sein, elle réunit dans une pièce ses deux fils en compagnie de Khalid, prend de la farine d'orge qu'elle mélange avec de l'huile d'olive, l'étale sur ses seins et les invite à en manger, leur déclarant : " Vous voilà devenus frères, maintenant. "

– Elle devrait faire manger sa pâtée à tous les Arabes, comme ça ils deviendraient nos frères et tout le monde serait enfin tranquille. Elle a perdu la tête, dit Issachar dans un rire teinté d'amertume, seul dans la cour du château, tout en se pressant de rejoindre ses deux femmes et les trois petites filles dont il est le père depuis près de six mois maintenant.

Il repense à la nouvelle rapportée la veille par deux messagers envoyés par Issidan, le marchand de plumes d'autruches qui confirme que l'armée arabe, au lieu de rentrer au Caire, s'est arrêtée à Barka où elle attend probablement des renforts. Issachar sait que la Kahéna devrait repartir pour mobiliser à nouveau les populations livrées à elles-mêmes, mais il souhaite qu'elle se décide à le faire au plus vite. Le malaise qui s'installe entre elle et les siens, à cause de ce prisonnier commence à se propager parmi les Djéraouas. Cette situation afflige profondément Issachar qui se révolte contre tout et contre elle : " Ce qu'ils refusent à la reine, ils l'accepteront de la guerrière ; alors tout s'arrange puisque la guerre est là, à nouveau qui va aiguiser sa lucidité, lui restituer la magie de son autorité et nous préserver à tous contre la fatalité de la médiocrité. " " De la guerre, mes frères ! Un ennemi à combattre, quelqu'un à détester, c'est par ça que nous tenons ", se surprend-il à crier, tout seul. Distrait par ses élucubrations, il se retrouva soudain à l'entrée d'une grande pièce où étaient réunies ses deux femmes, Dvora, Kouikette, Aïda, et Kiko, debout au milieu de la pièce, qui lançait en l'air, à tour de rôle, les trois petites filles que les femmes se passaient de l'une à l'autre. En voyant Issachar entrer, elles s'immobilisèrent ainsi que Kiko, comme des enfants pris en faute. Les femmes se regardèrent et partirent d'un fou rire qui s'accéléra en rebondissant de l'une à l'autre, puis à Kiko qui tenta de les gronder entre deux éclats de rire. Alors Issachar se mit à rire lui aussi, plié en deux, d'un rire violent et rauque qui évacuait on ne sait quelles pensées retenues en lui. Convaincues qu'elles le faisaient rire, elles continuèrent de plus belle et lui aussi. Enfin n'en pouvant plus, il chancela et se laissa choir, exténué sur les coussins, le visage inondé de larmes. Tout à coup elles s'effrayèrent de s'être laissé entraîner si loin par la folie du rire. Issachar se redressa et tout en les rassurant d'un geste de sa main, comme on fait après un malaise, il se mit à les dévisager avec cette acuité soudaine dans le regard qui vous rend compte du passage des années sur les visages de ceux qu'on aime. C'était comme si, après une longue absence, ils s'étaient mis à vieillir sous ses propres yeux : le visage de Dvora se fendit de quelques rides douloureuses et pleines de bonté, ses cheveux devinrent gris soudainement. Kouikette devenue toute petite et grise aussi se mit à pleurer et les sanglots qu'elle retenait soulevaient sa poitrine opulente, semblable à la gorge d'une colombe amoureuse. Aïda redressa sa beauté ravagée mais toujours insolente, sortit brusquement, fit quelque pas dans la cour et revint s'asseoir, les yeux gonflés d'avoir pleuré. Kiko, debout, long et décharné se tenait comme un épouvantail dans un courant d'air sinistre qui, tout en l'aspirant, creusait ses traits profondément et le rendait squelettique. A l'opposé, les jumelles d'Aïda qui ne comprenaient pas, souriaient, ruisselantes de bonheur et les petites filles, tranquilles, fixaient le plafond en suçant leur pouce. Alors Issachar, comme en état d'ivresse, s'entendit leur annoncer abruptement :

– Nous allons repartir demain. Les Arabes sont peut-être en train de revenir. Et, le visage grimaçant de détresse, il se leva et sortit.

Après avoir erré un long moment entre le château et

la maisonnette, il s'assit sur une pierre au bord du chemin. De gros nuages noirs se rejoignaient en hâte audessus de la vallée et recouvraient le ciel déjà sombre du crépuscule. Issachar les observa d'un œil morne. L'air s'alourdit, devint oppressant, quelques grosses gouttes d'eau s'écrasèrent sur la terre sèche. Tout à coup une pluie crépitante et bienfaisante se mit à tomber. Issachar demeura immobile, pareil aux arbres qui semblaient se réjouir secrètement de cette ondée de printemps. Puis il se leva, avança d'un pas décidé jusqu'au château, traversa la cour et frappa à la porte de la Kahéna.

– Que t'arrive-t-il, mon demi? s'étonna-t-elle en le voyant trempé, le visage ruisselant.

Il répondit d'un haussement d'épaules, entra, se tint hésitant, encombré par sa grande taille, par ses vêtements mouillés et se décida enfin à s'asseoir dans un coin de la pièce.

– Allons bon, que se passe-t-il, demanda-t-elle avec le sourire encourageant qu'on adresse à un enfant boudeur.

– Il se passe que nous devrions repartir, dit-il sans préambule. Comme tu le sais, les Arabes s'apprêtent à revenir peut-être, et, pour tout te dire, je ne me supporte plus ici depuis un certain temps.

Elle se renfrogna :

– C'est moi que tu ne supportes plus de voir dans cette situation. Puis elle ajouta, songeuse : Je me sens coupée de tout ici, du pays, des miens, de toi et de moi-même. Tu as raison, mon demi, repartons dès demain matin. Va donner les ordres discrètement.

Issachar se redressa et sortit sans ajouter un mot.

La Kahéna ouvrit les yeux, tendit l'oreille à l'affût d'un signe du jour et se recroquevilla frileusement sous les couvertures. Dans la pièce à côté, par on ne sait quelle prémonition, Aïda fut réveillée simultanément et demeura, elle aussi, blottie dans son lit, aux aguets. Elles se tinrent ainsi, un long moment, attentives l'une à l'autre et lorsque le chant d'un vieux coq impatient s'éleva soudain pour protester contre la lenteur de l'aube, la Kahéna murmura, sûre d'être entendue :

– C'est le moment, va les réveiller.

Aïda se leva, entra dans sa chambre en tenant une petite lampe dont la lumière la surprit, assise, en train de se démêler les cheveux avec une expression agacée. Aussitôt après, on entendit des pas discrets dans le couloir, puis des chuchotements derrière la porte. Elles se regardèrent, intriguées, et la Kahéna dit, faussement excédée :

– Ma mère et ma nourrice probablement. Fais-les entrer, elles savent toujours quand je dois partir. Je me demande parfois si elles ne le savent pas avant moi.

Aïda entrouvrit la porte avec méfiance, puis laissa entrer Dvora et Kouikette qui s'avancèrent aussi gauches que deux fillettes en visite chez une nouvelle voisine. Enfin, tout en s'encourageant mutuellement du regard elles s'assirent en même temps sur le lit de la Kahéna, d'un air décidé.

– Oh, mais regardez-moi ces deux méchantes femmes. On dirait que je leur ai volé leur mari et qu'elles sont venues pour me griffer. Et tout ça parce que je dois partir en voyage. Vous feriez mieux de m'aider à me coiffer et à m'habiller. Je vais être en retard, plaisanta-t-elle.

Elles se mirent à rire et s'exécutèrent, décontenancées. La Kahéna réussit non seulement à les distraire, mais à les engager aussi à dominer toute effusion de larmes jusqu'au moment du départ.

Un peu plus tard, on les vit se tenir, immobiles, menues, désemparées, aux côtés de Kiko droit comme un clou, au milieu de cette grande cour muette de tristesse. Mais lorsque les chevaux franchirent la porte du château, elles éclatèrent en sanglots et levèrent leurs bras décharnés comme pour retenir “ l’inexorable ”qu’elles pressentaient aux trousses des “ petits ”.

Issachar se racla la gorge pour sortir le premier, suivi de la Kahéna qui était encadrée de ses deux garçons. Aïda la suivait en compagnie de Khalid que les gardes, comme les gens de Baraïa, avaient désormais convenu d’appeler entre eux “ le troisième fils ”.

A l’entrée du village, sous les premiers rayons du soleil, quelques chiens jaunes, hauts sur leurs longues pattes maigres et fragiles se bousculaient en se poursuivant autour d’une minuscule chienne en chaleur. “ Elle a déjà sûrement désigné celui qui s’accouplerait avec elle ”, pensa Issachar avec un petit sourire qui ne s’adressait qu’à lui-même. Puis il se dit que, pour le moment, d’instinct, elle devait les faire tourner, haletants, tous fous d’espoir, pour obéir à l’appel de la nature qui ordonne à chaque femelle, de générer ces cercles du désir qui perpétuent l’appétit du monde.

Le jour se levait enfin et, par l’effet d’un grand soleil rougeoyant, les pics des djebels se couvraient d’ombre violette.

Entre le village et la vallée où les attendaient les troupes, Issachar se tourna vers elle : “ Où allons-nous? ” disait son regard. Elle s’avança jusqu’à lui :

– El-Ghassani mettra un certain temps à se remettre sur pied de guerre avant de revenir, alors pour le moment, le plus gros de notre armée ira l’attendre à Ledjem – sait-on jamais? – pendant qu’avec le reste de nos effectifs, nous nous aventurerons jusqu’à la Tingitane et plus loin.

Elle savait que la nouvelle de sa victoire s’était répercutée d’écho en écho à travers les montagnes et les plaines jusqu’aux confins du pays. Puisque son mythe l’y précédait, il convenait de soumettre à son autorité toutes les tribus de ces régions lointaines.

Tout en l’écoutant d’une oreille distraite, Issachar la

dévisageait et son cœur tremblait. Qu'elle était belle ; on aurait dit que les flots de ses cheveux noirs et bouclés qui se déversaient sur ses épaules et sur ses hanches allaient inonder la terre entière. Des étincelles d'or scintillaient dans ses yeux violets où brillait on ne sait quelle fièvre inguérissable. Et ce matin-là, sa tristesse elle-même devenait un vertige de beauté.

Lorsqu'ils quittèrent la vallée, Issachar fixa l'horizon en pensant : " Immense et superbe Maghreb, tu vas lui donner tes guerriers, tes récoltes, ton miel, tes chevaux, tes troupeaux ; mais rien n'y suffira, il y a cette brèche dans sa vie, la terre toute entière pourrait s'y engloutir. " " L'impossible " est insatiable. Il dirigea discrètement son regard en arrière, entraperçut le profil de Khalid qui lui sembla presque irréel et soupira :

" Le troisième fils "

Il la connaissait bien Issachar. Il sentait que " ses vrais et magnifiques sourires " ne tarderaient pas à retrouver le visage de la Kahéna, comme des oiseaux reviennent au nid après une longue absence. Mais il devinait aussi que la route était longue encore où se dissimulaient ivresses et épreuves, qu'il lui suffirait de paraître pour les attirer à elle comme les arbres appellent la foudre.

Au début, la présence de ses deux garçons avait quelque peu compliqué les choses. Pour les initier progressivement au commandement, elle commença à les charger de missions de reconnaissance ou de liaisons avec l'arrière-garde. Khalid aussi était souvent éloigné en leur compagnie, mais d'autres fois retenu et reçu dans le secret, sous la surveillance absolue d'Aïda. Bien sûr, la Kahéna pensait sans cesse à la menace d'une nouvelle invasion, au général el-Ghassani dont Khalid lui disait combien il avait été et devait plus – encore – être obsédé par elle :

– Se faire battre ainsi par la femme qu'il voulait ramener enchaînée jusqu'à Bagdad, il ne te le pardonnera jamais. Tôt ou tard il viendra se venger. Tout dépendra des moyens que lui donnera le Khalife. Je peux te dire qu'il souhaitait faire une conquête plutôt pacifique, montrer sa force, parlementer avant de s'en servir. Tu as ruiné sa campagne qui avait pourtant bien commencé, alors cette fois peu lui importera de sacrifier tous les guerriers d'Égypte et d'Arabie à ses fins ; c'est une affaire personnelle entre toi et lui maintenant.

Elle le regarda d'abord avec l'expression coquette d'une femme complimentée par un personnage de haute importance. Puis son expression se durcit avant de répondre :

– Ce sera tant pis pour lui.

– C'est toujours une affaire personnelle, la guerre, intervint Issachar, entre deux ambitions, deux princes, deux rivaux ; ils se battent par soldats interposés, par peuples interposés. Vois-tu à présent, plus question de religion ni de territoire, c'est devenu une affaire personnelle.

– Nous n'étions venus que pour répandre la loi de Dieu, avança Khalid en toute simplicité.

– Et vous avez répandu la guerre. Dieu veut-il la guerre?

– Il veut la justice entre les hommes, il faut bien l'imposer.

– Dieu n'est donc pas capable de l'imposer lui-même?

Khalid se renfrogna puis répondit :

– Il a désigné le Prophète.

– Les israélites ont déjà dit ça, les chrétiens aussi, quel prophète faut-il croire? Vous n'apportez de nouveau que la manière.

– A travers les paroles du Prophète, c'est Dieu qui le veut ainsi. Que ses lois soient imposées, la croyance finira par s'établir et occuper la place de la sorcellerie et de l'injustice.

– Hum, fit Issachar perplexe. Ça fait trop de morts, tout ça.

– Toute nouvelle foi, toute nouvelle loi se paie par le sacrifice, à commencer par celui d'Abraham, répliqua Khalid en souriant à la Kahéna.

– Ce n'est pas un bon exemple, réagit Issachar, puisqu'au dernier instant Dieu a arrêté la main d'Abraham en lui disant de sacrifier un mouton à la place de son fils. puis il ajouta en riant : Les hommes ne sont pas des moutons.

Ils rirent tous les trois et la Kahéna intervint :

– Si l'Islam ne diffère du judaïsme et du christianisme que par sa simplicité, le temps jouera en sa faveur. Quelque chose dans l'Islam semble convenir aux Berbères qui ont déjà goûté aux autres religions. D'ailleurs, l'Islam m'inquiète moins que les hommes qui se disent le représenter.

– En fait, répliqua Issachar, conciliant, trop d'envahisseurs se sont succédé chez nous avec ou sans prétexte. Romains, chrétiens, Byzantins, Vandales et Arabes. Alors il nous faut un peu de répit réfléchir et démêler ce lacis de croyances pour faire un choix.

– Qui sont ces Vandales? demanda Khalid.

– Pas très croyants, ceux-là, répondit-elle, un peuple du nord, des sauvages, venus d'Espagne, de Tarifa, dans des vaisseaux. Leur foi à eux, c'était prendre, tuer, saccager et détruire. Ils disaient même que Dieu les envoyait dans les contrées qu'il voulait châtier.

– Tu vois, même ceux-là aussi se servaient de Dieu, ajouta Issachar. Ils sont restés cent ans chez nous. Notre Maghreb est une si belle contrée! Quand les étrangers y entrent, ils ne veulent plus s'en aller.

– C'est pourquoi ils n'y entreront plus tant que je serai là, ainsi ils n'auront pas à se donner de mal pour repartir, conclut la Kahéna en riant.

Au cours de ce long périple vers le sud, après un

passage entre les montagnes, dans le désert, Khalid devait entendre parler des Vandales pour la seconde fois. Ce fut en arrivant à Sijilmassa, cette cité florissante, avec ses centaines de forteresses, entourée de plus cinq cent mille palmiers. Jamais il n'aurait pu imaginer une ville aussi animée en plein désert. De très nombreux juifs y étaient installés, lui dit-on, qui entretenaient depuis toujours des liens de commerce et de culture avec la Babylonie comme avec Le Caire. L'évocation de sa ville natale émut Khalid, flatta son orgueil et lui rendit encore plus attachante Sijilmassa qui recevait la Kahéna avec les honneurs les plus insignes.

Parmi les notables et les chefs de clans qui les entourèrent au cours d'une belle fête, un certain Gabaon, grand, « beau à vous dérober votre cœur sous vos yeux », dira Aïda et fier comme un bel oiseau, se fit particulièrement remarquer. Lorsqu'il se présenta à elle, la Kahéna répéta son nom à mi-voix, comme pour mieux le retenir. Mais, lui, se hâta d'ajouter :

– Gabaon, Majesté, je porte le même nom que celui de mes ancêtres qui a combattu et chassé les Vandales de notre pays.

Elle se tourna vers Khalid et Issachar en souriant avant de lui répondre :

– Ton nom est beau, Gabaon, et tu le portes bien. Raconte l'histoire de l'autre Gabaon, ton ancêtre, et des Vandales.

Elle l'invita à s'asseoir près d'elle et fit signe à ses garçons, à Issachar et à Khalid de prendre place autour d'eux. Avec un grand souci d'élégance dans les paroles, avec tout un foisonnement d'expressions dans le regard et dans les mains, il se mit à raconter comment Gabaon, un des chefs de ces tribus Botr, judaïsées depuis des temps immémoriaux, avait livré bataille aux Vandales, les mettant en déroute. Les Botr qui étaient devenus nomades, expliqua-t-il, disposaient leurs chameaux en cercle et se cachaient derrière eux pour combattre leurs attaquants. Excellents archers, lanciers très adroits, ils touchaient leurs ennemis qui ne pouvaient les atteindre de leurs sabres – puisque les chevaux des Vandales, effrayés par les chameaux qu'ils voyaient pour la première fois, refusaient de s'approcher et s'enfuyaient même.

La Kahéna était envoûtée. L'inspiration de Gabaon ne se contenait plus ; il devait se voir dans les yeux de la Kahéna comme un cygne noir se mire dans les étangs d'Imgad, à l'heure où le soleil se couche, convaincu que le nuit même qui frôle son plumage n'est que l'effet de sa beauté.

Issachar les observait et se mordait la lèvre, riait intérieurement et se disait : « L'héroïsme doit être héréditaire chez les Botr. Son ancêtre nous a débarrassé des Vandales et lui, je sens qu'il va nous débarrasser de ce « troisième fils ». Bon sang ne devrait pas mentir ».

Gabaon poursuivait et ils apprirent également qu'il était le chef d'un clan nomade de caravaniers qui s'aventurent jusqu'aux pays noirs. Il raconta des épisodes de sa vie et ils comprirent que son clan contrôlait le négoce et le trafic dans le désert, rançonnant ou pillant parfois des caravanes. Il expliqua comment les tribus Botr s'étaient nomadisées :

– Pour n'être plus la cible des envahisseurs qui pillaient, saccageaient et pour finir souvent, prenaient nos femmes et s'installaient dans nos maisons. En devenant mobiles, nous devenions un danger pour l'ennemi au lieu d'attendre qu'il vienne nous égorger. Maintenant nous sommes des nomades et c'est notre lot. Nous ne saurions plus faire autrement.

L'homme et ses paroles subjuguèrent la Kahéna qui se sentit péniblement entravée par la présence de ses fils, de Khalid, d'Issachar, de son entourage et de tous ces soldats qui étaient à sa suite. A cet instant, elle aurait voulu n'être qu'une simple femme, nomade elle aussi, blottie dans les bras de Gabaon, dans quelque désert lointain sous un ciel pétillant d'étoiles.

Mais heureusement, dès le lendemain, Issachar trouverait un prétexte pour entraîner avec lui les garçons ainsi que Khalid et aller inspecter les troupes pendant que la Kahéna irait visiter les magnifiques palmeraies des environs de Sijilmassa, guidée par Gabaon.

XVIII

De même qu'on ne saurait fixer les dunes du désert, nul ne pouvait retenir Gabaon loin de ces espaces où se traçaient, se croisaient, s'effaçaient pour recommencer, les chemins et les pistes qui tissaient sa vie. La Kahéna le savait bien, elle qui l'aimait passionnément en silence et attendait qu'il surgît comme un voleur, au hasard des routes, des lunes et des étoiles. Entre ses passages, la nuit, accablée de désir, elle levait les yeux pour interroger le ciel et murmurait, " il ne doit pas être bien loin ". S'il mettait trop longtemps à revenir, on la voyait s'éloigner le soir jusqu'au sommet d'une colline qui dominait la plaine d'où elle scrutait l'horizon, humait le vent comme une lionne inquiète. Dans son entourage, chacun considérait ces visites de Gabaon comme inéluctables, éprouvantes et bienfaisantes à la fois comme le sont les orages ou l'amertume de certaines plantes médicinales. Khalid faisait semblant de ne s'apercevoir de rien. Mais il savait bien que toute une conjuration de désirs, de chuchotements et d'étreintes se tramait sous la tente du nomade ou dans l'ombre feutrée de la chambre de la Kahéna. A chacune de leurs rencontres, tout comme les " garçons ", ces jours-là, il se tenait à l'écart, comme s'il s'agissait de choses de grandes personnes qu'on devait feindre ignorer. En cachette, il sanglotait de rage, imaginant les pires vengeances à l'encontre de son rival qu'il se promettait de poignarder à sa prochaine apparition. Mais dès que Gabaon repartait, Khalid retrouvait aussitôt son exaltation de posséder à lui seul la reine de l'univers. Alors, on le revoyait partager, fraternellement et dans la bonne humeur, les journées des fils de la Kahéna. Il les accompagnait dans les missions auprès des troupes et recommençait à tenir à jour, non sans fierté, le livre de comptes dont il avait eu l'idée et où figuraient les contributions des tribus : chevaux, chameaux, bétail et réserves de grains. Les mois passaient et les choses se répétaient ainsi à intervalles irréguliers, mais presque toujours prévisibles. A Ledjem, on vivait dans l'attente. Et comme disait Issachar :

– Nous attendons chaque jour les Arabes, tu attends à chaque instant Gabaon. Sais-tu pourquoi les animaux ne vivent pas longtemps? L'anxiété... Leur cœur finit par lâcher à force de palpiter sans cesse du désir de dévorer ou de la peur d'être mangé.

– Tu devrais le dire à ceux qui prétendent que les animaux ont beaucoup de sagesse, avait-elle répondu en riant.

La citadelle de Ledjem, nommée Thysdrus par les Romains, possédait des arènes impressionnantes composées de gradins, de loges, de grandes salles, de suites, autour d'un grand cirque, avec des écuries et des dépendances où l'on emmagasinait armes et vivres en quantité considérable. De loin, avec leurs murs ocre-rouge, rongés par les siècles, ces arènes avaient l'air d'une termitière gigantesque au milieu d'un champ. Nul ne pouvait s'en approcher sans être vu des hautes fenêtres béantes qui entouraient les couloirs de chacun des quatre niveaux de cette tour large et trapue.

C'est dans l'enceinte même de cet édifice que la Kahéna avait décidé de s'installer avec sa suite et sa garde, alors que son armée établissait son campement entre la ville de Ledjem toute proche et les arènes, non loin des oliveraies qui faisaient l'orgueil de la région.

– Les Romains pratiquaient ici même des sacrifices humains deux fois par an. Les victimes d'abord, puis les lions ensuite, sortaient des galerie voûtées qui sont là devant nous, lui avait dit ce vieux notable roum qui lui servit de guide.

– Où mènent ces galeries? avait-elle demandé. Comme il était presque sourd, il n'avait pas répondu et continuait de vanter les Romains. Alors elle avait haussé les épaules et marmonné : " Sinistres, tes Romains. "

Quelques jours après son installation, parce qu'elle se sentait trop éloignée de ses guerriers, qu'elle avait le sentiment d'être enfermée, elle décida de faire creuser à partir de ces galeries, un long tunnel entre les arènes et l'une des oliveraies qui jouxtait le campement de ses soldats.

En s'inspirant des méthodes utilisées pour leurs grands travaux par les Romains, ses généraux mobilisèrent leurs hommes nuit et jour, pour lui faire au plus vite " son tunnel ". Maintes fois elle le ferait traverser, non sans fierté à ses visiteurs de marque, les faisant précéder par des cavaliers brandissant des torches.

C'est par son tunnel qu'elle s'échappait secrètement, lorsque, prise d'une soudaine impatience, elle se donnait pour prétexte quelque affaire urgente à régler à l'intérieur du pays tout en sachant bien que sur son trajet, elle intercepterait, comme le ferait un chef de razzias, la caravane de Gabaon. A Chaque rencontre leurs tentes étaient alors dressées côte à côte pendant trois ou quatre jours, puis ils se séparaient à nouveau pour courir chacun vers son destin.

Au cours de ces visites, elle s'informait auprès de Gabaon de la situation des régions qu'il traversait et où il avait peu à peu établi tout un réseau d'informateurs. Sur l'autre partie du pays, elle se tenait informée par

Issidan qui conduisait toujours ses caravanes vers l'est, souvent jusqu'au Caire, sans jamais manquer de s'arrêter à Ledjem. Lors de ces brefs séjours, Issidan et ses hommes faisaient le bonheur de tous en rapportant des nouvelles du monde, des histoires extraordinaires, des intrigues et des amours de princesses, de rois, de pays lointains et merveilleux. C'est ainsi qu'au cours de ces soirs-là, Khalid allait se lier d'amitié avec un des hommes d'Issidan, un Berbère du nom de Zeggour. Il lui demanderait secrètement de se renseigner à Barka pour savoir si une jeune Berbère du nom de Zina se trouvait bien dans l'entourage du général el-Ghassani. Cinq semaines plus tard, il apprendrait de la bouche de cet homme que non seulement Zina était bien vivante, mais que Médaoui était mort depuis longtemps, au cours même de la bataille de la Miskiana.

– Tu ne peux imaginer la joie que tu me donnes, mon ami, s'était exclamé Khalid qui s'entretenait avec lui dans une des loges, à l'étage le plus élevé des arènes. A leurs pieds, dans le cirque, un maître dresseur faisait tourner au bout d'une longe un superbe cheval blanc qui se cabrait, ruait, puis se remettait à tourner. "Mon cœur est pareil à cet étalon quand je pense à elle" dit encore Khalid qui ajouta tout à coup : "Mais comment as-tu fait pour te renseigner aussi bien alors que tu parles peu l'arabe? "

L'autre avoua l'air un peu confus :

– J'ai dû me faire remarquer en voulant me renseigner pour toi. Le général m'a fait convoquer discrètement chez lui : Je me suis entretenu avec sa femme Zina, en berbère.

– Ce n'est pas sa femme, s'exclama Khalid.

– Ah, je le croyais. Ils m'ont donné un message pour toi, dit Zeggour qui passa la main sous sa tunique, en sortit un minuscule billet plié en quatre et le tendit à Khalid qui se hâta de lire : "Quand le destin veut que tu sois l'enclume, prends patience, un jour tu seras le marteau ". Khalid en demeura abasourdi. Sans même songer à faire parvenir une réponse à ce message qui, du reste, n'en demandait pas, il le déchira avec application pendant que le sens de ce proverbe arabe ainsi que les paroles de Zeggour insinuaient déjà dans son esprit les charmes de la trahison.

S'il n'obtint de Khalid que des regards de gratitude et de détresse, Zeggour était sûr de recevoir à présent la récompense promise par le général. Aussi, avant de repartir à nouveau pour de longues semaines, il voulut confier à Khalid :

– Nous repasserons par ici à notre retour du Drâ. Je sais ce qu'est l'amour, Khalid, et tu peux compter sur moi si tu veux transmettre quelque message à ton amie ; mais soyons très discrets, car Issidan est un renard.

Là-dessus il se leva, se drapa dans son burnous et s'éclipsa tel un mauvais génie, porté par les courants d'air qui rasaient les murs du long couloir desservant les loges.

En bas, au milieu du cirque, le bel étalon, enfin dompté, tournait étincelant, mais Khalid, prostré, le fixait sans même le voir. Soudain le maître dresseur le retira du cirque pour faire place aux cavaliers qui jaillirent de l'entrée du tunnel, précédant la Kahéna qui apparut enfin, entre Aïda et Issachar. Depuis plusieurs semaines déjà, ses absences se multipliaient. Outre ses rencontres avec Gabaon, il lui fallait reprendre en mains certains clans. Entrés depuis quelque temps dans une dissidence sournoise, ils se montraient de moins en moins accueillants avec les émissaires qui venaient leur réclamer leur contribution à l'entretien de l'armée berbère. Ces années à attendre la nouvelle invasion arabe qui ne venait toujours pas engendraient une certaine lassitude. En se dissipant, la menace de la guerre avait entraîné l'usure des enthousiasmes et presque tari la générosité de nombreux chefs. Barons et tyranneaux du littoral allaient jusqu'à mettre en doute cette menace même, prétendant qu'il ne s'agissait là que d'un épouvantail qui servait à la Kahéna, aux seules fins de maintenir sa domination. En l'apprenant, son visage s'était empourpré, assombrissant la couleur de ses yeux. Puis elle s'était indignée :

– Le moment est mal venu. Il ne faudrait pas que ce vent d'insoumission qui vient du littoral se mette à souffler dans tout le pays alors que el-Ghassani ne cesse d'accumuler armes, montures, matériel et qu'il reçoit d'Égypte régulièrement, le renfort de milliers de soldats.

– Comme souvent la trahison vient d'abord des siens, avait répondu Issachar, car avec l'ennemi, on sait presque toujours à quoi s'attendre.

– Ce ne sont pas les miens. Ces roums ne sont que débris et résidus de tous ces peuples qui nous ont envahis. Maintenant qu'ils sont à nouveau bien repus, peu leur importe le reste et même l'arrivée d'un nouvel envahisseur avec lequel ils se dépêcheront de s'entendre et de collaborer. Les miens sont les gens des montagnes et des pâturages, des nomades et non pas ces quelques Berbères qui se font châtelains pour imiter les roums et qui vendraient leurs femmes et leurs filles au premier venu. Nous n'avons besoin ni de ces châteaux, ni de ces forteresses qui, d'ailleurs, n'ont jamais servi qu'à nos envahisseurs qui se hâtent de s'y installer, nous n'avons besoin que de notre terre libre pour y conduire nos troupeaux à notre gré.

– Faire de tous des nomades, voilà ce qu'il faut. Quand il n'y aura plus que des caravanes et des troupeaux dans le pays, cette terre n'intéressera plus personne, ironisa Issachar qui avait décelé dans les propos de la Kahéna l'influence néfaste de Gabaon.

– C'est bien mon intention. Tu ne crois pas si bien dire. Quand leurs petits châteaux seront détruits, ils ne pourront plus exercer ni pouvoir sur les populations ni dissidence envers moi. Leurs clans n'auront plus que nous pour être protégés et personne ne se fera plus prier pour contribuer à l'entretien de notre armée.

– Les royaumes sont pareils aux hommes, ils s'ennuient. Il leur faut la sueur pour goûter au repos et la guerre pour imaginer le bonheur de vivre en paix.

– Oh, mais il devient un fervent de la guerre, mon demi.

– J'en suis fou. Tu sais bien.

– Toi aussi, mon demi? Mais, allons bon, je vais quand même essayer de secouer ce pays pour qu'il se réveille à lui-même et au bonheur de vivre, comme tu dis.

C'est ainsi qu'elle partit en guerre contre bon nombre de chefs de clans du littoral, les contraignant à démanteler leurs forteresses et à renoncer à leurs petites armées pour se placer sous la seule protection de l'armée berbère, en mettant leurs armes et leurs soldats à sa disposition. Avec certains, il lui fallut recourir à l'épreuve de force et ils se soumirent. Mais pour prévenir tout désordre, la Kahéna dut maintenir auprès de chacun d'entre eux, selon l'importance de la région, une ou plusieurs compagnies de chameliers qu'elle avait formées sur les conseils de Gabaon.

– A Issachar qui lui reprochait d'éparpiller ses forces, elle répondait :

– De cette façon, d'où qu'ils viennent et, même si notre armée de parvient pas à les contenir, les régiments d'el-Ghassani devront livrer une multitude de petites guerres dans tout le pays.

– Tu sais bien qu'il ne vient pas pour combattre le pays. C'est toi seule qu'il veut vaincre, c'est seulement toi qu'il désire tenir enchaînée dans une cage. Les petites guerres ne l'embarrasseront point. Si tu tombes entre ses mains il se trouvera bien vite des alliés pour s'emparer de tout le pays.

Si la perspective d'un affrontement dont sa tête devenait le seul enjeu aiguisait son instinct guerrier, la Kahéna en était cependant troublée. Alors, pour dissiper ses doutes, elle parcourait d'urgentes et de si incroyables distances qu'on pouvait croire qu'elle se dédoublait pour rejoindre Gabaon, se blottir dans ses grands bras et repartir ailleurs, mobilisant, exaltant les populations. Aïda, l'observant d'un œil douloureux, devinait ce regret qu'elle éprouvait, de n'être pas la simple compagne de ce nomade ; de cet homme libre, de si vaste connivence avec les latitudes du désert et qui semblait n'appartenir qu'à lui même.

Cette incomplétude apparaissait dans le regard de la Kahéna et se faisait sentir à ses agacements dès qu'elle se trouvait de nouveau dans les arènes où chacun cherchait à retenir son attention. Khalid errait dans les couloirs en pensant amèrement : " Ce nomade lui a fait perdre la raison, c'est à peine si elle accorde un regard à ses fils. "

C'est probablement au cours de l'un de ces instants de dépit mêlé au doute qui le torturait au sujet de Zina, que Khalid envisagea de faire parvenir un message au général el-Ghassani. Afin de donner à son acte la solennité qu'il revêtait à ses propres yeux, il imagina différentes solutions et pour finir, conçut de rédiger un message à l'intention du général, sur un minuscule parchemin et de le dissimuler à l'intérieur d'un pain qu'il ferait cuire pour ensuite le remettre à Zeggour.

XIX

Le général brisa le pain avec beaucoup de précation pour extraire le minuscule rouleau de parchemin et reconnut l'écriture toujours majestueuse de Khalid qui disait : " De graves dissensions les divisent, c'est le moment de venir. "

Il se tourna d'abord vers son visiteur en se caressant le menton, s'appliquant à dissimuler la jubilation à la fois cruelle et puérile qui pouvait se lire dans ses yeux. Soudain, imbu d'une gravité presque hautaine, il se tourna vers Zina pour lui demander de traduire et s'adressa à Zeggour :

– Voici, dit-il, en tendant à Zeggour une petite bourse en cuir, tout en faisant tinter lourdement les pièces d'or qu'elle contenait.

L'autre s'en saisit, confus, en balbutiant comme un mendiant : " Allah multipliera tes richesses. " Avant de traduire, Zina lui demanda :

– Tu évoques Allah, serais-tu donc musulman?

– J'ai été élevé à Kairouan, se contenta-t-il de répondre.

Elle expliqua au général qui apprécia aussitôt :

– Puisqu'il est des nôtres, sa mission n'est pas terminée, il doit rester auprès de moi pour me conduire jusqu'aux arènes de Ledjem où se retranche maintenant cette chienne.

Ce terme retentit comme une injure dans le cœur de Zina ; une insulte à la vénération que toute femme berbère éprouvait pour la Kahéna. Jamais en sa présence il ne s'était montré méprisant à l'égard des siens. Cela ressemblait à une provocation. Elle sut dissimuler la réaction qu'il guettait peut-être et lui offrit, sans ciller, le profil inexpressif d'un buste de pierre.

Tout à coup, à l'idée qu'elle le servait même involontairement contre son peuple, elle ressentit une honte brûlante sur tout son corps et sa gorge se serra. Depuis longtemps aussi, elle sentait qu'il s'était mis à détester Khalid intimement, un peu à cause d'elle mais aussi parce qu'on le disait l'amant et le fils de la Kahéna. Bien sûr elle percevait vaguement, Zina, que c'était là une désertion, " une jalousie ", qui rongeait le général. Mais elle ne pouvait pas deviner qu'il méprisait secrètement Khalid depuis qu'il avait appris qu'un nomade du nom de Gabaon l'avait balayé. Subitement, s'éveilla en elle un désir destructeur. Entraver les décisions du général, brouiller les pistes pour faire échouer ses projets :

– Et si cet homme a menti? Si c'est pour t'attirer dans un piège que l'on t'a fait parvenir ce message? lui jeta-t-elle.

Le doute qu'elle venait de semer dans son esprit eut pour effet immédiat de défaire le masque du général qui se complaisait dans une moue suffisante.

Précédé dans sa réflexion par la vivacité de Zina, contrarié, il répondit d'un ton brusque, comme s'il pensait à voix haute :

– Mais non, mais non, c'est un appel au secours de ton petit ami Khalid, maintenant qu'il a été écarté comme un moucheron. Et puis, que m'im-porte! mon armée est au meilleur de sa forme. A tout point de vue, attendre plus longtemps ne servirait à rien.

– Tu sais mieux que personne ce que tu dois faire, murmura Zina, circonspecte comme une chatte qui se serait trop approchée de l'écuelle du chien de la maison.

Et pendant que le général arpentait la pièce à grands pas en réfléchissant, elle se tourna vers le visiteur gêné, qui, sans comprendre, devait sentir au seul silence qui ponctuait leurs phrases que quelque chose de grave était en train de se produire.

– As-tu fait bon voyage?

Puis sans attendre de réponse, elle enchaîna :

– Comment va celui qui a eu la gentillesse de nous envoyer ce pain?

De peur que le général ne devine le sens de ses paroles, Zeggour répondit à mi-voix :

– Il pense beaucoup à toi, son seul désir est de te revoir.

– Qu'est-ce qu'il raconte? intervint brusquement le général.

Zeggour sursauta discrètement, mais Zina répondit d'un ton calme :

– Il me dit qu'il y a de la mésentente entre les tribus berbères et la Kahéna.

– Bien, fit-il un peu agacé, nous le savons déjà. Demande-lui cependant de ne pas quitter le Ksar ces jours-ci sans m'en aviser, je vais donner des ordres pour qu'il soit traité comme il convient.

Le général n'était pas encore sorti qu'elle disait déjà à Zeggour :

– Tu as certainement d'autres choses à me confier.

Et le cœur pincé, elle l'écouta lui raconter leur entretien dans la loge et apprit ainsi que Khalid l'aimait toujours. " Comment?, se disait-elle, accablée de bonheur et de fierté, confuse de reconnaissance, il m'aime encore, lui, l'amant de la Kahéna en personne? Il ne m'a pas oubliée. "

Elle eut une absence, un long silence gêné pendant lequel la fixité de son regard inquiéta Zeggour. Puis elle en émergea et lui dit tout à coup, pressante :

– Ecoute-moi bien, mon frère, le général est convaincu que ce message dans le pain est un piège qui lui est tendu. C'est pourquoi il ne veut pas que tu quittes le Ksar. Je ne t'en dirai pas plus. Tu as de l'or maintenant, alors sauve ta vie, procure-toi un bon coursier et disparaît. Quand tu arriveras dans notre pays, dis à Khalid de prendre garde, de ne compter que sur lui-même et dis-lui que je lui appartiendrai toujours.

Tout en lui indiquant par où il devait s'enfuir à la nuit tombée, elle se leva et se mit à vaquer le plus naturellement à ses tâches ménagères.

Suivant les indications de Zina, le malheureux Zeggour accéda par une porte basse et lourde à un escalier souterrain, humide et plus noir que la nuit même. Il en descendit les marches dans un état d'hébétude, voûté, en tâtonnant, pour parvenir à un soupirail que Zina avait pris soin de laisser entrouvert. II traversa un jardinet et, tout en se pressant, il se demanda comment il allait s'y prendre pour quitter discrètement Barka. Soudain, il crut entendre des pas, à distance derrière lui. Alors il détala comme un rat le long des murs vers l'entrée de la ville, pour se réfugier dans un grand marché entouré de ruelles sales, de caravansérails, de boutiques ouvertes tard dans la nuit. Et là, après avoir erré entre les baraques et les monticules de grains, désemparé, il prit la résolution de tenter son ultime chance en se confiant à Issidan dont il savait pourtant l'incorruptible loyauté à l'égard de la Kahéna.

Sans laisser paraître le moindre trouble, alors que ce qu'il venait d'apprendre l'indignait profondément, Issidan fit appeler un adolescent unijambiste qui se tenait appuyé sur sa béquille devant la tente et lui commanda de rassembler sur-le-champ tous les hommes de sa caravane qui devaient se trouver pour la plupart, chez les prostituées d'une ruelle toute proche.

Pour l'apitoyer, Zeggour lui jetait les regards implorants de l'innocent terrassé par le sort, prêt à tous les sacrifices. Et pour se faire davantage persuasif, sans rien dire, il lui tendit la petite bourse remplie de pièces d'or. Issidan la prit d'un geste las, l'ouvrit délicatement pour en vérifier le contenu et consentit enfin à parler d'une voix calme mais sans appel :

– Avant l'aube la caravane prendra la route de l'égypte. Tiens, prends ces quelques pièces sur toi, je vais te conduire chez une fille. Tu y attendras un homme qui viendra te chercher dans deux jours pour t'aider à t'enfuir par la côte. C'est compris? Viens avec moi, mais dissimule ton visage sous ton turban.

Sans perdre un instant, il l'accompagna chez la fille avec laquelle il s'entretint à part brièvement dans l'encoignure d'une courette. Dès qu'elle referma la porte, il releva sur sa tête le capuchon de son burnous et se dirigea à pas d'oiseau par les ruelles obscures jusqu'au Ksar de Hassan sur lequel régnait un calme de sanctuaire. Sur les créneaux des remparts, des sentinelles drapées de burnous sombres, se tenaient immobiles comme des rapaces nocturnes. Issidan se racla la gorge pour signaler sa présence et s'approcha du garde qui se trouvait devant la porte fermée de l'entrée principale.

– La paix soit avec toi, dit-il dans un arabe parfait tout en détournant légèrement le visage pour ajouter à voix basse : Il faut dire au général el-Ghassani que l'homme qu'il recherche se trouve en ville chez une prostituée qu'on nomme "l'Alexandrine". Allah soit avec nous, dit-il encore et il repartit prudemment, hâtif, disparaissant déjà derrière un enchevêtrement d'ombres et de chameaux entravés qui observaient mornes et hautains, la nuit douteuse.

Le garde répondit "Va avec Dieu" et se raidit tout à coup, inquiet, comme s'il venait d'être le confident du diable en personne et le dépositaire d'une sentence implacable de la fatalité elle-même.

Il est vrai que de nombreux destins virent changer leur cours cette nuit-là. A commencer par celui de Zeggour que l'on vint surprendre dans le lit de l'Alexandrine pour le conduire, les mains liées derrière le dos, jusqu'au Ksar. Afin de garder le secret absolu sur ses éventuelles révélations, le général le fit fouetter par l'interprète même, un borgne du nom d'Ifker, qui servait à l'occasion d'entremetteur aux caravanes et aux négociants de passage à Barka.

– C'est Zina qui m'a conseillé de m'enfuir et m'a indiqué comment, finit par avouer Zeggour.

Pour éliminer tout risque de fuite sur ce complot déshonorant, ourdi dans sa propre maison, le général appela ses gardes et fit trancher sous ses yeux, non seulement la tête de Zeggour, mais aussi celle de l'infortuné interprète que son destin scabreux avait jeté dans une affaire dont il ignorait jusqu'au sens.

Pendant ce temps, prise d'une intuition subite, Zina ayant quitté le Ksar avec la discrétion d'une couleuvre, s'était mise à marcher vers la route de l'égypte, sachant bien qu'on la chercherait en ville ou dans la direction opposée. Plusieurs jours plus tard, amaigrie, hagarde, elle fut recueillie par des caravaniers qui, après avoir failli s'entre-tuer à cause d'elle, s'entendirent enfin pour la vendre au marché du Caire.

Quant à Issidan, sa ruse et sa prudence lui dictèrent, selon sa propre expression " de laisser passer la tourmente". En quittant Barka, il alla retrouver les siens dans la communauté grecque du port d'Alexandrie où il se livrerait, l'humeur morose, à un vague négoce de pierres précieuses. Les soirs de nostalgie, il irait boire un gobelet de vin dans une des nombreuses tavernes de la ville basse en se souvenant des paysages, des dangers et des nuits. Parfois il se mettait à raconter une de ses aventures mais en surprenant les regards entendus de quelques consommateurs qui devaient le prendre pour un fabulateur, il se taisait aussitôt et quittait la taverne. Alors il marchait le long du quai où venaient se briser des rouleaux d'écume, en se demandant s'il n'avait pas seulement rêvé cette vie prodigieuse qui avait été la sienne.

Après avoir expédié les affaires les plus urgentes, le général avait grimpé jusqu'à sa terrasse qui dominait le Ksar pour contempler ses troupes sur le départ : milliers de fantassins, milliers de cavaliers, chameliers par centaines et mules chargées de vivres et de matériel. En constatant la fuite de Zina quelques instants plus tôt, au lieu de céder à la colère qu'on imagine, il s'était senti délivré. Il fit comme s'il avait lui-même ordonné son départ, s'économisa tout ressentiment en la comparant à quelque animal porte-malheur dont il venait d'être enfin débarrassé par la grâce du ciel qui l'accompagnait à nouveau, après cette éclipse de cinq longues années. Il était confiant tout à coup, enfin en accord avec lui-même. Il posa un regard paternel sur ses soldats, se tourna vers Le Caire comme l'exilé qui regarde le rivage avec un air de dire : " Bientôt tu me verras dans tes rues, couvert de gloire et d'honneurs ", et enfin vers le Maghreb, comme s'il y avait un rendez-vous d'amour. Il se demanda s'il verrait un jour le visage de la Kahéna et il éprouva à nouveau un vif sentiment de jalousie à l'égard de Khalid : ce fils qu'il n'avait jamais pu avoir avoir avec aucune femme ; cet impossible fils qu'il avait envie de tenir par la main ; Ce fils auquel il avait pris Zina, comme si, en lui dérobant son amour, il le ravissait lui-même un peu ; ce fils qui était l'amant et le fils de la Kahéna ; ce fils que la destinée diabolique faisait devenir à son gré fils ou amant. Le général descendit les marches calmement, une à une, cracha l'écorce de noyer qu'il mâchonnait pour entretenir l'éclat de ses dents, réunit ses officiers dans la cour du Ksar pour les dernières recommandations, se hissa sur son cheval et donna l'ordre du départ.

XX

Au moment même où, à Barka, le général avait brisé le pain qui contenait le message de Khalid, à des centaines de lieues, près de l'oasis de Tatga, vers la fin d'une funeste journée de tempête de sable, la Kahéna était sortie de sa tente et s'était mise à crier :

– Berbères! Berbères! On nous a trahis... avec de la nourriture.

Elle répéta cette phrase de nombreuses fois. Ensuite elle poursuivit d'un ton menaçant un discours que le vent violent rendait inintelligible, ôtant à ses paroles toute leur amplitude, comme si elles fondaient en l'air aussitôt formées sur ses lèvres. Des hommes sortirent précipitamment des tentes voisines et demeurèrent stupéfaits en la voyant ainsi, furieuse, échevelée, haranguant le désert et les dunes dont les crêtes soulevées par la tempête se hérissaient par instants telles des crinières de monstres déchaînés mugissant de colère.

Aïda qui l'avait entendue la première crut comprendre qu'on avait empoisonné sa maîtresse et accourut vers elle, affolée, livide. Mais en s'approchant, elle l'entendit lui crier :

– On m'a trahie! Nous repartons immédiatement pour Ledjem, el-Ghassani est en train de donner des ordres. Une forêt de sabres, un océan de chevaux. Ma tête à la porte de Bagdad.

Aïda poussa un profond soupir de soulagement et murmura :

– Si ce n'est que ça, on se débrouillera toujours.

Au milieu de tourbillons de sable qui s'enroulaient autour de sa longue silhouette, on vit surgir Gabaon qui revenait à pied de l'oasis toute proche. En l'apercevant devant sa tente, prophétesse furieuse et grandiose, annonçant des calamités à cette assemblée pétrifiée qui se tenait à distance, Gabaon alla calmement vers la Kahéna. Après une brève hésitation, encouragés par son exemple, les hommes convergèrent vers elle en emboîtant le pas à leur chef, mais ils se tinrent tout de même à l'écart, partagés entre la pudeur qui les poussait à le laisser en tête à tête avec la Kahéna et la curiosité d'écouter ce qu'ils allaient se dire. La seule vue de Gabaon apaisa sa fureur. De ses deux bras, elle fit des signes, invitant toute l'assistance à se rapprocher d'eux. Alors, au milieu de la tourmente, ils formèrent une âpre couronne humaine et l'entendirent annoncer :

– L'armée arabe se prépare à quitter Barka pour venir nous envahir. Elle est puissante comme elle ne l'a jamais été. Conduisez-moi à Biskra où je prendrai des chevaux pour rejoindre Ledjem.

Gabaon, dont la taille dominait toute l'assistance, dut sentir les regards se tourner vers lui. Il inclina légèrement la tête, leva furtivement le bras.

Les hommes se dispersèrent dans ce crépuscule trouble et se mirent à lever le camp. Avec leurs gestes économes, millénaires, c'est à peine si on les vit démonter les tentes, rassembler les pieux, remplir les outres dans le puits de l'oasis, bâter les chameaux, humbles et solennels, indifférents à la précipitation du vent. Bientôt les bêtes alignées, traversaient déjà les voiles des ténèbres qui s'entrelaçaient avec les nuages de sable : on aurait dit que la nuit même s'était mise en marche.

La course devait se poursuivre, sans un mot, jusqu'à

Biskra. D'ailleurs, que dire qui n'était déjà dans ce silence dont chacun semblait pétri. Le regard aussi sombre que leurs burnous en poils de chèvre, la bouche bâillonnée par les longs turbans enroulés sur leurs visages, on aurait dit qu'en se hâtant, ces hommes poursuivaient le désert même qui s'enfuyait comme une chimère sous leurs pas.

Tout en s'assoupissant sur sa monture, la Kahéna se mit à penser à Baraïa et son cœur se serra si fort qu'elle sursauta. Puis elle pensa à son père avec amertume et fierté, à Issachar avec impatience ainsi qu'aux garçons.

" Que deviendront-ils si nous perdons cette guerre? Si Khalid n'est pas mon fils, saura-t-il être leur frère comme ils sont si bien les siens depuis cinq ans? Certainement, certainement. Même s'il m'a trahie, finit-elle par s'avouer. Et puis cela ne change rien : el-Ghassani attendait son heure depuis longtemps. Elle est arrivée peut-être. C'est entre lui et moi à présent. "

Puis, elle se mit à songer qu'à travers eux, deux mondes allaient s'affronter une fois encore : celui des siens, pétri de magie et de gravité, empêtré dans ses croyances, prisonnier de ses silences, et celui des Arabes, pénétré de solennité, de faste et d'austérité à la fois, prisonnier de son langage et de ses ferveurs. Elle sentit confusément qu'ils devaient avoir quelque chose en commun pour s'opposer ainsi, fascinés l'un par l'autre. Elle ne savait quoi au juste, mais ils étaient les uns et les autres, pareillement, guerriers, nomades et pasteurs, avec pour seuls territoires l'immensité et l'orgueil.

Vers le milieu de la nuit, le vent tomba tout à coup.

Le ciel bleu sombre formait une voûte basse et parfaite percée de multitudes d'étoiles pointues. Une lune presque rousse éclairait le sable d'une lumière ambrée. A cause de l'immobilité soudaine de l'air, sans ralentir, les chameaux prirent une allure indolente et les dunes épousèrent les courbes douces des corps de femmes ; on se serait cru dans les nuages, hors du temps, hors de l'espace.

En arrivant à l'aube à Biskra, les hommes jurèrent avoir parcouru la distance qui les séparait de Tatga en une seule nuit. Devant les regards étonnés des habitants de la cité, ils laissèrent entendre que la présence de la Kahéna parmi eux avait donné des ailes à leurs montures et certains déclarèrent avoir eu l'impression de voler quand ils s'étaient assoupis pendant le voyage.

Il est vrai que Gabaon savait inventer les trajets les plus extravagants et les plus déroutants grâce à sa connaissance intime des étoiles. Mais tout de même chacun savait aussi qu'à moins de disposer de quelque pouvoir magique, nul ne pouvait accomplir une telle prouesse, en joignant en une seule nuit Tatga à Biskra.

Après avoir changé de montures, ils reprirent aussitôt la route. On pouvait penser qu'à chaque étape la Kahéna ferait prévenir les chefs des tribus de l'imminence d'une attaque arabe, comme il lui était arrivé de le faire dans le passé, se fiant à ses seules prémonitions. Cette fois il n'en fut rien. Prise par on ne sait quel doute, elle n'avait qu'une hâte : retrouver Issachar. Par une secrète superstition, pour conjurer des augures perçus d'elle seule, elle voulut revoir en chemin cette forêt proche de Tehouda qui lui rappelait les combats de sa jeunesse, la défaite des soldats d'Oqba, l'évasion de Koceila.

Elle fit également halte dans la vallée des vierges, sur la Miskiana, pour se souvenir, en s'y promenant, de sa glorieuse bataille. Assis près d'elle, au bord de l'eau, Gabaon l'écoutait, fasciné, lui faire le récit de la bataille et avait peine à croire qu'elle ait pu arrêter le cours de la rivière pour faire passer ses cavaliers. Avant la tombée de la nuit, sans prévenir, elle s'éloigna pour une promenade solitaire dans les collines avec le désir secret de rencontrer une des géantes noires.

Elle erra en vain dans la forêt, revint avec l'air préoccupé de quelqu'un qui ne retrouve plus l'endroit de son trésor caché. Ce soir-là, elle demeura repliée sur elle-même, se contentant de jeter, sur les choses et sur les gens, un regard désenchanté.

A la vue de Ledjem, sans concertation, tous les chevaux ralentirent en même temps et Gabaon s'approcha d'elle et lui dit :

– Te voilà arrivé. Il faut que j'y aille. Tu sauras bien me retrouver quand tu voudras.

– Il faut que j'y aille aussi, Gabaon. Mon frère Issachar a trouvé le mot qui convient : “ Jusqu'à toujours. ”

Gabaon approuva d'un hochement de tête, détourna pudiquement son regard, immobilisa sa monture et fit signe à ses hommes de s'arrêter.

La Kahéna talonna, se retourna, leur cria merci et, suivie d'Aïda et de ses gardes, galopa jusqu'au tunnel secret qui conduisait aux arènes.

Au milieu du cirque, un superbe étalon tournait fougueusement au bout d'une longe que tenait un jeune instructeur, l'air faussement sévère. Elle reconnut le cheval d'Issachar et le chercha d'un regard impatient, alentour. Elle l'aperçut enfin, assis à l'ombre, en compagnie d'un noir habillé richement et coiffé d'une toque brodée de minuscules coquillages.

“ Bon présage ”, murmura-t-elle en pensant à Dvora qui disait toujours : “ L'amitié des noirs nous porte chance. ” Malgré le sourire émerveillé qu'eut Issachar en ouvrant ses grands bras pour la serrer contre lui, elle pressentit qu'il avait quelque chose de grave à lui annoncer.

– Cet homme vient de Trebolos par la mer. C'est un ami d'Issidan qui l'a chargé de nous dire que le général el-Ghassani et son armée ont quitté Barka.

– Je le sais depuis près d'une semaine, mon demi. Mais maintenant, il n'y a plus de doute. Préparons-nous. Comment vont nos troupes? demanda-t-elle enfin.

– Dans l'ensemble assez bien. C'est l'intendance qui pourrait nous faire défaut. Nos chameliers n'ont pas collecté les quantités prévues ces derniers temps. Il est vrai que la récolte a été mauvaise. Les roums tiennent là un bon prétexte pour ne pas donner leur contribution. Mais, si la guerre ne dure pas trop longtemps, nous aurons de quoi tenir.

– Elle ne durera pas longtemps. Puis elle ajouta en s'éloignant : “Je vais juste me rafraîchir un peu et revenir, quelle chaleur! C'est rare par ici.”

Il y eut une fête ce soir-là dans les arènes de Ledjem somptueusement illuminées en l'honneur du visiteur, ami d'Issidan.

“La fête la plus balourde du monde”, dira Issachar le lendemain. On aurait dit qu'un sommeil lourd et débilitant s'était tout à coup abattu sur l'assemblée, invités et serviteurs réunis, un peu après le début de la fête.

Le vin s'était mis à couler avec une paresse de miel et, quand enfin il avait rempli les gobelets, il était bu avec une lenteur voluptueuse qui vous mettait dans un état de léthargie et de félicité, proche de la simplicité totale de l'esprit, diront les uns ; la forme originelle du bonheur, diront les autres. La musique se fit si lente que les sons des rbabs étaient devenus de longs miaulements infâmes. Pourtant ils semblaient réjouir encore les oreilles des invités qui manifestaient leur contentement en échangeant de vagues mouvements de lèvres, des ébauches de sourires. Certains, croyant battre la mesure avec un air de complète satisfaction, faisaient tomber un bras indolent pour accompagner tambours et terbougas d'où s'échappaient des sons pâteux, espacés, mais cependant réguliers. Portant deux par deux de longs plateaux de viandes et de volaille posés sur des nattes tressées en feuilles de palmiers, les serviteurs avançaient à pas si lents qu'ils ressemblaient à de grands caméléons.

L'honorable visiteur noir était plongé dans une totale béatitude. Les stries qu'il avait au visage et qui lui donnaient d'ordinaire un air inquiétant, semblaient brisées dans un sourire d'une naïveté éternelle. Autour de lui, Khalid et les garçons devaient se croire dans une de leurs conversations agitées quand, en fait, leurs paroles avaient les pires difficultés à franchir leurs lèvres pour parvenir à leur destinataire. Dans un ultime retranchement de sa conscience, la Kahéna pensait que c'était la fin du monde, qu'après tout c'était bien ainsi et qu'il méritait d'agoniser dans cette paralysie euphorique, lui qui s'était toujours agité vainement. Dans un coin de la pièce, sur des coussins, Aïda se tenait affalée et fixait sa maîtresse avec une langueur et un dévouement que nul n'aurait su traduire. Issachar devait être convaincu de ce qu'il nommait « la fin des vanités », mais un sursaut d'appétit amoureux l'avait tout de même conduit parmi les danseuses et, alors qu'il croyait s'échapper discrètement avec l'une d'elles, on les vit main dans la main, se traîner péniblement comme des tortues vers les appartements, s'arrêtant tous les trois pas pour s'assurer que nul ne les avaient vus. Quels esprits bienfaisants avaient soufflé ce vent de torpeur sur une assemblée qu'ils savaient tourmentée par la crainte de l'avenir? Quelle main avait ensorcelé le vin de quelque poudre magique? Celle d'Aïda peut-être? Pour immoler dans le cœur de chacun, ne serait-ce qu'un moment, cette peur que tout homme doit ressentir en se disant que son histoire touche peut-être à sa fin. Dans l'indolence, chacun put croire que ce répit, c'était déjà l'antichambre de l'éternité. Hélas, il ne dura que l'espace d'une nuit.

Le lendemain, chacun se leva, courbatu, comme si les muscles avaient lutté contre l'inertie même de la fatalité.

Certains étaient si oppressés qu'un rien les faisait fondre en sanglots, pareils à des enfants qui se délivrent d'un cauchemar. Mais plus tard, dans la matinée, chacun recouvra peu à peu sa lucidité et avec elle, l'impatience de savoir ce que déciderait la Kahéna qui avait rassemblé dans une pièce, en présence d'Issachar, les garçons et ses officiers, pour leur dire :

– Vous le savez, l'ennemi est en marche. Si le général el-Ghassani se décide enfin après des années d'hésitation, c'est qu'il se sent assez puissant. Cette fois, nous n'irons pas au devant de lui, laissons-le venir à nous, ici même. Les garçons prendront la tête des unités de Djéraouas, soit douze mille hommes et se placeront à distance, en réserve ; le reste de nos troupes dissimulées dans les oliveraies fondra sur les régiments qui seront occupés à nous assiéger.

XXI

Cette fois le général el-Ghassani connaissait sa route et il s'était bien gardé de fractionner ses effectifs ainsi qu'il l'avait fait lors de sa précédente campagne, sur les conseils de Médaoui. Il disposait à présent d'une armée si importante qu'il ne s'embarrassa d'aucune tactique, se contentant de la déverser sur les plaines envahissant cités, villages et hameaux. C'est un bouillonnant raz-de-marée de soldats dont les turbans blancs, de loin, semblaient des crêtes d'écume, que les Berbères voyaient déferler à l'horizon, soulevant une tourmente de poussière et précédé d'une effrayante rumeur. Les habitants des hameaux se prévenaient les uns les autres en s'enfuyant, poussant devant eux quelques animaux domestiques afin de se réfugier dans les montagnes tout le temps que durait le passage de l'envahisseur qui laissait champs et pâturages dévastés : on aurait dit un fléau de sauterelles.

Dans les villes, des délégations de notables se constituaient déjà pour parlementer avec le général, prêtes à s'entendre avec lui. Certaines cités de la région de Kairouan mais aussi du littoral se réjouissaient de ce retour en force et l'acclamaient déjà en vainqueur.

En apercevant au loin les arènes de Ledjem, le général se demanda pourquoi les romains avaient construit un édifice aussi imposant dans cette plaine inhabitée. Il se dit qu'ils devaient y venir des autres cités pour assister aux combats de gladiateurs et participer à ces ignobles libations dont lui avait parlé le scribe qui l'accompagnait. La citadelle même de Ledjem qu'il voyait là, devant lui, assez proche des arènes, n'existait sans doute pas à cette époque. Pendant qu'il se livrait à ces réflexions, il s'étonna de n'apercevoir au loin aucune présence de troupes ennemies et s'inquiéta : " Ou c'est un piège, ou alors cette sorcière a quitté les lieux afin de me contraindre à la poursuivre dans ces régions montagneuses qu'elle connaît bien. " C'était ce qu'il craignait le plus. Mais sans détacher un regard entêté du paysage, il donna l'ordre à ses troupes de camper sur place.

Dans l'après-midi, en apprenant que les arènes étaient défendues par d'importantes troupes berbères dissimulées dans les oliveraies, il se sentit délivré d'un doute et se réjouit secrètement en pensant : " C'est donc qu'elle est là, que les choses vont se passer ici même. " Son front se plissa à nouveau et il se mit à arpenter cet espace étroit sous l'auvent de sa tente, en réfléchissant encore au plan de bataille qu'il s'apprêtait à exposer à ses officiers :

– Avancer deux bataillons seulement ainsi que le matériel pour faire croire que nous allons assiéger les arènes afin d'inciter leurs troupes à sortir de leur bois.

L'officier désigné pour commander l'opération décida de se rapprocher pendant qu'il faisait encore jour, afin de procéder au déchargement des bêtes qui transportaient les équipements et installer ses soldats dans un champ en vue des arènes. Alors un long convoi de chameaux se mit en marche. Le crépuscule arrivait aussi, lentement, calme, traversé par les reflets fuyants d'un soleil rose qui achevait de disparaître derrière les oliviers, comme un désir inavoué aux joues d'une femme.

Le campement fut dressé en hâte autour de grands chaudrons où fumait déjà une soupe de fèves pendant qu'on s'activait à décharger fiévreusement béliers, poutres, chaînes et cordages, pour laisser croire à l'ennemi qu'on assiégerait les arènes dès le lendemain à l'aube.

A la fin de la dernière prière, un silence étrange s'empara de toute la plaine. Quelques jeunes chameaux qui gambadaient avec insouciance vinrent se planter près de leurs mères entravées. Peu après, des corbeaux par centaines, arrivant de toutes parts, se mirent à tournoyer dans le ciel devenu sombre. Sans un coassement, par petits vols successifs, semblables à de longues bannières tissées de minuscules points noirs, ils attiraient la nuit dans leurs ailes en se posant sur les champs glabres cependant qu'un cordon de sentinelles se mettait en place tout autour du campement.

Nul ne pouvait imaginer qu'une intense activité se déployait pourtant au même moment, à l'intérieur des arènes qui avaient l'air d'une grande forteresse abandonnée. Des fenêtres les plus hautes, sans être vus, les Berbères avaient observé minutieusement l'installation de leurs ennemis.

La Kahéna qui flairait là une manœuvre de diversion, parcourait à grands pas un long vestibule, d'un air absorbé. Soudain comme si elle ne s'adressait qu'à elle-même elle dit à Issachar :

– S'ils sont venus pour nous assiéger, ils n'imaginent sûrement pas que nous pourrions sortir et les surprendre à partir d'ici même.

Et sans s'arrêter, l'obligeant à marcher derrière elle à cause de l'étroitesse du vestibule, elle lui énonça les phases successives de l'opération qu'elle était déjà impatiente de déclencher. Issachar parut approuver avec une expression d'admiration étonnée et courut donner des ordres. Quelques instants plus tard, on vit arriver par le tunnel une longue file de soldats et de chameaux qui remplirent le cirque dans un calme funèbre.

Bien avant la fin de la nuit, on mit à exécution le plan de la Kahéna.

Subrepticement, un chameau sur lequel se juchait, camouflé, un guerrier, quittait le cirque par une porte donnant sur l'extérieur. Imperceptiblement, il avançait jusqu'à se mêler et se confondre avec les centaines de ses congénères qui se tenaient entravés tout autour du campement arabe. Un court instant plus tard, un autre chameau rejoignait le précédent, et ainsi de suite, un chameau après l'autre, tout le restant de la nuit, ils finirent par encercler complètement l'ennemi, sans éveiller l'attention des sentinelles. Ensuite, les uns après les autres, des guerriers avancèrent furtivement pour s'abriter derrière le rempart de chameaux. Au fur et à mesure, le cirque se vidait et se remplissait de guerriers qui arrivaient des oliveraies à travers le tunnel. Enfin, avant les toutes premières lueurs de l'aurore, un homme imita deux fois le cri de la chouette et à ce signal les guerriers berbères attaquèrent les sentinelles, à coups de sabres, à coups de lances.

Les soldats arabes surpris dans leur sommeil se levaient en bondissant et se regroupaient, s'abritant les uns derrière les autres, dans un ultime espoir, sans cesser de tourner, formant une large spirale endiablée. Les Berbères qui les encerclaient sabraient impitoyablement, on peut dire aveuglément, dans la masse humaine, puisque la nuit s'achevait à peine dans une aube grise et poisseuse. Des corps s'affaissaient et la spirale hébétée continuait à tourner sur elle même. Soudain s'éleva le cri d'un immense Allahu-Akbar dont l'écho retentit au milieu des arènes, au moment même où perçaient au loin les premiers rayons d'un soleil rouge. Puis ce fut la ruée sur les attaquants, une effroyable mêlée de corps à corps dans un amoncellement de cadavres, au milieu d'une ronde infernale de guerriers frénétiques, haletants, s'éventrant à l'abri d'un enchevêtrement de chameaux. Leurs longs cous enlacés, ils détournaient leurs regards mélancoliques de l'horrible carnage que seuls avaient prévu les corbeaux formant déjà au-dessus d'eux d'affreux tourbillons noirs. Dans un inexplicable mais tacite soubresaut de la raison, les combats s'interrompirent un très bref instant. Avant que les Arabes ne se réorganisent pour les décimer, les Berbères se retirèrent aussi vite, aussi mystérieusement qu'ils étaient venus. Profitant de la trêve, les chameaux sans entraves se dispersèrent puis se rassemblèrent un peu plus loin, en une horde dégingandée qui se pressa vers les oliveraies.

La stupeur du général el-Ghassani fut telle en apprenant cette attaque qu'il se retira sous sa tente sans desserrer les dents. Lorsqu'il réapparut vers le milieu de la matinée, on aurait dit un autre homme. Son regard était brillant et plus dur que jamais, sa voix semblait plus grave. Il se mit à marteler les mots comme s'il ne faisait que transmettre les ordres que lui dictait une inspiration suprême :

– Encercler les arènes et attendre ; attendre le temps qu'il faudra. Répartir tous les autres régiments à bonne distance de façon à prendre en étau tout ennemi qui viendrait au secours des arènes. Consi-dérez que nous tiendrons le pays entier en prenant ce seul édifice, conclut-il.

Ces ordres donnés, il demanda à boire et s'assit sous un parasol devant les arènes, le dos tourné aux hommes qui enterraient les cadavres de ses soldats massacrés, sous une nuée de corbeaux qui protestaient en coassant odieusement.

– Ils sont affamés, marmonna le général, mais bientôt ils vont se repaître, eux et tous les vautours, tous les chacals et toutes les hyènes de ce pays. Un peu de patience, ajouta-t-il, faisant mine de s'adresser à eux.

Alors les corbeaux parurent avoir compris. Après

avoir gratté vainement puis rageusement la terre retournée au-dessus des tombes, ils se résignèrent à s'envoler l'un à la suite de l'autre et se tinrent cois dans un champ éloigné, sûrs de leur affaire.

Un silence de ressentiment s'empara de toute la plaine. Des arènes remplies de soldats ne parvenaient de temps à autre que d'infimes craquements, pareils à ceux qui trahissent l'intense activité d'un grouillement d'insectes à l'intérieur un tronc creux.

Chacun sait qu'il y a des matins qui ne trompent pas. A l'aube du second jour, le général el-Ghassani se réveilla décidé, avec un sourire confiant en se disant " Ce jour est à moi. " Tout à coup, il avait le sentiment que toute son existence n'avait été qu'une longue initiation pour vivre cet instant. A peine était-il sorti de sa tente, qu'on lui annonçait déjà que des troupes de la Kahéna se montraient au loin. " Allah est avec nous " pensa-t-il réjoui. Il savait qu'il allait bouleverser les plans de son ennemie.

Ce pressentiment se vérifia peu après, puisque les régiments qu'il avait répartis, comme les rayons d'une immense roue autour des arènes furent prompts à cerner les Berbères qui s'étaient avancés, en firent un grand massacre et les mirent en déroute. D'autres troupes berbères quittèrent les oliveraies pour voler au secours des précédentes. La Kahéna qui observait d'une haute fenêtre le déroulement des combats, comprit que ses hommes allaient se faire anéantir à leur tour et réalisa tout à coup que la bataille était perdue. Alors elle descendit et ordonna à ses généraux présents de riposter à partir des arènes afin de distraire l'ennemi pour permettre à ses troupes de battre en retraite.

Une pluie de flèches se mit à jaillir des arènes. " Ils se

montrent, enfin, les chiens", marmonna le général pendant qu'au même instant la Kahéna rejoignait Issachar à l'entrée du tunnel qui ressemblait à un gouffre tout à coup et lui disait :

– Tant qu'il est encore temps, il faut empêcher les garçons de se jeter dans la bataille, ce serait un sacrifice inutile. C'est toi même, mon demi, qui va aller les prévenir et leur dire que les choses tournent mal, que la bataille est perdue, qu'ils doivent se convertir à l'Islam, eux et les douze mille cavaliers djéraouas ; autrement el-Ghassani ne les épargnera pas. A quoi bon? Il faut durer, c'est le plus important, l'Islam ou autre chose, c'est pareil, il faut choisir la vie.

– Nos guerriers ne se convertiront pas. Ils mourront plutôt jusqu'au dernier, les garçons aussi.

– Tu leur diras de ma part que c'est une "prophétie impérative" qui me dicte cette conduite, que j'ai eu des visions, qu'il y va de l'avenir des Djéraouas et de tout notre peuple. Dis-leur que l'Islam est sûrement meilleur que ses propres conquérants. Dis-leur,. que sais-je encore, que la grande chose c'est de vivre, de durer, répéta-t-elle en pensant à Tabet.

– Tu leur feras dire tout ça par qui tu voudras, moi je ne quitterai pas ces arènes sans toi.

– Il va bien falloir, mon demi. Tu ne peux abandonner Baraïa, nos mères, tes femmes, tes petites.

Il y eut un court silence et il dit :

– Pour les garçons et leurs hommes, tu as raison. Ils doivent se convertir, ils sauront préserver Baraïa. Alors faisons partir un messager, il est encore temps, pour les prévenir. Quant à nous deux, nous fuirons ensemble ou nous mourrons ensemble, comme tu voudras.

– Bien, fit-elle, songeuse. Fais prévenir les garçons.

Juste avant de donner l'ordre d'investir les arènes, le général s'entendit murmurer "A nous deux", puis il ajouta aussitôt en criant :

– Allez me chercher "le Berbère".

Ider se présenta immédiatement après et le général le chargea de conduire trois de ses officiers pour reconnaître la Kahéna, la capturer et la ramener "vivante à tout prix". Enfin il fit un signe à ses généraux et bientôt ce fut une ruée de soldats en furie, ceux-là même qui avaient vu le charnier qu'on avait fait de leurs frères, qui les avaient enterrés, la bouche sèche de rage en se jurant de les venger. Les guerriers foncèrent comme si la mort ne les concernait nullement, par grappes entières, par hordes entières, hurlant "Allahu-Akbar", partout à la fois, les uns sur les épaules des autres, se hissant aux fenêtres, jetant des torches en flammes, poussant béliers, troncs, tirant cordages et chaînes, décidés s'il le fallait, à arracher à la terre l'édifice des arènes tout entier pour le briser et décimer ses occupants, comme on casserait un pot rempli de guêpes.

Des portes cédèrent en même temps qu'un incendie se déclarait dans les écuries remplies de paille et la bataille fit aussitôt rage de part et d'autre des arènes qui se mirent à ressembler à une ruche enfumée, vrombissante de cris, d'ordres, d'appels, au milieu de combats sanglants.

On pouvait croire que la Kahéna se dédoublait, se multipliait pour encourager ses soldats en plusieurs endroits à la fois. Elle surgissait de fenêtre en fenêtre dans sa cuirasse éblouissante au soleil, comme le faisceau d'une lumière magique. Pendant ce temps, dans les galeries obscures, des dizaines de corps à corps muets et anonymes s'achevaient dans la stupeur réciproque devant l'irréparable, avec cette expression hallucinée qui laisse croire qu'à l'ultime seconde, celui qui reçoit la mort et celui qui tue se sont reconnus pour s'être déjà vus dans un autre monde.

De l'enceinte du cirque rempli de soldats qui s'entretuaient au milieu des flaques de sang, s'élevait une exhalaison insupportable en même temps qu'une rumeur de râles et de gémissements. Dans le chaos et les cris, nul ne pouvait penser que trois soldats violaient une femme surprise dans une loge sombre à l'étage le plus élevé. Après s'être débattue elle s'étendit comme morte laissant se succéder sur elle les trois soldats hagards qui n'en revenaient pas eux-mêmes de sentir pour une seconde le goût de l'amour, au milieu des ricanements de la mort qui se faisaient écho dans les longs couloirs.

Dans la rage et la confusion de la bataille, les trois officiers conduits par Ider se frayaient calmement le chemin, le moins du monde concernés par la violence des affrontements qui se déroulaient autour d'eux. Ils avançaient invulnérables, contournant les corps à corps, enjambant les cadavres, indifférents au danger, dévisageant avidement les combattants dans l'espoir fou de rencontrer la Kahéna. Il émanait d'eux un respect mystérieux dû à l'importance même de la mission dont ils étaient investis. Non seulement la plupart des soldats des deux camps feignaient d'ignorer leur présence, mais certains même s'écartaient avec circonspection pour les laisser passer. Après avoir inspecté au pas de course les loges et les couloirs, ils se postèrent à l'étage le plus élevé pour observer minutieusement les combats qui se poursuivaient, acharnés, sur les gradins et au milieu du cirque.

– Elle s'est peut-être sauvée dit l'un des officiers.

Ider secoua la tête et, sans répondre, tourna les talons et les entraîna derrière lui pour redescendre. Au moment de franchir les dernières marches, au pied de l'escalier, il se retrouva nez à nez avec la Kahéna. Il eut un mouvement de recul. Les trois autres, saisis à leur tour, attendirent sa réaction ; Mais Ider, blême, raidi, se tint comme une statue de pierre, les yeux écarquillés, cloués dans ceux de la Kahéna qui le tenaient hypnotisé, déjà convaincu de sa propre perte, telle une proie sous le feu du regard de la lionne. D'une détente, elle se déporta sur la gauche et fouetta l'espace d'un geste si vif qu'on vit à peine la pointe de son épée trancher la gorge de son ancien amant. Le corps d'Ider demeura immobile, mais sa tête s'affaissa légèrement de côté avec une expression de délivrance. Au lieu d'alerter leurs soldats pour cerner la Kahéna et la ceinturer, les trois officiers se tinrent paralysés. Puis inexplicablement, tout à tour chacun d'entre eux se jeta sur elle, comme pour s'offrir à elle, pour la posséder, comme l'on se jetterait dans un brasier fascinant et purificateur. Emporté par sa folie subite, chacun d'eux se laissa transpercer par son épée, avec sur le visage cette expression du don de soi et le sourire d'une extrême jouissance intime.

Dehors, sans détacher ses yeux des arènes, comme s'il mesurait à distance l'intensité des combats, de temps à autre, d'un signe de la main, le général lançait à l'assaut une nouvelle vague de soldats. Son cœur palpitait d'impatience. De ces grandes portes, là devant lui, à chaque instant il espérait voir amener la Kahéna, attachée comme une esclave pour l'humilier de son regard avant d'ordonner qu'on la tienne enchaînée dans une tente tout près de la sienne.

La Kahéna pensait, elle aussi, à son ennemi, au même moment, en se disant que, s'il était tué malgré leur nombre, ses soldats seraient déroutés et qui sait? Elle pourrait profiter de la cohue et de la confusion qui régnaient au dehors comme au dedans des arènes pour se faufiler jusqu'à lui et le tuer par surprise. Alors elle s'abrita sous l'entrée du tunnel pour se débarrasser de son casque et de sa cuirasse. Tout à coup, elle sentit qu'Issachar n'était plus à ses côtés et le vit, assailli par deux soldats. Elle bondit en criant et décapita l'un d'eux. Son action détourna l'attention d'Issachar qui, se croyant attaqué par derrière, se déporta légèrement sans se retourner. A cet instant même son adversaire abattit son sabre sur la tête d'Issachar qui s'écroula. La Kahéna sentit son cœur se déchirer et se mit à hurler " mon demi, mon demi, mon demi ". En l'apercevant, l'homme qui avait frappé Issachar demeura pétrifié; elle lui trancha le cou si violemment que son propre élan la projeta en arrière contre la paroi suintante du tunnel pendant que son épée s'arrachait de sa main. Un officier arabe qui avait suivi la scène, crut la reconnaître et cria " la Kahéna ! La Kahéna ! " en se précipitant vers elle. Plusieurs soldats arabes qui se trouvaient dans l'enceinte du cirque l'entendirent et accoururent à sa rescousse pendant que lui, la voyant assommée, voulut se saisir d'elle. D'un même mouvement elle le poignarda en se dégageant puis chancela et s'évanouit. L'homme porta ses mains à son ventre pour retenir ses tripes, fit un tour sur lui-même et quitta le tunnel en s'effondrant dans la lumière. Lorsque ses soldats se précipitèrent à l'entrée du tunnel, un Noir gigantesque les accueillit à coups de sabres, les tuant tous, sauf un qui rapportera cette scène étrange en exhibant son bras coupé à ses camarades impressionnés.

Dès lors, dans l'immense confusion, la déroute des uns, l'ivresse de la victoire des autres, personne ne sut qui? quoi? comment? Des témoignages magnifiques et contradictoires naîtront de ces secondes mêmes. Deux officiers d'el-Ghassani jureront avoir poursuivi deux femmes qui s'enfuyaient des arènes vers un ancien puits romain où elles se jetèrent l'une après l'autre pour disparaître dans les gigantesques canalisations souterraines qui communiquaient avec le puits. A la fin des combats, dans le tunnel que les Berbères avaient enfumé en y brûlant de la paille pour protéger leur fuite, des soldats distinguèrent un objet scintillant qui n'était autre que la cuirasse même de la Kahéna. A quelques pas, ils trouvèrent un casque en or et la tête d'une femme, défigurée, méconnaissable. Pour se venger du général, de lui-même, de l'Histoire et de tout, Khalid prétendra que c'était la tête de la Kahéna. Le général ne demandait pas mieux que de le croire. Il fit saler la tête et, à son retour triomphal, l'offrit à la vue de la population en l'accrochant durant plusieurs jours à la porte de Bagdad. Les garçons comprirent qu'il s'agissait d'un simulacre et jusqu'à la fin de leur vie ils demeurèrent secrètement convaincus que leur mère avait choisi de rejoindre Gabaon dans ces éternelles et invisibles mouvances de sables et de silence.

Aussitôt après la reddition et la conversion des fils de la Kahéna, pour écarter toute tentative de complot, de résistance ou de soulèvement, le général el-Ghassani les enverra, à la tête des douze mille cavaliers djéraouas, convertis eux aussi, à la conquête de l'Espagne, les rendant à leur tour conquérants de l'Islam.

Au regard méprisant et moqueur du général qui lui annonça que Zina avait disparu, Khalid sentit s'ouvrir devant lui les portes de la folie ; il les franchit calmement et entreprit ce long et douloureux chemin qui devait le reconduire, bien des années plus tard, au Caire où il mourra dans sa pitoyable démence.

Zina ne l'oublia jamais. Les caravaniers l'avaient vendue à un homme quelque peu farfelu, mais d'une noble bonté, dévoré par la passion des astres et si distrait qu'en la confiant à sa mère il mit plusieurs semaines à se souvenir de son acquisition. En la retrouvant plus tard, embellie et vive, comme on découvre une nouvelle fleur dans son jardin, il s'éprit d'elle, l'initia à la contemplation des étoiles et lui fit un enfant qu'elle prénomma Khalid. Leurs jours s'écouleront en apparence semblables à ceux des gens sans histoire. Mais Zina en avait une d'histoire et rien ne viendra guérir les blessures secrètes de son cœur. Elle achèvera son existence au Caire dans une rue mitoyenne à celle même où Khalid finira ses tristes jours, criant parfois son nom et celui de la Kahéna.

Longtemps après cette guerre, Issidan voulut parcourir une dernière fois les routes et les déserts de ce Maghreb qu'il aimait tant, avant de se résigner à la vieillesse dans sa ville d'Alexandrie "pour en avoir le cœur net", se disait-il, la gorge serrée, tourmenté par un doute pénible : "Et si tout cela n'existe plus, et si tout cela n'avait jamais existé ? " Il hésita pendant plusieurs semaines et finit par dire aux siens qui croyaient son esprit quelque peu dérangé:

– J'ai encore l'âge de quelques voyages, j'ai envie de revoir ces contrées où j'ai mes souvenirs et mes amis.

Il forma un équipage, fit route avec d'autres caravanes et chemina de longs jours, laissant libre cours à sa mémoire pour démêler tant de secrets enchevêtrés, pour retrouver des visages d'hommes et de femmes, ces noms magiques et dérisoires de choses et de lieux qu'il reconnaissait en se disant : "Rien n'a changé, mais rien n'est plus pareil. " Il se souvint maintes fois que son grand-père répétait : "Nous sommes dans la vie comme l'eau du fleuve. Nous la croyons toujours la même quand, sous nos propres yeux, c'est déjà une autre. "

Après la traversée d'un long désert, au petit matin, avant d'arriver à Sijilmassa, ils croisèrent à peu de distance des caravanes qui partaient en sens inverse.

– C'est Gabaon, dit le vieux caravanier qui accompagnait Issidan, pendant que les autres s'éloignaient déjà.

Issidan se retourna pour voir s'estomper dans les brumes la haute stature de Gabaon près duquel se tenait, juchée sur sa monture la silhouette d'une femme. "Qui sait? qu'importe! ", pensa Issidan en voyant disparaître au loin les gros derrières des chameaux, semblables à de grandes poules déplumées. Il esquissa un mouvement indécis, hésitant à les rattraper, puis il renonça, résigné à l'idée que les hommes et les caravanes aussi sont comme l'eau du fleuve et comme le temps qui passe.

Aucun Berbère ne crut à la mort de la Kahéna. Je l'ai vue s'envoler sur son cheval, dira l'un. Nous l'avons vue traverser les allées d'une oliveraies en compagnie d'une femme et suivie d'un géant noir, dira un autre. Les tribus en firent leur épopée, d'autres l'embellirent. Des femmes prénommèrent leurs fillettes de son nom que les garçons répéteront les yeux remplis de rêve. Et les grands aigles blancs s'empareront de l'orgueil de sa légende et la porteront sous leurs ailes, de génération en génération, "jusqu'à toujours", dans ce ciel si bleu de Baraïa, au-dessus des pics ombrageux de l'Aurès.

EXTRAIT DU CATALOGUE

Collection L'Instant Noir

Deuil en rouge - Paul Gerrard
Soleil d'enfer - Maurice Périsset
Sang pour sang - William P.Mc Givern
Le plateau des embrouilles - Claude Wharton
Du feu pour le grand dragon - Ky
Les millions de Fairfax - Alan Winnington
L'affaire Lerouge - Emile Gaboriau
Mathilde et ses mitaines - Tristan Bernard
Play-back - Didier Daeninckx (Prix Mystère 87)
Vomito negro - Jean Gérard Imbar
Baby sister - Chester Himes
L'inconnu de la terrasse - Béatrice Nicodème
Un détour par l'enfer - Emmanuel Errer
La bascule - Brice Pelman
Monsieur Lecoq - 2 volumes - Emile Gaboriau
Radio Corbeau - Yves Ellena
Black label - Recueil de douze nouvelles
Cosmic mac - Jacques Franchino (Prix Instant Noir 87)
Le mystère d'Edwin Drood - résolu par Paul Kinnet - Charles Dickens
La corde au cou - 2 volumes - Emile Gaboriau
Non-Lieux - Didier Daeninckx
Fenêtre sur route - Gérard Delteil
Nouvelles morts sur le Nil - Vladimir
Nuit-Nord - Noël Simsolo
Aller-simple pour Cannes - Alain Bellet

Collection Griffures

Jean Pierre Begot
Scènes de chasse au bord de l'eau
François Bott
Eloge de l'égotisme
Claude Herviant
Le Soleil des taupes
Pierre-François Lacenaire
Mémoires
Théo Lésoualc'h
L'Homme clandestin
Ingrid Naour
Les Lèvres mortes
Oskar Panizza
Journal d'un chien
José Pierre
La Fontaine close
Gilles Plazy
Voyage en Gracquoland
Guy Prévan
Petit Précis de cuisine anthropophage
Jean Schuster
Les Fruits de la passion
Daniel Zimmermann
Nouvelles de la zone interdite
Jean-Daniel Fabre
Il était une fois Jean-Daniel Fabre
Henri Heine
Tableaux de voyages
Marie Balvet
La Raison d'être

Collection Griffures-Histoire

Monique Lebailly
La Révolution française vue par son bourreau Charles-Henri Sanson
Monique Lebailly
La Science-Fiction avant la SF
Caterine de Silguy
La Saga des ordures du Moyen-Age à nos jours

Co-édition L'Instant - Jazz Hot

Un demi siècle de jazz - Hors série n°1 (français-anglais)
Les grandes signatures de Jazz Hot - Hors série n°2
Jazz' n jazz - Histoire du Jazz - Hors série n°3
Y. Bonnet - A.Stoltz
Les grandes voix du jazz - Hors série n°4 (français-anglais)
L'annuaire du jazz 89
La danse des infidèles (Bud Powel)
Francis Paudras
Reprint Jazz Hot 1945-1946 (n°1 à 12)
Les grandes interviews de Jazz Hot - François Postif
Reprint Jazz News 1948-1950 - Collection complète
Ray Charles - Olivier Gillissen et Jean-Pierre Leloir

Encyclopédie du Jazz

Le New-Orleans - Arnaud Bienville
Le Blues - André Fanelli
Le Bebop - Jacques B. Hess
Le Middle Jazz - Felix W. Sportis
Coffret 4 volumes

Le Gospel - Maurice Cullaz
Le Rhythm and Blues - André Fanelli
Le Jazz Fusion - Guy Reynard
Le Free Jazz - Yves Sportis
Coffret 4 volumes

Littérature

Le Général Miro - Sabine Hargous
Le Serpentaire - Annick Delacroix

Guide pratique

Guide du candidat à la franchise - Gérard Delteil
Le savoir vivre seul(e) - Françoise Bataille et Hélène Gay-Ters

Achevé d'imprimer par

PARA
GRAPHIC

31240 L'UNION (Toulouse)

Dépôt légal : Mai 1990